ROBERT JAMES WALLER

Der letzte Blues des Sommers

Buch

Jack Carmine ist ein spontaner Mensch. Leute, die ihn gut kennen, gaben ihm den seltsamen Spitznamen »God's only freeborn soul«. Deshalb ist es Jack auch völlig gleichgültig, was andere von ihm halten. Und wenn er sich etwas wirklich in den Kopf gesetzt hat, bringt ihn so leicht niemand mehr davon ab.

Auch nicht Linda Lobo, die aufregende und leidenschaftliche Tänzerin. Sie trifft Jack eines Tages in einer kleinen Bar mitten in Minnesota. Und sofort weiß er, daß Linda etwas ganz Besonderes ist. Obwohl Jack Linda erst ein paar Minuten kennt, nimmt er sie, ohne lange nachzudenken, mit auf eine wilde Tour durch die Wüste und schließlich zu sich nach Hause, auf seine kleine Ranch. Gemeinsam entdecken die beiden einen Ort, an dem der rauhe Jack noch nie zuvor gewesen ist: sein Herz mit seinen wilden, tiefen Gefühlen ...

Autor

Der Autor, Fotograf und Musiker Robert James Waller war Professor für Betriebswirtschaft, bevor er sich ganz dem Schreiben widmete. Sein erster Roman *Die Brücken am Fluß*, mit Clint Eastwood und Meryl Streep in den Hauptrollen grandios verfilmt, war ein sensationeller internationaler Bucherfolg. Auch sein zweites Buch *Die Liebenden von Cedar Bend* hat die Leser weltweit begeistert. Robert James Waller lebt heute in Texas.

Außerdem bei Goldmann erschienen

Die Brücken am Fluß. Roman (41498)
Langsamer Walzer für Georgia Ann. Stories (43265)
Die Liebenden von Cedar Bend. Roman (43578)

ROBERT JAMES
WALLER

Der letzte Blues des Sommers

Roman

Aus dem Amerikanischen
von Karin Szpott

GOLDMANN

Die amerikanische Originalausgabe erschien 1995
unter dem Titel »Border Music«
bei Warner Books, Inc., New York

Umwelthinweis:
Alle bedruckten Materialien dieses Taschenbuches
sind chlorfrei und umweltschonend.

Der Goldmann Verlag
ist ein Unternehmen der Verlagsgruppe Bertelsmann

Deutsche Erstausgabe 10/97

Umschlaggestaltung: Design Team München
Umschlagfoto: TIB/Ridenour
Satz: Uhl + Massopust, Aalen
Druck: Presse-Druck Augsburg
Verlagsnummer: 43773
Redaktion: Tina Schreck
FB · Herstellung: Sebastian Strohmaier
Made in Germany
ISBN 3-442-43773

1 3 5 7 9 10 8 6 4 2

Gewidmet dem Rattern von Zügen in der Ferne
und den Reisenden,
die am Bahnhof zurückbleiben

Wir singen ein altes Lied
Für die Mädchen des Sommers,
Wir rauchen billige Zigarren
und tragen alte Sachen.
Das werden wir,
Bevor der Neumond
Mit unserem Leben
Über die Straßen von West-Texas entschwindet.

»Letzter Walzer für Texas Jack«
Lieder nach dem Abendessen
Bobby McGregor

Erstes Kapitel

Nord-Minnesota, 1986 – Wie frei sie waren

Als dieser unbekannte Scheißkerl Linda Lobo den Tanga vom Leib riß, anstatt ihr Geld hineinzustecken, wie er es hätte tun sollen, sah Texas Jack Carmine rot und versetzte ihm einen Schlag mit einem Billardstock. Vier Stunden später und ungefähr dreihundert Kilometer weiter spendierte Jack in Chisolm Kaffee und *sweet rolls* für Linda und sich selbst. Anschließend machten sie sich auf den Weg Richtung Norden nach Ely, dort bogen sie nach Südosten ab und fuhren durch den Superior National Forest. Nicht zu schnell, versteht sich, Jack überließ das Tempo mehr oder weniger seinem 82er Chevy S-10.

Der Tag selbst hatte Ähnlichkeit mit Jack Carmine: Es war einer von diesen späten Sommertagen, bei denen man morgens nicht weiß, wie sie sich entwikkeln werden; bei Sonnenaufgang sind sie gelb-grau, mittags wird es noch einmal fast zwanzig Grad warm, das bleibt so bis zum frühen Nachmittag, bis es anfängt, stark abzukühlen. Aus einem kleinen Kassettenrecorder auf dem Armaturenbrett ertönten von seinen »Reisekassetten«, wie er sie nannte, Jacks Lieblingslieder für unterwegs. Den Kassettenrecorder hatte er bei einem Pokerspiel gewonnen; allerdings hatte er da noch nicht gewußt, daß er die falsche Größe für seinen Truck hatte. Er funktionierte aber trotzdem, und die Musik dröhnte aus zwei kleinen billigen Lautsprechern, die auf dem Rücksitz notdürftig von Lederschuhbändern festgehalten wurden, damit sie nicht nach vorne fielen, wenn er auf die Bremse trat.

An diesem Tag und zu diesem Zeitpunkt war die Welt für Jack Carmine und Linda Lobo weit mehr als in Ordnung. Linda... Linda... wie hieß sie bloß damals mit Nachnamen? Einige kennen den Namen, andere nicht. Bobby McGregor, Jacks altem Reisegefährten, hat das keine Ruhe gelassen. Genausowenig wie sie selbst ihm keine Ruhe gelassen hat. Bobby überlegte hin und her: Adkins? Archer... vielleicht Archer? Nein – irgendwas mit A, aber es war keiner von diesen Namen.

»Macht nichts, je länger es her ist, desto unwichtiger wird es, und ich hab ihn sowieso vergessen.« Das sagte Jack zu Bobby, als sie vor ein paar Jahren das letzte Mal miteinander sprachen.

Bobby glaubte ihm nicht. Jack wußte ihren Namen, aber er sagte ihn weder Bobby noch sonst jemandem, der ihn danach fragte. Er hatte ihn einmal beiläufig erwähnt, aber dann nie wieder, schon gar nicht, als Bobby ihn direkt danach fragte.

Er hatte gesagt: »Hör zu, mein Freund, ich kenne dich. Du verwendest das wahrscheinlich alles in einem deiner Songs und verdienst damit Geld. Okay, mir ist das so oder so verdammt egal. Schreib, was du willst. Aber ich kann mich nicht für dich an ihren Nachnamen erinnern.« An dieser Stelle überzog ein eigenartiges Grinsen sein Gesicht, eine Art schiefes Grinsen, hinter dem sich, wie Bobby wußte, tiefer Schmerz verbarg. »Außerdem konzentriere ich mich lieber auf die Melodie als auf die Worte, wenn ich mich an etwas erinnern will. Und selbst wenn ich mich erinnern würde, ein Mann braucht ein paar Geheimnisse. Ohne Geheimnisse kein Zauber. Ohne Zauber kein Leben, an das man sich gern erinnert. Und ein Leben, an das man sich nicht gern erinnert, lohnt das Weiterleben nicht.«

Wie dem auch sei, Jack und Linda fuhren bei gutem Wetter und runtergekurbelten Fenstern in Richtung Lake Superior. Sie begannen am späten Vormittag mit dem Biertrinken, die Bierflaschen holte Linda aus einer Kühlbox unter ihren Füßen. Jack hielt eine Bierflasche zwischen den Beinen, lehnte sich zur Seite und trommelte im Takt der Musik auf die Wagentür. Er lenkte mit einer Hand und schlug bei den unbetonten Takten auf das Lenkrad. Als Jimmy Buffett anfing zu singen: »Ich aß die letzte Mango in Paris . . .«, ließ Jacks rechte Hand das Lenkrad los, drehte auf maximale Lautstärke und begann gleichzeitig zu hupen, zu singen und auf die Wagentür zu klopfen.

Linda lachte und streckte ihr langes, sehr langes –

überaus langes – linkes Bein aus und versuchte, den Pick-up mit dem Absatz ihres alten Cowboystiefels zu lenken. Das ging schief, und der Truck steuerte über die Mittellinie auf einen Graben zu, der so flach war, daß er eigentlich nicht mehr als eine kleine Vertiefung im Gras darstellte.

Jack lachte ebenfalls, trat auf die Bremse und brachte den Chevy einen Meter vom Asphalt entfernt zum Stehen. Er machte den Motor aus, stellte sich auf das Trittbrett, während die Musik laut weiterspielte, und brüllte lauter als Jimmy Buffett – in den Wald: »Habt ihr mich gehört! Ich hab die allerletzte Mango gegessen ...«

Linda wankte auf der anderen Seite aus dem Wagen und begann, einen kleinen Fandango zu tanzen, quer über die Straße auf eine kleine Wiese zu. Jack kletterte auf die Motorhaube, während Jimmy Buffett die Mittagssonne anröhrte und sie vielleicht erreichte und »... das erstbeste schnelle Schiff nach China nahm.« Linda wackelte mit den Hüften und beugte sich weit nach hinten; ihr Haar, das so schwarz war wie nasser Asphalt, hing herunter und berührte fast den Boden. Sie war nicht atemberaubend schön, aber sie sah auf ihre Art toll aus. Die Art von Aussehen, die einen auf unanständige Gedanken bringt – oder vielleicht anständige, je nachdem, wie man die Sache sieht. Unanständig oder anständig, auf alle Fälle feuchte Gedanken.

Bobby McGregor hatte sie nur zweimal aus der Nähe gesehen und einmal bei einer anderen Gelegenheit, die aber eigentlich nur ein flüchtiger Blick war. Aber er erinnerte sich, daß er jedesmal dachte, wenn es eine Frau gäbe, die einen begleitete und nie müde wurde oder sich beschwerte, dann war sie es. Sie hatte einen hochangesetzten, knackigen Hintern. Und Bobby erinnerte sich auch noch gut an ihre schönen Brüste – er nahm an, es waren große, runde Brüste –, die direkt auf einen gerichtet waren, wenn man genau hinsah, was Bobby tat, als er ihr zum erstenmal begegnete, bis seine Frau es bemerkte und er sich etwas anderem zuwendete. Er hatte sie nie vergessen und dachte gelegentlich an sie, das heißt, er dachte eigentlich fast immer an sie. Linda ... Linda, deren Nachname verschwunden ist und für deren Körper man auf langen Güterzügen nach Hause fahren würde. Meist hielt die Wirklichkeit der Vorstellungskraft nicht stand, aber bei ihr hatte Bobby McGregor da keinerlei Zweifel. Keine Zweifel und keine Gelegenheit damals, es herauszufinden. Sie war mit Jack Carmine zusammen.

Jimmy Buffett: sang laut vom Mangoessen und letzten Flugzeugen und Dritte-Welt-Mädchen, die einem beistehen, wenn es schlimm wird.

Jack: schwenkte eine Bierflasche und versuchte in seinen alten Schnürstiefeln auf der Motorhaube des Trucks eine Art südländischen Shuffle, was ziemlich komisch aussah, weil Jack ums Verrecken nicht tanzen konnte, obwohl er gerne tanzte und durch Begeisterung wettmachte, was ihm an Anmut und Taktgefühl fehlte.

Das Taktgefühl fehlte Jack Carmine genauso, wie ihm das Gefühl für die besondere Zeit, in der er lebte, fehlte, auch wenn fast alle anderen den Pulsschlag spürten. Vielleicht spürten sie ihn auch nicht wirklich, vielleicht behielten sie ihn nur genauso in Erinnerung, wie sie es gelernt hatten. Er war ein- oder zweimal kurz davor gewesen, sich der breiten Masse anzuschließen, hatte es sich aber anders überlegt und war der seltene Hombre geblieben, der zu einem anderen Lied tanzte, das niemand je gehört oder auch nur im Traum vernommen hatte, und lebte so weiter, daß Henry David Thoreau dagegen wie ein normaler Bürger aussah. Henry David hatte lediglich zwei Jahre damit zugebracht, ins Wasser von Walden Pond zu schauen, Jack Carmine hingegen verbrachte sein ganzes Leben damit und sah nicht einmal so etwas wie ein Spiegelbild.

Jacks Wrangler hatte am linken Oberschenkel einen kleinen Riß; ein scharfes Rohr hatte die Jeans durchtrennt und ihm eine kleine Schnittwunde zugefügt. Er trug ein rot-schwarz-kariertes Flanellhemd mit bis zum Ellbogen aufgekrempelten Ärmeln, wodurch ein Lederband am rechten Handgelenk sichtbar wurde. Keine Armbanduhr. Jack Carmine hielt nicht viel von Uhren. Trug nie eine, besaß nie einen Wecker. Jacks Meinung nach wachte man auf, wenn es Zeit war, aufzuwachen, und man arbeitete wie verrückt, bis es Zeit war, aufzuhören. Jack kam nie zu spät zur Arbeit, außer um den ersten April herum, wenn auf die Sommerzeit umgestellt wurde. Daß die

Zeit einen Sprung nach vorne machte, brachte ihn jedes Jahr für ein bis zwei Tage durcheinander. Seine Chefs nahmen es hin, weil Jack mindestens für zwei arbeitete und die Zeit, die er zu spät gekommen war, abends länger blieb.

Jimmy Buffett: brachte immer noch die kleinen billigen Lautsprecher zum Beben und hörte sich an, als wolle er ausbrechen und sich mit ihnen zusammen vergnügen.

Jack: immer noch auf der Motorhaube, wo er seine fürchterlich schlechte Version von irgendeinem fremdländischen Tanz vorführte.

Linda: sang, während sie tanzte, von dem Leben unterwegs. Sie riß sich ihr altes Jeanshemd vom Leib und befreite sich in Null Komma nichts von ihrem BH, beide Teile über ihrem Kopf und freute sich, in der Sonne zu sein.

Jack: brüllte noch immer Jimmys Liedtexte und sah Linda dabei zu, wie sie ordentlich ihre Brüste für ihn schwang und sich in Richtung Wald drehte, so daß alle Schwarzbären oder was sonst noch da lebte, sich das ebenfalls genau ansehen konnten. Ihm fiel auf, was für einen schönen Rücken sie hatte. Seine entzückende Biegung endete dort, wo ihr Hintern sich so erfreulich nach außen wölbte, und unter ihrer reinen Haut zeichnete sich deutlich ihre Wirbelsäule ab.

Er sprang von der Motorhaube, und Linda bewegte sich auf ihn zu, die Musik dröhnte noch immer aus dem Auto. Sie tanzten zusammen auf dem Highway.

Er blickte dabei ab und zu auf ihren Busen, denn ein Mann, der etwas wert war, konnte nicht anders als ab und zu hinsehen. Die Sonne stand schon tief, war aber noch golden und warm, und Jack Carmine und Linda Nachname-Irgendwas tanzten auf der Straße in Richtung Ely. Später erzählte sie ihm, daß sie dort nach langer Zeit zum ersten Mal wieder wirklich glücklich gewesen wäre.

»Nahm das letzte Flugzeug raus aus Saigon...«, das war genau das, was Jack '75 getan hatte. Sie tanzten zurück zum Truck, als Jack über ihre Schulter blickte und sah, daß ein Wagen auf sie zukam, der mit seinem kopflastigen Profil aussah wie ein Polizeiauto. Jack warf die Bierflasche ins nächste Gebüsch, und Linda wand sich in ihr Hemd; es vergingen keine achtzehn Sekunden, bis der Polizeiwagen neben ihnen zum Stehen kam. Sie hielt den BH hinter ihren Rücken, wo Jack stand, und spielte damit wie mit einer Flickenpuppe. Er nahm ihr den BH ab und stopfte ihn sich vorne in die Jeans.

Der Polizist sah diesen Typ mit den langen, braunen Haaren, die schon ziemlich grau wurden und ihm über den Kragen seines Flanellhemdes fielen. Er sah außerdem diese interessant aussehende Frau mit leicht gerötetem Gesicht und schönen, langen schwarzen Haaren, die ihr den halben Rücken hinunterreichten, und an der die Jeans so gut aussahen, daß man meinen konnte, sie wäre in ihnen geboren. Und er hätte schwören können, daß sie kein Hemd angehabt hatte, als er vor einem halben Kilometer um die Kurve gekommen war. Und er hörte, wie aus dem Kassettenrecorder nun Waylon Jennings und sein »Rainy Day Woman« erklang.

Der Polizist betrachtete die Vorderseite von Lindas Hemd, unter dem etwas ziemlich Wunderbares steckte, das ganz offensichtlich von etwas befreit worden war und gegen den Jeansstoff preßte, auf der Suche nach noch mehr Freiheit. Danach schweifte sein Blick über die Vorderseite von Jacks Jeans. Eine ziemlich komisch aussehende Ausbuchtung unter dem Reißverschluß. Dem Polizisten war auf den Straßen im Norden im Laufe von vierzehn Jahren schon so ziemlich alles begegnet, aber die relativ weit oben angesiedelte Ausbuchtung in Jacks Wrangler war auch für ihn etwas Neues.

»Ist bei Ihnen alles in Ordnung?«

»Bei uns ist alles in bester Ordnung. In allerbester Ordnung sogar«, sagte Jack. Er roch den Duft der Nadelbäume und beobachtete, wie ein großer Vogel hinter dem Polizeiauto auf dem Highway landete. Der Vogel zog und zerrte an etwas, das überfahren und in Stücke gerissen worden war, hielt einen Moment inne und sah in Jacks Richtung, als ob Jack vielleicht der nächste wäre, irgendwo auf einem dieser Highways, der auf ein trauriges Ende zusteuerte. Der Vogel hatte keine Eile, schließlich endete alles mit Blut auf der Straße.

»Wo kommen Sie her?« fragte der Polizist und sah auf das Nummernschild des Trucks.

Jack grinste. »Aus Alpine in Texas. Bin hier oben,

um Gasrohre zu verlegen. Bin jetzt damit fertig. Ich und meine bessere Hälfte, wir lassen uns Zeit mit dem Nachhausefahren, schauen uns noch ein bißchen die Gegend an.«

Schwer zu sagen, ob der Polizist zurückgrinste oder ob seine Gesichtszüge eher so etwas wie gutmütigen Zweifel ausdrückten. Er hatte schon gehört, daß Texaner verrückt seien, und war der Ansicht, einen Vertreter dieser Sorte vor sich zu haben. Daher war es vielleicht am besten, die Angelegenheit nicht weiterzuverfolgen. Der Polizist sah auf die Uhr. Sein ältester Sohn war heute abend Quarterback im Football-Team von Two Harbors. Wenn er rechtzeitig zu Spielbeginn dort sein wollte, mußte er sich jetzt auf den Weg machen. Hier passierte ja nichts allzu Schlimmes, nichts, was eine ernsthafte Ruhestörung darstellte oder auf Dauer den Frieden der Gegend gefährdete.

»Nun ja, passen Sie auf sich auf, und fahren Sie vorsichtig.«

»Tun wir bestimmt. Biegen bald Richtung Süden nach Alpine ab«, sagte Jack.

Der Gesetzeshüter fuhr weiter, aber der Moment, war vorüber. Jack und Linda fuhren weiter Richtung Südosten, durch einen Nachmittag, der eine ganz eigene Stimmung hatte, wenn man sie zu schätzen wußte, was bei Jack der Fall war, und was Linda versuchte. Ungefähr nach zwei Kilometern erhob sich Jack ein wenig von seinem Sitz, griff in seine Jeans und zog Lindas BH heraus.

»He, vorsichtig. Das ist der einzige, den ich habe, außer den Troddeln in meiner Handtasche, und die nutzen mir in guter Gesellschaft nicht viel.«

Sie zog zwei weitere Bier hervor, während Jack ihren BH über den Rückspiegel drapierte. »Wo wir gerade von Troddeln reden, der hier ist auf jeden Fall viel besser als so eine blöde Huttroddel, die sich manche Leute an den Rückspiegel hängen, bloß weil sie zeigen müssen, daß sie einen High-School-Abschluß haben«, sagte er. »Wir besorgen dir in der nächsten Stadt ein paar neue Klamotten. Und wenn man bedenkt... wo zum Teufel sind wir eigentlich mit quietschenden Reifen von diesem Parkplatz abgehauen, du mit den Stiefeln und deinen Siebensachen in der Hand?«

»In Dillon.«

»Wenn man bedenkt, daß wir vor elf Stunden ziemlich überstürzt aus Dillon in Minnesota aufgebrochen sind, geht's uns gar nicht so schlecht.«

Linda stützte ihren rechten Stiefel am Seitenspiegel auf und wippte im Takt zu Kenny Baker, der sich durch »High Country« fiedelte. Allmählich erreichten sie wieder den Punkt, an dem sie waren, bevor der Polizist aufgetaucht war, mit seinen Vorschriften und allem, was zu einem geregelten Leben gehört. Sie trank einen Schluck Bier und sah zu Jack Carmine hinüber. »Wie's wohl dem Typen geht, den du mit dem Billardstock erledigt hast?«

»Ziemlich schlecht, würd ich sagen. Ich hätt's besser nicht getan, aber in diesen Zeiten ist es schwer, vernünftig zu sein. Schlag nie jemanden mit der Faust. Das tun sie nur im Film und in einigen runtergekommenen Saloons in Texas. Dabei verletzt du dir bloß die Hände und kannst anschließend nicht arbeiten. Wenn du nicht arbeiten kannst, hast du nichts zu essen. Wenn du nichts zu essen hast, kannst du nicht arbeiten. Wenn du nicht arbeitest, kannst du kein Bier kaufen. Wenn du kein Bier kaufen kannst, kannst du nicht tanzen. So geht das. Wo wir schon vom Wegfahren reden, kannst du mal die Kassette zurückspulen, zu dem Stück, wo Jimmy Buffett vom letzten Flugzeug nach draußen singt? Das muß ich noch mal hören, und zwar laut.«

»Ich muß pinkeln«, sagte Linda.

Jack hielt am Straßenrand. »Paß auf die Elche auf, für die ist jetzt Brunftzeit. Wenn die deinen nackten Hintern sehn, stürmt 'ne ganze Herde Elchbullen durch die Birken. Und ich hab keinen Billardstock dabei.« Er klopfte immer knapp am Takt vorbei mit der Hand auf das Lenkrad.

»Mir ist schon Schlimmeres passiert«, sagte Linda. »Ich glaube, ich ziehe auf alle Fälle brünftige Elche den Männern vor. Wenigstens weiß man bei den Elchen, was sie wollen.«

»Da ist was dran«, meinte Jack. »Schätze, ich sollte mich auch mal in die Büsche schlagen, wenn wir schon dabei sind. Ich nehme einen anderen Weg und verspreche, nicht hinzusehen.«

»Wie du willst. Mir ist es egal.« Sie lief eine kleine Böschung hinauf in die Birken und rief ihm über die

Schultern zu: »Du paßt besser auch auf die Elche auf. Ich bin nicht sicher, ob sie etwas über die Unterschiede bei den Menschen wissen, oder ob die ihnen völlig egal sind. Ich hab mal einen Artikel über Orang-Utans in Borneo oder so gelesen, die es sowohl bei Männern als auch bei Frauen versucht haben.«

»Machst du Witze?« fragte Jack und schlug die entgegengesetzte Richtung ein.

»Das haben sie in dem Artikel jedenfalls behauptet.« Ihre Stimme kam von irgendwo hinter den Bäumen. »Wie heißt du eigentlich?«

Jack pinkelte auf einen Baumstamm und versuchte, den Anfangsbuchstaben seines Namens auf den Stamm zu schreiben.

»Mein richtiger Name ist Jack Carmine.«

»Hattest du nicht gesagt, du heißt Eric Irgendwas.« Sie hatte ihre Jeans wieder zugeknöpft und war auf dem Weg zurück. Er hörte das Geräusch ihrer Stiefel, als sie auf ihn zukam, während er noch den Querstrich über dem »J« beendete.

»Das war letzte Nacht, als ich noch nicht wissen konnte, ob du mich nicht vielleicht doch irgendeinem Polizeiaufgebot, das die Nordlichter hier oben zusammengetrommelt hatten, übergeben würdest. Mir fiel nur Erich der Rote ein, deshalb habe ich behauptet, ich hieße Eric Redder.« Er machte seinen Reißverschluß zu und ging zurück zum Wagen, wo Linda mit gekreuzten Armen an der Tür lehnte und ihn durch das offene Fenster ansah.

»Wer ist Erich der Rote?«

Jack ließ den Motor an und fuhr los. »Ein norwegischer Seefahrer, der ungefähr vor tausend Jahren gelebt hat. Hat, wenn ich mich richtig erinnere, Grönland entdeckt. Mein Geschichtslehrer in der High-School hatte für den alten Erich was übrig, erzählte ständig von ihm. Dachte, die Nordlichter hier würden ihre Sagen kennen und mich nett behandeln, wenn's drauf ankäme. Außerdem dachte ich einen Moment lang, daß ich endlich mal meine Geschichtskenntnisse nutzbringend anwenden könnte. Zwischenzeitlich ist mir klar, daß ich betrunken war und mir das alles nichts genützt hätte. Aber gestern abend schien mir das irgendwie eine gute Idee zu sein.«

»Warum hast du den Typ geschlagen, als er mir den Tanga wegreißen wollte? Er war nicht der erste, der das versucht hat.«

»Es ist einfach nicht in Ordnung, das ist alles ... Wie kommt es eigentlich, daß du fast nackt in einem Lokal tanzt, das sich Rainbow Bar nennt?«

»Immer noch besser, als in einer Hühnerfabrik zu arbeiten. Bevor ich den Job im Rainbow angenommen habe, hab ich bei Northern Food Processors fünf Dollar fünfzig die Stunde verdient, bei zehn Grad Kälte gearbeitet und war kurz davor, eine Handwurzelknochenentzündung zu kriegen. Der Vorarbeiter kam oft am Fließband vorbei, wenn ich gerade mit beiden Händen in Hühnereingeweiden steckte, und griff mir an den Hintern, weil ich mich nicht wehren konnte. Eines Tages hat er mir ins Ohr geflüstert: ›Du solltest dich mal im Rainbow sehen lassen, wenn die Amateurabend haben, und ihnen zeigen, wie man's richtig macht.‹ Als er mich wieder betatschte, das war vor ungefähr zwei Monaten, hab ich ihm eine Ladung kalte Hühnereingeweide ins Gesicht geklatscht.

Danach bin ich zur Rainbow Bar gegangen, den Amateurabend hab ich gleich übersprungen. Der Manager war ein absolutes Ekelpaket, wie jemand aus einem wirklich schlechten Film. Ein wandelndes ›Klischee‹ könnte man sagen – fett und schmierig, mit Zigarre und dickem Ring. Hat sich in seinen Bürostuhl zurückgelehnt und gesagt: ›Wenn du bei mir im Rampenlicht tanzen möchtest, muß ich wissen, wie du aussiehst. Zieh dich aus.‹ Also hab ich mich ausgezogen. ›Du hast prima Titten und Beine, Schätzchen‹, hat er gesagt, und schlecht siehst du auch nicht aus. Dreh dich mal ein bißchen.‹ Genau das hab ich getan, und er fing fast an zu sabbern und sagte: ›Du hast dich gut gehalten, wirklich gut gehalten.‹ Dann sagte er, ich wär eingestellt, und er würd mir fünfundsiebzig Dollar die Nacht zahlen. Dafür sollte ich dreimal pro Abend ›exotisch‹ tanzen, die erste Vorstellung war um elf. Von irgendwas muß man schließlich leben, also hab ich gleich angefangen und es mit dieser Tanznummer probiert. Er sagte: ›Okay, wir nennen dich Linda... Linda und weiter?... Linda Lobo. Das macht sich gut in den Zeitungsanzeigen.‹«

»Ist vielleicht jetzt 'ne dumme Frage, aber wie wußtest du, was du machen solltest... da oben auf der Bühne, meine ich?« Jack steuerte den Truck durch eine lange Kurve, vorbei an einem kleinen See zur Linken, auf dessen glatter, brauner Wasseroberfläche gelbe Blätter schwammen. Vier Hirschkühe und zwei Jährlinge tranken fünfzig Meter weiter am Ufer, hoben ihre Köpfe und sahen einem Chevy Pickup mit verbeulten Kotflügeln nach, der an ihnen vorbeitrieb.

»Ganz richtig, dumme Frage. Erstens war die Kundschaft vom Rainbow mehr an der Quantität und nicht so sehr an der Qualität interessiert. Falls es dir noch nicht aufgefallen ist, von ersterem hab ich reichlich, und hauptsächlich darauf kam es im Rainbow an. Außerdem braucht man für so was keine Ausbildung, jede Frau weiß, wie sie ordentlich mit dem Busen wackelt, wenn ihr danach ist. Mutter Natur hat uns diese Fähigkeit mitgegeben, um wundervolle Geschöpfe wie euch Männer anzulocken. Ich hab einfach so getan, als wär ich völlig hin und weg und ... na du weißt schon ... würde es tun.«

»Würdest es tun«, sagte Jack mit ausdrucksloser Stimme, und ein leichtes Grinsen überzog sein Gesicht. »So als würdest du es mit einem Mann tun?«

»Mit einem Mann, einer Frau, einem Elch, was du willst. Ich muß darüber nicht groß nachdenken, Texas Jack. Du tust einfach so, als würdest du es tun.«

Merle Haggard begann sein »I Take a Lot of Pride in What I Am«, die elektrischen Bässe ließen die kleinen Lautsprecher fast zerspringen.

Ich such in jeder Stadt im Telefonbuch
nach dem Namen meines Vaters.

Linda beugte sich zu Jack hinüber und fischte seine Zigaretten aus der Hemdtasche. »Carma, eine von den Älteren, hat mir gezeigt, wie man die Troddeln kreisen läßt.«

»Ich hab's gesehen. Ziemlich schnell... Ich hab noch überlegt, wie schnell du sie wohl kreisen lassen kannst. Diese Freundin, die es dir beigebracht hat, schreibt sie sich mit C oder mit K?«

»Mit C, warum?«

»Nur so. Und was ist aus dem Vorarbeiter aus der Fabrik geworden? Ist er mal im Rainbow aufgetaucht, um dich genauer zu betrachten?«

»Klar ist er das. Ihn hast du gestern abend mit dem Billardstock erledigt, als er versuchte, mich noch eingehender zu betrachten.«

»Ach wirklich... er war das?«

»Genau. Floyd Rattler. Floyd, die Ratte, hieß er bei uns.«

»Schätze, ich bin schuld dran, daß du deinen Tanzjob verloren hast. Tut mir leid.«

»Kein großer Verlust. Hab den Job eh' nur als Übergangslösung betrachtet. Sie waren sowieso dabei, ihr Unterhaltungsprogramm zu ändern. Irgendwas mit Zwergenwerfen oder Frauen, die im Schlamm ringen, oder halbnackte Frauen, die sich in Maisbrei wälzen, irgendwas in der Richtung, oder vielleicht alles gleichzeitig.«

Jack Carmine zündete sich eine Zigarette an und schüttelte den Kopf. Er versuchte sich vorzustellen, wie man halbnackte Frauen, Zwerge und Maisbrei in Einklang bringen könnte: 1) Zwerge spielen die Schiedsrichter, während Frauen im Schlamm miteinander ringen; 2) halbnackte Frauen machen sich über nackte Zwerge her, die Maisbrei essen; 3) ein Zwerg im Bikini ...

Merles Gesang wurde zunehmend intensiver.

»Das Lied hat mir immer gut gefallen«, sagte Linda. »Irgendwie traurig – ein Typ sucht in jeder Stadt im Telefonbuch nach seinem Vater. Hast du ›Pancho and Lefty‹ auch irgendwo auf Kassette? Das mag ich auch sehr gern.«

»Geht mir auch so. Ich glaub, es müßt bald kommen. Sieh mal im Handschuhfach nach, ob da eine Karte von Minnesota drin ist. Ich hab keine Ahnung, wo wir sind.«

Sie faltete die Karte auseinander und studierte sie. Jack sah zu Linda Lobo hinüber. Ihr langes Haar war unordentlich und zerzaust, aber er fand trotzdem, daß sie gut aussah – ganz und gar nicht perfekt, aber die ausgeprägten Wangenknochen und der schöne Mund erinnerten ihn entfernt an die Schauspielerin Barbara Hershey, als sie noch jung und unbekümmert war und Filme wie *Boxcar Bertha* und andere gesellschaftskritische kleine Meisterwerke drehte, die Jack mochte. Linda hielt die Zigarette in der linken Hand, starrte auf die Karte und klopfte mit ihren Stiefelspitzen auf die Kühlbox.

»Direkt vor uns liegt der Lake Superior. Die Straße endet dort und stößt auf den Highway 61, der am See entlangführt. Wenn du etwas mehr Gas gibst, landen wir im Wasser. Wenn wir am See nach rechts abbiegen, kommen wir nach Silver Bay. Halten wir uns links, kommen wir zu einem Ort, der Little Marais heißt. Wohin fahren wir überhaupt?«

»Weiß nicht. Irgendwo werden wir schon hinfahren. Irgendwann will ich auch wieder nach Texas, aber erst muß ich noch meinen Onkel Vaughn Rhomer in Iowa besuchen. Immer wenn ich Zeit habe, fahre ich bei ihm vorbei. Er ist einer der nettesten Menschen, die ich kenne. Kommst du mit nach Texas?«

»Einfach so ... mit dir nach Texas? Ich hab doch erst vor ein paar Kilometern erfahren, wie du heißt. Andererseits habe ich im Moment nicht unbedingt die große Wahl. Laß uns noch ein bißchen warten, wie sich die Dinge entwickeln. Vielleicht setzt du mich auch einfach in Altoona, Iowa, ab, wenn's dir nicht zu viel ausmacht. Meine Familie lebt da. Es ist kein großer Umweg, wenn du nach Texas willst und wenn ich die Karte richtig lese.«

Sie sah aus dem Fenster. »Ich denke immer, ich sollte Ordnung in mein Leben bringen und etwas daraus machen. Aber von alleine passiert das wohl nicht.«

Jack kratzte sich an der Wange. »Meiner Erfahrung nach beschert einem der Zufall die seltsamsten Dinge, wenn man nur alles lang genug sich selbst überläßt... Klar, vielleicht gefällt einem nicht immer, was passiert, aber es ist eine von vielen Möglichkeiten.«

An der Kreuzung zum Highway 61 nahm Jack einen Quarter zwischen Daumen und Zeigefinger. »Kopf oder Zahl?« fragte er.

»Kopf, wir fahren nach rechts.« Linda nahm ihren BH vom Rückspiegel und stopfte ihn in ihre Handtasche.

Der Quarter drehte sich. Jack fing ihn auf und klatschte ihn auf sein Handgelenk. »Zahl.« Er bog nach links, die Sonne ging langsam hinter ihnen unter. »He, jetzt kommen Merle und Willie mit dem Lied, das du wolltest.«

Sie warteten auf den Refrain und fielen dann beide wie auf Kommando mit ein. Sie sahen sich an und lachten und sangen von Banditen und der Straße, von alten Freunden, die einen enttäuschen, und von Orten, in die man sich zurückzieht und in denen einen keiner findet.

Fünfzehn Kilometer weiter kamen sie nach Little Marais. Außer einem Schnapsladen und einem kleinen Lebensmittelladen gab es dort nicht viel. Jack und Linda gingen in den Lebensmittelladen. Jack kaufte ein Brot, ließ sich von der Frau, die hinter der Theke stand, ein Stück scharfen Cheddar abschneiden und nahm noch ein Glas Honig mit, weil er dachte, sie könnten es irgendwann brauchen.

»Hast du auch was gefunden?« fragte er Linda.

Sie war weiter hinten im Laden und hörte ihn

nicht. Er ging zum nächsten Gang und sah sie. An der Rückwand standen ein paar Ständer mit Kleidung, und Linda sah sich an, was es gab.

Sie kam mit vier kleinen Päckchen auf ihn zu.

»Hast du gefunden, was du gesucht hast?« fragte er.

»Ja.« Sie grinste und wedelte dabei mit zwei in Plastik verpackten Büstenhaltern. »Erstaunlicherweise haben sie sogar meine Größe. Die Frauen in dieser Gegend müssen ziemlich gut gebaut sein. Außerdem habe ich noch ein paar andere dazugehörige Teile gefunden.«

»Hast du auch Pullover oder Jacken gesehen? Du wirst was Warmes brauchen. Die Nächte werden kalt.«

Die Ladenbesitzerin sagte: »Wir haben drüben in der Ecke ein paar Jeansjacken und Pullover im Angebot.«

Jack und Linda gingen zu den Kleidungsstücken, es waren alles Männergrößen. Linda schob einen Bügel nach dem anderen beiseite, bis sie eine etwas kleinere Jeansjacke gefunden hatte. Jack schaute die Pullover durch, die auf einem Tisch gestapelt waren. Er zog einen schwarzen Rollkragenpullover hervor und hielt ihn hoch. »Der könnte dir passen.«

»Hm, glaube ich auch. Die Jacke ziehe ich gleich an, mir ist ein bißchen kühl.«

»Sonst noch etwas?« fragte die Besitzerin. Sie warf einen Blick auf Lindas Hemd und die eingepackten BHs auf dem Ladentisch. Wird aber auch Zeit, dachte sie; sie verstand die unvernünftige und schamlose Generation, die nach ihr kam, einfach nicht.

Linda holte noch eine Tube Zahnpasta, eine Zahnbürste, ein Deodorant und ein Paar Strümpfe. Vor einem Ständer mit Rasierern und Rasierklingen blieb sie stehen. »Rasierst du dich mit denen?« Sie zeigte auf die Rasierer.

»Ja, Lady, wenn ich mich rasiere, was hin und wieder vorkommt.«

»Dann leih ich mir deinen; schließlich brauchen wir nicht alles doppelt.« Sie ging noch einmal zurück, um eine Flasche Shampoo und einige Kosmetikartikel zu holen, und legte dann alles auf den Ladentisch.

Die Kassiererin rechnete zusammen. Jack zog eine Geldspange aus seiner linken Hosentasche. Die Spange war aus echtem Silber mit einem eingearbeiteten, verschnörkelten Muster aus Türkisen. Allerdings war Jack ein Rätsel, woher er sie hatte. Nach einer wilden Nacht in Ojinaga, neunzehnhundertachtundsiebzig, hatte er sie in seiner Hosentasche gefunden, als er über die Grenze zurück nach Norden gestolpert war. Er zählte drei Zwanzigdollarscheine ab und bezahlte. Linda zog die Jeansjacke an und knöpfte sie zu; dann gingen sie hinüber zum Schnapsladen.

»Tag!« sagte ein alter Mann beim Klingeln der Türglocke, als sie den Laden betraten.

»Tag auch!« erwiderte Jack Carmine. »Wir hätten gerne Bier.«

»Das kalte ist da drüben im Kühlschrank.« Der alte

Mann machte eine entsprechende Kopfbewegung. »Das warme ist genau daneben an der Wand.«

Jack nahm drei Sechserpacks kaltes Moosehead und ging zur Kasse; den obersten hatte er unters Kinn geklemmt, um den Stapel besser tragen zu können. »Nicht viel los hier«, sagte er und grinste.

»Nach Labor Day wird's ruhig. Ich hab's gern ruhig. Wenn die ganzen Sommerurlauber weg sind, kommen die besseren Leute. Um diese Jahreszeit kommen eher Leute aus der Oberschicht.«

»Genau, Leute wie wir«, murmelte Linda. Jack lächelte. Der alte Mann tippte den Betrag in die Kasse ein, er hatte sie nicht gehört.

»Willst du ein paar Erdnüsse?« Jack grinste sie an.

»Klar.«

»Wir nehmen fünfmal die Nußmischung und zweimal die Salamisnacks.«

Der alte Mann nahm die Packungen von einem Ständer und rechnete zusammen.

»Gibt's hier irgendwo ein Hotel?« fragte Jack und gab dem Mann ein paar Scheine und etwas Kleingeld.

»Gleich die Straße rauf ist ein Best Western. Direkt am Onion River. Es ist zu früh zum Skifahren, also haben sie sicher noch ein paar Zimmer frei.«

Als sie wieder im Wagen waren und Richtung Norden fuhren, biß Jack in eine Salami und fing an zu summen. Linda machte zwei Bier und eine Tüte Nüsse auf. Es wurde schnell dunkel.

»Ich hab noch ein bißchen Geld auf der Bank in

Dillon. Ich bezahl meinen Teil, sobald ich an das Geld komme«, sagte sie, warf ein paar Erdnüsse ein und spülte sie mit einem Schluck Moosehead hinunter.

»Mach dir darüber keine Gedanken. Ich hab den Lohn für fast sechs Monate kassiert, bevor ich nach Dillon kam. Ich hab ihnen gesagt, sie sollen das Geld, das ich im Sommer verdient hab, für mich aufbewahren, damit ich's nicht einfach auf den Kopf hau.«

»Ich mach mir aber Gedanken. Ich bezahl meinen Anteil, sobald ich kann. Ich bin gewohnt, für mich selbst zu sorgen.«

»Okay, wie du willst.«

Das Cliffside Motel lag direkt am Seeufer, die Balkone ragten über einen Abhang, der sich bis zum See hinunter erstreckte; auf dem Parkplatz standen eine ganze Reihe Autos.

»Soll ich mal nach einem Zimmer fragen?« fragte Linda.

»Ja, mach das.«

Eine Minute später kam sie zurück. »Sie haben noch zwei Zimmer frei. Das eine kostet sechsundvierzig und hat zwei Doppelbetten, aber keine Aussicht auf den See. Das andere hat ein großes Doppelbett und Aussicht auf den See, kostet aber vierundfünfzig Dollar.«

»Möchtest du ein eigenes Zimmer?«

»Meinetwegen müssen wir nicht soviel Geld ausgeben. Ich glaub, du bist ein anständiger Kerl. Wir werden uns schon einigen.« Sie lächelte. »Ich hab schon die eine oder andere Nacht in Hotels mit Typen verbracht, die ich nicht halb so gut kannte wie dich. Außerdem glaub ich, daß ein Mann, der einen anderen verprügelt, um die Ehre einer Dame zu retten, Vertrauen verdient.«

»Dann machen wir's gleich richtig. Nimm das Zimmer mit Blick auf den See.« Er zog seine Geldspange hervor und gab ihr ein paar Zwanziger. »Frag ihn, wo man hier was zu essen bekommt.«

»Willst du eine Nacht oder zwei Nächte bleiben? Der Mann will das gerne wissen.«

»Sag ihm eine. Ich hab noch nie lange im voraus geplant, und je älter ich werde, desto weniger plane ich.«

Linda nickte und ging zurück zum Empfang. Als sie die Tür zum Hotel öffnete, warf sie Jack Carmine einen Blick zu, lächelte und bewegte schnell und leicht den Kopf hin und her, als ob ihr gerade ein geheimnisvolles Lied durch den Kopf ginge.

Sie hatten nicht viel Gepäck dabei. Jack nahm seinen alten blauen Baumwollsack und die Kühlbox; Linda trug eine braune Papiertüte mit ihren Habseligkeiten.

Sie zog an der Gardinenschnur, und hundert Meter unter ihnen lag am Ende des Abhangs der Lake Superior. »He, das ist ja wirklich toll, genauso, wie der Mann es versprochen hat«, sagte sie und öffnete die Glasschiebetür.

Jack trat hinaus auf den Balkon und stützte sich auf das schmiedeeiserne Gitter. An das felsige Ufer klatschten Wellen, die über einen halben Meter hoch waren. Linkerhand standen eine Reihe von Bäumen, an denen die letzten rotgelben Blätter hingen; sie raschelten in der Brise, die vom See herüberwehte. Eine Weile standen sie auf dem Balkon, ohne ein Wort zu wechseln; ein schmaler Sonnenstrahl fiel schräg, Richtung Duluth, über das Wasser.

»Meine Güte, ich brauche eine Dusche«, sagte Linda. »Wo ist dein Rasierer?« Sie verschwand mit ihrer braunen Papiertüte, einem Bier und Jacks Rasierer im Badezimmer.

Nach einer Viertelstunde roch es gut im Zimmer, wie immer, wenn man mit einer Frau unterwegs ist. Jack saß auf der Ecke des Balkongitters, trank sein Moosehead und schlenkerte mit den Füßen. Er rieb sich die Wange und fühlte die drei Tage alten Stoppeln. Zwei Zimmer weiter trat ein junges Paar in Designer-Freizeitkleidung auf den Balkon. Der Mann sah zu Jack hinüber und nickte.

»N' Abend«, erwiderte Jack und versuchte sich daran zu erinnern, wann er sich das letzte Mal jung gefühlt hatte. Lange her. Sehr lange.

Er trat ins Zimmer, als Linda gerade aus dem Bad kam; sie hatte ein großes Badelaken umgebunden und ein Handtuch um den Kopf gewickelt, so gekonnt, wie es nur Frauen nach dem Haarewaschen können. Er fragte sich, wie alt sie wohl war. Vermutlich Anfang dreißig; sie hatte sich sehr gut gehalten, genausogut, wie das Handtuch von ihrem Busen gehalten wurde –, und das wurde bestens gehalten. Ihre

Beine waren nicht so lang, wie sie in Jeans und Stiefeln ausgesehen hatten, aber sie waren auf jeden Fall lang genug, vielleicht sogar noch ein bißchen länger. Ihm war immer schon aufgefallen, daß Frauen angezogen größer aussahen; ohne Kleider wirkten sie kleiner und nicht so eindrucksvoll.

Sie machte das kleine Radio am Bett an und drehte so lange am Knopf, bis sie einen Sender mit Country-Musik gefunden hatte. Jack ging ins Bad, rasierte sich und stellte sich unter die Dusche. Linda klopfte an die Tür.

»Komm rein«, sagte er über das Rauschen des Wassers hinweg.

»Macht's dir was aus, wenn ich mir die Zähne putze, während du duschst?«

»Überhaupt nicht.« Über dem Duschvorhang stiegen Dampfwolken auf, Wasser strömte über seinen Nacken, und Seife rann seinen Körper entlang. Jack Carmine fühlte sich allmählich wieder etwas jünger. Etwas.

»Was ist denn das?«

»Was denn?«

»Das Ding mit einem Gurt und einer Reißverschlußtasche.«

»Mein Schulterhalfter. Da ist mein ganzes Geld drin. Mir sind vor ein paar Jahren in Vegas mal siebenhundert Dollar gestohlen worden. Danach hab ich mir dieses Halfter besorgt. Ich mag keine Schecks, ich hab lieber Bargeld.« Er hörte kaum, wie sie beim Hinausgehen die Tür zumachte. Er kämmte sich das nasse Haar aus dem Gesicht und schlang ein Handtuch um die Hüften. Linda lag auf dem Bett und sah durch die Glasschiebetür hinaus, das Kinn auf die gefalteten Hände gestützt.

»Was hat der Mann gesagt? Gibt es hier irgendwo ein Restaurant?«

»Es gibt eines im Motel und außerdem zwei in Grand Marais, ungefähr sechzig Kilometer von hier.« Sie sagte es nachdenklich, als ob sie an etwas ganz anderes dachte, und wackelte mit den Füßen, die über die Bettkante hingen.

Die Hälfte seines Lebens hatte Jack Carmine bereits hinter sich. Er lehnte sich gegen den Rahmen der Schiebetür, die Füße gekreuzt, die Arme verschränkt. Es paßte alles zusammen: nur mit einem Handtuch bekleidet zu sein in einem Zimmer am Ufer des Lake Superior, in einem Zimmer, das er mit einer Frau teilte, über die er nichts wußte. Es paßte perfekt zusammen, die Frau und die Situation. Es paßte zu dem Leben eines Mannes, der sich nie entscheiden konnte, wohin er als nächstes gehen sollte, und dem es auch ziemlich egal war, wohin er ging.

»Die meisten Menschen tun so etwas wie wir nicht«, sagte sie und kehrte von dort, wo sie in Gedanken gewesen war, wieder zu ihm zurück.

»Tun was nicht?«

»Laufen aus der Hintertür eines Lokals namens Rainbow Bar in Dillon, Minnesota, mit jemandem fort, den sie überhaupt nicht kennen und steigen in einen Wagen, fahren den ganzen Tag und landen in einem Motelzimmer mit nichts an, außer einem Handtuch.«

»Das stimmt. Wenn du das in einem Buch lesen würdest, würdest du es nicht glauben. Wahrscheinlich würde das Land im Chaos versinken, wenn jeder sich so benähme.«

Sie blickte noch immer aus dem Fenster auf den Lake Superior. »Manchmal mußt du ... einfach weg, weg von dort, wo du gerade bist. Die letzte Maschine nach draußen nehmen, wie in dem Lied, verstehst du?«

»Klar. Denk an all die Idioten, die gerade im Holland-Tunnel die Auspuffgase der anderen Autos einatmen, oder an die Pendler, die mit dem Vorortzug nach Hause rattern. Ich denk an sie und schwöre, daß ich das nie im Leben machen werde. Das hab ich schon vor dreißig Jahren entschieden. Glaubst du etwa, denen geht's mit ihren Hypotheken und ihrer Lebensversicherung besser als uns? Nein, zum Teufel, es sei denn, wir werden krank oder alt oder brauchen unbedingt sofort ein Haus.«

»Heißt du wirklich Jack Carmine?«

»Ja.«

»Und du lebst wirklich in Alpine, in Texas, stimmt's?«

»Wenn ich da bin, was selten vorkommt, außer im Winter.«

»Jack Carmine aus Alpine ... sagen die Leute das so? Machen sie sich darüber lustig, daß es sich reimt?«

»Früher ja, heute nur noch selten. Manchmal habe ich mich als Jack Carpine aus Almine vorgestellt, um sie ein bißchen zu verwirren. Willst du noch ein Bier?«

»Klar. Ich mach mit dem Handtuch das ganze Bett naß. Kommst du damit klar, wenn ich es ablege?«

»Schon, wenn ich mich beherrsche, was ich allerdings nicht besonders gut kann, aber ich werd's versuchen. Du wirst allerdings hinnehmen müssen, daß ich ab und zu zu dir rübersehe. Ungefähr alle vierzehn Sekunden oder so.«

Sie rollte auf die Seite und befreite ihren Körper vom Handtuch. »Du siehst im Handtuch aber auch ziemlich gut aus, Jack Carmine. Wie schaffst du es nur, so dünn zu bleiben, bei all dem Bier, das du trinkst?«

»Harte Arbeit und Veranlagung. Ich nehme an, vor allem letzteres.« Er hatte ein wenig Mühe, seinen Puls zu beruhigen. Linda lag wieder auf dem Bauch, die Arme um ein Kissen gelegt, auf dem ihr Kopf ruhte. Sie sah ihn an. Ein schöner, glatter Körper, frisch geduscht und gut duftend. Ihre Rückseite sah gut aus, und ihre Brüste drückten sich in das Bett.

»Ich glaub, ich setz mich besser, wenn's dir nichts ausmacht. Ich hab Schwierigkeiten, hier alles unter Kontrolle zu behalten. Versteh mich nicht falsch; ich will dich nicht bedrängen, ich sag dir nur, wie's ist. Manche Dinge nehmen bei einem Mann gelegentlich ein gewisses Eigenleben an, ob er nun will oder nicht.«

»Mach dir nichts draus. Ich kann's mir einigermaßen vorstellen. Nichts, was einem peinlich sein müßte.« Sie klopfte neben sich auf das Bett. »Setz dich, wenn du willst, ich hab keine Angst. Weißt du, was die Mädchen in der High-School sich über die Jungs erzählt haben?« Sie kicherte ins Kopfkissen.

»Ich trau mich fast nicht zu fragen. Erzähl's mir trotzdem.«

»Wenn du's noch nie gesehen hast, weißt du nicht, was es ist. Wenn du's gesehen hast, hast du keine Angst mehr davor. Schlimm, was? Wir haben allerdings damals gedacht, es wäre ziemlich witzig.«

»Da ist vielleicht was dran. Aber ich glaub, ich laß es im Moment einfach so stehen.«

Eine halbe Stunde später lagen sie beide auf dem Bauch, ungefähr einen halben Meter voneinander entfernt. Jack hatte zehn Minuten zuvor sein Handtuch in Richtung Badezimmer geworfen.

»Weißt du«, sagte sie, »daß es richtig schön ist, hier mit einem Mann zu liegen und zu reden, und daß wir, obwohl wir beide nackt sind, nicht sofort verrückt spielen. Die meisten Männer wären dazu nicht in der Lage, und ich weiß das zu schätzen. Ich vermute, das bedeutet, daß wir miteinander vertraut sind, ohne miteinander intim zu sein. Ist dir das schon mal passiert?«

Jack klopfte leicht mit der Bierflasche gegen das Kopfteil des Bettes und beobachtete das, was er tat, nahezu andächtig. »Laß uns spaßeshalber davon ausgehen, daß mir das schon mal passiert ist. Der Trick besteht darin, das erste Aufwallen von Hormonen und Adrenalin zu überstehen und sich wieder zu beruhigen. Wo, sagst du, kommst du her?«

»Aus Altoona, Iowa. In der Nähe von Des Moines. Ich hab bei American Battery am Fließband gearbeitet, bis sie den Laden mit nur einer Woche Vorwarnung geschlossen und nach Dallas verlegt haben. Ich brauchte Geld und hatte gehört, daß die Hühnerfabrik in Dillon Leute suchte.«

»Wie heißt du mit Nachnamen, wenn ich fragen darf?«

Sie sagte ihm ihren Nachnamen, rollte sich auf den Rücken und sah an die Decke. Ihre Brüste waren genauso groß und schön, wie er sie in Erinnerung hatte. Er sah sie noch vor sich, wie sie letzte Nacht im Rainbow ein paar Stunden zuvor auf der Straße getanzt hatte. Sie blinzelte zweimal, ihre Augen glitzerten feucht, während sie an die Decke starrte. Im Radio spielte eines dieser nichtssagenden Lieder, die sich zwar gut zum Tanzen eigneten, an die man sich aber weiter nicht erinnerte.

»Was hast du in Dillon zurückgelassen?«

»Nicht viel. Die Miete war bezahlt, ich schulde dem Vermieter also nichts mehr. Ein paar Klamotten, überwiegend Jeans und Sachen für die Arbeit. Und ein sehr hübsches Kleid, das ich in einem Anfall von Wahnsinn letzten Sommer gekauft habe – zweiundsechzig Dollar im Schlußverkauf.«

»Ich sag dir was«, meinte Jack und lächelte sie an. »Ich kauf dir ein schönes Kleid – ein wirklich schönes

– und alles, was dazu gehört. Wenn du ein bißchen bei mir bleibst, oder auch, wenn du's nicht tust, suchen wir uns in Duluth oder Minneapolis oder irgendwo da in der Gegend ein Geschäft und staffieren dich ganz neu aus.«

Sie rollte ihren Kopf auf das Kissen und lächelte ihn sanft an. »Das mußt du nicht.«

»Ich weiß, daß ich das nicht muß, aber ich möcht's gerne. Ich will zusehen, wie du Kleider anprobierst. Ich finde es sexy, eine Frau dabei zu beobachten, wie sie neue Sachen anprobiert; ich krieg also was fürs Geld. Ich glaube, es liegt daran, daß Frauen es so gern tun. Du fühlst dich gut, wenn du ihnen dabei zusiehst.«

Sie legte eine Hand auf seinen unteren Rücken und bemerkte eine Narbe auf seiner rechten Schulter. »Jack Carmine, du bist schwer in Ordnung. Woher weißt du soviel über Frauen?«

»Man muß nur einen kühlen Kopf bewahren und aufpassen, der Rest kommt von alleine. Ich weiß es einfach. Hast du Hunger?«

»Ja. Sollen wir hier im Motel essen?«

»Ich bin dafür, nach Grand Marais zu fahren. Irgendwie sind diese Motelrestaurants alle gleich. Ich werd das Gefühl nicht los, daß es einen Koch und zwei Kellnerinnen gibt, die mich durch das ganze Land verfolgen und da arbeiten, wo ich gerade haltmache. Ich seh von einer Speisekarte auf, die mir unheimlich bekannt vorkommt, und vor mir steht eine Bedienung in schwarzweißer Uniform und mit einem rosafarbenen Taschentuch in der Brusttasche, von der ich schwören könnte, daß ich sie schon mal in einem anderen Lokal gesehen habe.«

Linda schwang sich vom Bett und tappte Richtung Badezimmer. Jack sah Frauen gerne davongehen. »Irgend etwas daran gefällt mir, ich weiß nicht warum.« Das hatte er irgendwann mal Bobby McGregor erzählt. Ein paar Jahre später schrieb Bobby ein Lied, in dem diese Gedanken vorkamen.

Jack dachte nie ernsthaft über etwas nach, als Bobby ihn kennenlernte, damals in Saigon, als dort alles zum Teufel ging. Er behauptete, daß Nachdenken schlecht für die Seele und noch schlimmer fürs Herz sei. Er sagte, daß es alle guten, schönen Gefühle verdrängte. Er meinte, alles Gute würde nur passieren, indem man etwas täte und nicht, indem man darüber nachdächte.

Bobby hatte ihn einmal nach seiner Lebensphilosophie gefragt.

»Meine was?« hatte er gefragt.

»Du weißt schon, deine Einstellung zur Menschheit und zu dem Platz, den du darin einnimmst.«

Sie waren an einer langen hölzernen Bar in Shreveport gestanden; sie hatten da rumgehangen und darauf gewartet, daß es beruflich weiterginge, so, wie sie es immer getan hatten, ehe Bobby sich mehr oder weniger niederließ.

Jack hatte die Flaschen eingehend betrachtet, die an der Rückseite der Bar aufgereiht waren, und dann angefangen, das Etikett seiner Bierflasche in dünnen

Streifen abzureißen; er war voll konzentriert gewesen. »Erst überleben und sich dann fortpflanzen.«

»Was?«

»So wie ich es gesagt habe.«

»Du meinst, das war's?« Bobby hatte gegrinst und zwei Lone Stars für sie beide bestellt, während er darüber nachdachte, was Jack gesagt hatte. »Mehr nicht?«

»Genau das. Es kommt drauf an, durchzuhalten, und während wir durchhalten, müssen wir darauf achten, daß unsere fragwürdige Spezies ebenfalls durchhält. Aus dem zweiten Teil haben wir so eine Art Kunst gemacht, wenn es uns in Sommernächten wie dieser gutgeht. Aber es ist immer das gleiche ... immer das gleiche. Wir kommen, wir tun etwas, und wir gehen wieder ... Das ist alles, und deshalb sollten wir uns nicht so ernst nehmen.«

»Und was ist mit all den großen Dingen, die wir geschaffen haben, Raketen zum Mond, Michelangelo, Picasso, was ist damit?«

»Nichtigkeiten. Vielleicht sogar gute Nichtigkeiten, die uns ermöglichen, dem zu entkommen, was uns ganz tief drinnen antreibt, aber eben trotzdem Nichtigkeiten. Du hast mich gefragt, wie ich die Dinge unterm Strich sehe, und ich hab's dir gesagt. Manche Leute versuchen, uns zu was Höherem zu machen, und meinen, wir seien höher entwickelt als Hunde und Krokodile, Fische und Blumen. Das sind wir aber nicht, wenn man's genau nimmt. Wir leben alle auf dem gleichen Erdball, sitzen alle im gleichen

Boot – Hunde, Krokodile, Fische, Blumen – und haben alle das gleiche Ziel, nämlich das Nichts. So sehe ich die ganze Geschichte. Glaub, was du willst, Bobby, mir ist es egal.«

Jack suchte in seiner Hosentasche nach Kleingeld und ging zur Jukebox. Er legte einen kleinen texanischen Twostep-Shuffle hin, als er die leere Tanzfläche überquerte. Er warf vier Quarter in die Jukebox, suchte ein paar Musiktitel aus und ging zu einem Tisch, an dem drei Frauen saßen.

Zwanzig Sekunden später tanzte er mit einer von ihnen zu »San Antonio Rose«. Als sie an der Bar vorbeikamen, grinste Jack Bobby an. »Das Überleben scheint heute abend gesichert zu sein, also arbeite ich an Teil zwei von Jack Carmines Weltanschauung.«

Er bewegte sich mit der Frau über die Tanzfläche, ein klein wenig aus dem Takt, aber sie glich das wieder aus, und es ging gut. Sie sah in das Gesicht unter dem Stetson und lachte über das, was er sagte. Die Frauen mochten Jack Carmine wie andere Leute Sonne oder Nieselregen auf dem Gesicht mochten. Er schien mit dem Wind zu gleiten, statt sich von ihm herumwirbeln zu lassen, und die Frauen spürten das. Außerdem mochte er Frauen wirklich, nicht nur im Bett, sondern auch sonst. Er sah sie gern an, unterhielt sich gern mit ihnen, tanzte gern mit ihnen, und den Frauen blieb das nicht verborgen. Sie mochten ihn, weil ihm all das gefiel, was eine Frau ausmachte.

Linda kam aus dem Badezimmer; sie sah gut aus. Ihre Jeans waren ein bißchen angestaubt, aber der neue Rollkragenpullover stand ihr gut. Er war höchstens ein bißchen weit. Sie hatte ihr langes Haar mit einem rosafarbenen Band zusammengebunden, das sie in ihrer Handtasche gefunden hatte.

Jack schnürte seine Stiefel zu. Er hatte ein frisches Flanellhemd angezogen, diesmal blau-weiß-kariert, und seine andere Jeans. »Fertig, Tänzerin?«

»Hast du hier einen von diesen Schuhputzlappen gesehen?«

Jack sah im Schrank nach und fand einen. Er warf ihn ihr zu.

Linda fuhr mit dem Lappen über ihre Stiefel, stellte dann beide Füße nebeneinander und sah darauf hinunter. »Ziemlich traurig.«

»Ziemlich gut, wenn du mich fragst.« Er zog eine Lederjacke über, die auch schon bessere Tage gesehen hatte. »Du siehst in jeder Hinsicht sehr gut aus.«

»Danke. Es tut gut, das ab und zu zu hören, ob's nun stimmt oder nicht.«

»Heute abend stimmt es, und nur darauf kommt's an.«

Sie gingen aus dem Zimmer. Der Mond stand fast kreisrund am Himmel, und es war ziemlich kalt geworden. Jack fing an zu singen: »Mannschaftstaxis auf dem Parkplatz und das Klicken der Billardkugeln. Sätze voller Liebe und Leidenschaft auf den Toilettenwänden ...«, und der Truck rollte gen Norden, am Ufer des großen Wassers entlang, das die Indianer Gitche Gumee nannten. Knapp eine Stunde später waren sie in Grand Marais.

»Der Mann im Motel hat gesagt, daß es hier eine gute Pizzeria und ein Rasthaus oder so was Ähnliches gibt. Harbor's Edge, Harbor Irgendwas, ich hab's vergessen.«

»Da ist es, Harbor Light. Sollen wir reingehen?«

»Ja.«

Jack bog auf den Parkplatz ein. Er öffnete die Wagentür einen Spalt und sagte: »Hörst du, was ich höre? Da spielt eine Band. Das klingt vielversprechend, findest du nicht? Außer, daß sie einen von diesen neuen Songs spielen, die alle gleich klingen. Passen zu den neuen Autos, die sehen ja auch alle gleich aus. Ich mochte die alten Autos mit ihren geschwungenen Kotflügeln, und mir gefallen auch die alten Songs besser.«

Linda lächelte ihn an, als sie zur Tür des Harbor Light gingen. »Wo wir gerade beim Alter sind, wie alt bist du eigentlich, Jack Carmine?«

»Mal sehn. Genau in diesem Augenblick bin ich sechsundvierzig, und morgen bin ich ... hm ... siebenundvierzig.« Er öffnete die Tür und hielt sie ihr auf.

»Texas Jack hat sich also plötzlich in einen Geburtstags-Jack verwandelt. Warum hast du mir das nicht gesagt?«

Jack fing an, mit Schultern und Hüften zu wakkeln, als ob er tanzen würde. »Ich hatte es vergessen, bis du mich gefragt hast. Yep, heute tanz ich Tango und esse Mango und nehm die letzte Maschine nach draußen. Wir machen uns jetzt in Grand Marais einen erstklassigen Abend, sofern das hier überhaupt möglich ist.«

Die Oberkellnerin kam lächelnd auf sie zu, die Speisekarten fest an die Brust gepreßt. Jack grinste sie an. »Den besten Tisch des Hauses. Ich hab morgen Geburtstag, und seit mir das wieder eingefallen ist, bin ich plötzlich völlig aus dem Häuschen.«

Sie lächelte und führte sie ins Restaurant. Sie brachte sie zu einem Tisch, von dem aus man auf eine Gruppe Nadelbäume sah, die sich leicht im Nachtwind bewegten. Sie gab ihnen beiden eine Speisekarte.

»Möchten Sie schon etwas zu trinken?«

Jack sah Linda an.

»Scotch mit Eis«, sagte sie.

»Geben Sie ihr den besten Scotch, den Sie haben.«

»Wir haben J and B.«

»Okay. Und für mich zwei Mooseheads.«

»Zwei?«

»Ja, zwei. Ich muß noch die letzte Maschine erreichen. Und dafür brauch ich einen fliegenden Start.«

»Hier in der Nähe gibt's keinen Flughafen«, sagte die Oberkellnerin.

»Doch, gibt es wohl. Ich bin nur der einzige, der ihn sehen kann, und die Maschine hebt bald ab, mit dem kleinen Gauner an Bord.« Jack streckte seine Hand flach aus und zog sie in einer Aufwärtsbewegung über den Tisch.

Die Oberkellnerin sah kurz an die Decke. »Wieder ein Betrunkener« stand in ihrem Gesicht geschrieben. »Die Kellnerin bringt Ihnen gleich die Getränke.« Sie ging.

»Ich glaub, sie mag mich nicht«, sagte Jack und grinste.

»Sie kennt nur keine Männer mit hochfliegenden Plänen. Das wird sich schon noch ändern. Bevor der Abend vorüber ist, wird sie um deine Hand anhalten. Glaub mir.«

Die Kellnerin kam mit den Getränken. »Die Empfehlung des Küchenchefs ist heute gebratener Pollock.«

Jack sah Linda an und dann wieder die Kellnerin. »*Pollock?* Das ist ein Maler. Sie servieren hier Menschenfleisch? Meine Güte, ich bin schon in einigen üblen Orten gewesen, aber das hier übertrifft alles. Heute abend gebratener Pollock, morgen zum Brunch gekochten Warhol.«

Die Kellnerin wurde rot. »Nein, ich meine ... es ist ein Fisch. Ich hab ihn noch nie richtig aussprechen können.«

Linda sah sie an und lächelte sanft. »Oh, Sie meinen Pollack, Schellfisch.«

»Genau.«

»Welche Band spielt hier heute abend?« fragte Jack.

»The Rusty Cadillacs. Sie sind wirklich toll. Also, mir gefallen sie jedenfalls.«

Er sah Linda an. »Na, wonach steht dir der Sinn, Tänzerin?«

Sie sah gut aus. Das Gesicht war ein klein wenig

geschminkt, das schwarze Haar glänzte und war hinten mit dem rosa Band zusammengebunden. Letzte Nacht noch hatte sie ihre Brüste geschwungen, die knallorangefarbenen Troddeln herumgewirbelt und das getan, was Carma ihr beigebracht hatte.

»Mach dir wegen des Geldes keine Sorgen. Magst du Hummer?«

»Ich liebe Hummer. Ich hab noch nicht oft welchen gegessen.«

Er sah auf die Speisekarte und sprach mit der Kellnerin. »Hier steht, Sie bieten Hummerschwänze zum Marktpreis an, das heißt, zu dem Preis, den die Jungs oben in Maine festsetzen. Sie halten die Hummer in ihren Hummerbecken, so daß sie die Preise diktieren können, genau wie bei Diamanten. Die Bauern versuchen das auch schon seit Jahren, aber entweder sind sie zu dumm oder zu eigensinnig, um sich richtig zu organisieren.« Die Kellnerin wurde ungeduldig, sie zückte Block und Stift. »Wir nehmen zwei schöne große Hummerschwänze zum Marktpreis.«

»Die gebackenen Kartoffeln sind leider aus, aber wir haben *hash browns* oder Pommes frites.«

»Ich nehme *hash browns*«, sagte Linda. »Und den Salat mit italienischem Dressing.«

»Für mich das gleiche.« Jack grinste.

»Zwei Hummerschwänze, *hash browns* und italienisches Dressing. Ich bringe Ihnen gleich den Salat.«

»Gefällt's dir?« fragte Jack, nachdem die Kellnerin verschwunden war.

»Bis jetzt ja.« Linda lächelte und sah ihn an. Mit dem Messer schlug sie den Takt zu den Rusty Cadillacs, die in einem anderen Teil des Gebäudes spielten. »Machst du das immer so? Fährst in deinem Truck herum und ißt Hummer?«

»Manchmal, nicht immer. Hängt von meiner Stimmung und den Finanzen ab. Wenn man nur in seinem Truck herumfährt, löst man keine Probleme. Allerdings weiß ich auch nicht, wie man sie anders lösen soll.« Er betrachtete den großen Speisesaal, der nach oben hin offen war, so daß man die Dachbalken sehen konnte. »Das scheint ein ziemlich altes Haus zu sein. Gefällt mir ganz gut. Ich mag überhaupt alte Sachen, Sachen, denen man ansieht, daß sie eine Vergangenheit haben.«

Linda spielte mit dem Messer und schaute nach oben. »Paßt irgendwie zu uns, findest du nicht?«

»Zu mir schon. Du bist noch nicht alt. An den tiefen Falten in meinem Gesicht sind nicht nur scharfer Wind und sengende Sonne schuld.«

»Also, ich bin siebenunddreißig und lasse allmählich etwas nach, vor allem geistig. Außerdem stelle ich fest, daß mein Körper hier und da ein paar schlaffe Stellen und Falten hat. Meine Karriere als Stripteasetänzerin hätte jedenfalls nicht mehr lange gedauert.« Sie spreizte ihre Hände. »Nur meine Fingernägel sehen viel besser aus, seit ich nicht mehr in der Hühnerfabrik arbeite.«

»Also mir sind keine schlaffen Stellen oder Falten aufgefallen, und ich hab dich die letzten paar Stunden ziemlich genau angesehen. Außerdem finde ich, daß ein gewisses Alter sehr reizvoll ist.« Jack grinste. »Wollen wir nach dem Essen tanzen, oder bist du zu müde?«

»Ich würd gern tanzen.« Linda hielt ihren Drink in die Höhe, und Jack stieß mit seinem Moosehead an. Sie sagte: »Wir trinken auf alles, was besser ist, als im Rainbow vor diesen sabbernden Typen mit meinen Troddeln herumzuwirbeln. Es ist schon traurig, Jack Carmine, daß all diese Männer eine Frau dafür bezahlen müssen, damit sie vor ihnen tanzt. Ich hab mir damit nur meinen Lebensunterhalt verdient, aber sie träumen von etwas, daß nie eintreffen wird.«

»Okay, wir trinken auf alles, was besser ist als das, und wir versuchen nach und nach, alles besser zu machen. Allerdings muß ich zugeben, daß ich es etwas bedaure, daß du damit Schluß gemacht hast, denn du wärst wahrscheinlich Weltmeisterin im Troddelnwirbeln geworden.«

»Danke für das Kompliment... Tja, Talent zeigt sich eben auf vielen Gebieten. Und eine Frau muß das Beste aus dem machen, was sie hat.« Sie lachte.

»Ich will mitlachen.«

»Ich dachte gerade, daß die Zuschauerzahlen bei Footballspielen wahrscheinlich Rekordhöhen erreichen würden, wenn in der Halbzeit nicht mit Tamburinen, sondern mit meiner Art von Troddeln gewirbelt würde.«

»Verdammt, ich hab 'ne bessere Idee. Du gehst mit Carma und noch 'n paar andern aufs Spielfeld. Die

Leute kämen von überall her, um euch zu sehen. Wahrscheinlich würdest du es aber auch allein schaffen. Soll ich mich an die Arbeit machen und dein Manager werden? Kannst du dir das vorstellen: Fünfzigtausend Leute, die pro Nase zehn Dollar Eintritt bezahlen, die diese La-ola-Welle machen und Hot dogs essen, während sie Miss Linda Lobo zusehen, wie sie mit ihren Troddeln herumwirbelt? Ich würd mit einem großen Billardstock am Rand stehen und dich beschützen. Nach einer Vorstellung könnten wir uns aufs Altenteil zurückziehen.«

Linda stellte sich vor, wie Jack einen Billardstock schwang, während Tausende von Fans aufs Spielfeld stürmten, und mußte noch mehr lachen. »Na, das hört sich für dich wahrscheinlich besser an als für mich. Aber es wäre jedenfalls sinnvoller, als einem Haufen alter Männer dabei zuzusehen, wie sie sich herumschubsen und versuchen, einen kleinen Ball zu bekommen.«

Die geknackten Hummerschwänze wurden serviert, leicht gekrümmt und leuchtend orangerot. Nachdem die Kellnerin zwei Schalen mit flüssiger Butter auf Stövchen gestellt und wieder gegangen war, sagte Linda: »Es ist wirklich schön hier. Kommt mir richtig elegant vor, auf jeden Fall bin ich so was nicht gewöhnt.« Sie lächelte Texas Jack Carmine im Kerzenschimmer an. Und Jack war glücklich, weil Linda Lobo glücklich war.

Als sie mit dem Essen fertig waren und die Kellnerin die Teller abgeräumt hatte, lehnte Jack sich in seinem Stuhl zurück. »Nun, wie hat dir der Hummer geschmeckt?«

»Es kam mir vor, als hätte ich einer dieser Prominentensendungen über die Reichen und Schönen zugesehen, nur daß ich diesmal selbst dabei war. Es hat wirklich lecker geschmeckt, Jack. Ich bin froh, daß du Hummer bestellt hast. Oh, sieh mal, ich wette, daß das für dich ist.« Linda zeigte in Richtung Küche.

Die Kellnerin trug einen kleinen Kuchen mit einer einzigen Kerze auf dem Zuckerguß. Sie marschierte bis zu ihrem Tisch. »Das Harbor Light gratuliert Ihnen herzlich zum Geburtstag. Ich soll eigentlich ein Geburtstagslied singen, aber ich singe nicht besonders gut. Doch wenn Sie möchten, singe ich trotzdem.«

Jack schielte nach dem Namensschild der Kellnerin. »Pam, jeder Mensch kann singen, wenn ihm warm genug ums Herz ist. Aber heutzutage ist den wenigsten Menschen warm ums Herz, deshalb glauben sie, daß sie nicht singen können. Machen Sie sich keine Gedanken, ich singe, und Sie summen mit, abgemacht?«

Sie nickte.

Jack fing in seinem rauhen Bariton an zu singen: »Happy birthday to Jack ...« und hörte auf. »Kommen Sie schon, Pam, Sie haben versprochen, mitzusummen.«

Die Kellnerin wurde rot und fing stockend an, leise mitzusummen. Sie stand da mit zusammengeballten Händen, die sie gegen ihren Bauch preßte. Linda lächelte und sang zusammen mit Jack. Als sie fertig waren, tauchte Jack seine Finger in das Wasserglas und drückte die Kerze aus. »Mein Opa hat die Geburtstagskerzen immer so ausgemacht. ›Bekämpfe Feuer mit Wasser, Jack‹, hat er immer gesagt, ›und spar dir deinen Atem für das Laufen, du wirst ihn brauchen.‹ Als er ungefähr siebzig war, brauchte er ziemlich lange, um die Kerzen auszudrücken. Ich konnt es kaum abwarten, bis er fertig war, und wir endlich Kuchen essen konnten.«

Vier Leute, die an einem der Nachbartische saßen, applaudierten. Jack drehte sich in seinem Stuhl um und verbeugte sich. »Möchten Sie ein Stückchen Kuchen? Ich schneide ihn in ganz dünne Scheiben, dünner als texanischer Regen, dann reicht er für alle.« Sie lehnten dankend ab, weil sie auf ihr Steak warteten. Also schnitt er ihn in drei Teile und bestand darauf, daß Pam ein Stück mitnahm.

Jack bezahlte die Rechnung, und sie gingen einen Korridor entlang, dorthin, wo die Musik herkam. Am Ende des Korridors lag die überfüllte Bar, und hinter der Bar befand sich die Tür zum Tanzsaal – ein nahezu komplettes Vergnügungszentrum in den nördlichen Wäldern. Über den Rusty Cadillac hing ein rot-weiß-blaues Banner:

HERZLICHEN GLÜCKWUNSCH ZUM HOCHZEITSTAG
MR. & MRS. EDWARD THORVALD

Jack drängte sich durch zur Bar und holte zwei Bier. Dann gingen sie in den Tanzsaal, der ungefähr zwanzig Meter lang und fünfzehn Meter breit war. Am Rand standen Tische, und am anderen Ende war eine kleine Bühne aufgebaut. Die Band spielte »Me and Bobby McGee«.

Freedom 's just another word
for nothin' left to lose ...

»Bring ... sie ... weg, *Leon*!« Jack klatschte im Takt der Musik. »Können Sie den texanischen Twostep, Miss Linda Lobo?«

»Ich hab ihn nie getanzt, aber mal im Fernsehen gesehen. Wer ist Leon?«

»Das war damals der Steelgitarrist von Bob Wills. Bob hat das immer gesagt, wenn es Zeit war für ein Gitarrensolo.« Er deutete auf die Tanzfläche. »Sollen wir es mal versuchen?«

Sie hob herausfordernd ihren Kopf, streckte ihm ihre Arme entgegen und grinste ihn an: »Bring's mir bei, Texas.«

»Also, man macht so eine Art Schleif-Hüpf-Schritt ...«

Zwei Minuten später tanzte Linda den texanischen Twostep besser, als Jack ihn in seinen kühnsten Träumen getanzt hatte. Das bedeutete nicht, daß sie es toll konnte. Es hieß nur, daß Jack nicht besonders gut tanzte. Aber die Hauptsache war, daß es Spaß machte. Und da sie eine Art von Weisheit besaßen, die den meisten Menschen abhanden gekommen war, ließen sie sich nicht wegen mangelnder Fertigkeiten den Spaß verderben.

Als die Cadillacs »Louisiana Saturday Night« beendet hatten, war Jacks Hemd klatschnaß, der Schweiß rann ihm über Brust und Stirn. Tanzen war harte Arbeit für ihn. Lindas Gesicht war etwas gerötet, aber sie schien nicht besonders erhitzt.

Gegen elf Uhr spielte die Band so eine Art ländlichen Tusch. »Wir bitten Mr. und Mrs. Thorvald auf die Bühne, um ihnen ordentlich gratulieren zu können«, sagte der Gitarrist durch das Mikrophon. Alle klatschten, und die Thorvalds kamen vorn auf die Bühne.

»Meine Güte, das ist doch toll, findest du nicht?« sagte Jack und sah zu Linda hinunter, die sicher fünfzehn Zentimeter kleiner war als er mit seinen einsachtzig. »Vierzig Jahre, du lieber Himmel... die sind seit vierzig Jahren verheiratet. Mensch, wenn ich all die verheirateten Jahre von den Leuten zusammenzähle, die ich kenne, käme ich nicht auf vierzig Jahre, selbst dann nicht, wenn ich die zweiten und dritten Ehen dazuzähle.«

Die Thorvalds waren klein und stämmig. Sie hielten sich umarmt und winkten ihren Gästen zu. Linda schaute sie an, sie sah ein bißchen traurig aus. Sie hob den Kopf in Jacks Richtung, und er sah, daß sie Tränen in den Augen hatte. »Das ist *wirklich* toll«, sagte sie. »Man muß sich sehr um den anderen bemühen und viel Geduld haben, um es soweit zu bringen.«

»Und auch viel Liebe, meinst du nicht?« Ein feines, leichtes Lächeln überzog Jacks Gesicht, als er das sagte.

»All diese Dinge, Jack. All diese Dinge, die einige von uns irgendwie verloren haben.«

Jack legte seine Arme um sie, hob eine Hand und wischte die Träne weg, die über ihre linke Wange lief. Sie umarmte ihn, stellte sich auf die Zehenspitzen und küßte ihn ein paar Sekunden lang weich und warm. Dann legte sie ihren Kopf an seine Brust und sah den Thorvalds zu, wie sie den Hochzeitstag-Walzer tanzten.

»Komm«, sagte Linda leise, als andere Leute auf die Tanzfläche gingen, um sich den Thorvalds anzuschließen. »Laß uns auch den Hochzeitstag-Walzer tanzen.« Und sie tanzten mit den anderen zusammen. Die Rusty Cadillacs gaben bei diesem Song ihr Bestes, und Jack gab bei diesem Tanz sein Bestes. Er und Linda glitten im Walzertakt über die Tanzfläche. Zusammen mit den anderen, die gekommen waren, feierten sie die Thorvalds und diesen Abend und alle, die sich um andere bemühten, Geduld hatten und andere liebten, in einer Welt, die sich darum nicht kümmert. Sie feierten die Dinge, die Linda Lobo und Texas Jack Carmine abhanden gekommen waren.

Später tanzte Jack mit Mrs. Thorvald. Linda konnte sie über die Schulter von Mr. Thorvald sehen, während sie mit ihm tanzte, ihre linke Hand lag dabei dicht neben dem rot-schwarzen Hosenträger auf seinem weißen Hemd. Mrs. Thorvald warf den Kopf zurück und lachte über etwas, das Jack gesagt hatte. Er grinste und sah zu Linda hinüber, hob abwechselnd die Augenbrauen und wirbelte dann mit Mrs. Thorvald schwungvoll an der Bühne vorbei. Sie lachte immer noch.

Als er Mrs. Thorvald dorthin begleitete, wo Linda und Mr. Thorvald standen, sagte sie zu Linda. »Sie haben das große Los mit ihm gezogen, meine Süße, halten Sie ihn gut fest. Er tanzt nicht nur ziemlich gut, er ist auch noch unterhaltsam. Das ist für jede Ehe wichtig, heute noch mehr als früher. Gut, daß ich Mr. Jack Carmine nicht getroffen habe, als ich noch jünger war, sonst hätte dieser Herr hier ziemliche Konkurrenz gehabt.«

Der betreffende Herr war kahl, aber er grinste, zog Mrs. Thorvald in seine Arme und tanzte mit ihr fort, als die Musik wieder einsetzte. Linda legte einen Arm um Jack Carmine und sah ihnen nach, sah, wie sie sich anlächelten. Auf ihren Gesichtern spiegelten sich die Jahre wieder, in denen sie beide daran gearbeitet hatten, daß diese Ehe funktionierte. In einer Welt, in der Verluste etwas Alltägliches waren, hatten Mr. und Mrs. Thorvald etwas Großartiges gewonnen.

Als sie das Lied beendet hatten, trat der Gitarrist ans Mikrophon. »Hört mal zu Leute, jetzt gibt's was zu gewinnen. Wir haben einen schönen Preis für denjenigen, der am weitesten von zu Hause entfernt ist. Grand Marais zählt nicht. Es ist weit weg von allem, aber da kommen die meisten von euch her. Okay, also laßt mal hören: Von woher kommt ihr?«

»Rochester«, sagte der Bruder von Mr. Thorvald.

»St. Paul«, antwortete Mr. Thorvalds Schwester.

Der Schlagzeuger schlug einen kleinen Trommelwirbel und rief: »Oil Trough, Arkansas.«

»Billy, du kommst aus keinem verdammten Oil Trough in Arkansas.« Der Gitarrist hatte sich zu dem Schlagzeuger umgedreht. »Du bist aus der Nähe von Ely. Jeder weiß das, weil du allen erzählst, daß Ely schöner ist als dieser schöne See auf der anderen Seite der Straße. Außerdem weiß jeder, daß deine Mutter weggeguckt hat, wenn dein Vater dich als seinen Sohn vorgestellt hat.«

Die Menge grölte und applaudierte. Sie kannten die Sprüche bereits, aber das machte nichts.

»Also dann, Alpine, Texas!« rief Jack.

Der Schlagzeuger schlug noch einen Trommelwirbel.

»Das Ausland zählt nicht«, sagte der Gitarrist, und die Menge lachte.

»Überbietet jemand Alpine, Texas? ... Zum ersten, zum zweiten ... Komm rauf, Tex, und hol dir deinen Gewinn.«

Linda gab Jack einen kleinen Schubs. Er gab ihr sein Bier und kletterte auf die Bühne. Neben dem kleinen Gitarristen wirkte er groß und schlank.

»Sag was zu den Einheimischen, Tex.«

»Howdy, ihr Einheimischen-aus-dem-hohen-eiskalten-Norden. Das letzte Mal, daß es im Südwesten von Texas so kalt war wie hier oben, muß nach der letzten Eiszeit gewesen sein, als das Schmelzwasser von hier bergab nach Texas geflossen ist. Und es ist noch nicht mal tiefster Winter. Ich kann verstehen, daß ihr hier kein Vieh züchtet. Es würde bei dem Versuch, sich durch Bewegung warmzuhalten, völlig abmagern, und ihr würdet es nicht erkennen, selbst wenn ihr mit der Nase drauf gestoßen würdet.«

Die Menge johlte gutmütig. Jemand rief: »Sieht so aus, als würde dir die kleine Lady einheizen, mit der du getanzt hast.«

Jack sah auf sein Hemd, das ihm am Körper klebte. »Ich fürchte, heute abend kommt sie mir nicht mehr näher«, sagte er.

Der Gitarrist fiel ein: »Ich denke, wir sollten die Lady von Mr. Texas heraufbitten, damit sie ihm den Preis übergeben kann. Was sagt ihr dazu?« Mehr Applaus und Gejohle.

Der Gitarrist half Linda auf die Bühne, und ein paar anerkennende Pfiffe kamen aus Richtung Bar. Sie errötete ein wenig, ihre linke Hand umklammerte die beiden Bierflaschen.

Jack beugte sich zu ihr hinüber und flüsterte: »Hast du deine Troddeln dabei? Wir könnten hier heute abend für ein bißchen Furore sorgen.«

»Und woher stammen Sie, junge Dame?«

»Ich komme aus Altoona, Iowa«, sagte Linda leise ins Mikrophon, das der Gitarrist in ihre Richtung gedreht hatte. Fast nackt zu tanzen war eine Sache, vor einer solchen Menschenmenge zu sprechen, eine ganz andere.

»Iowa?« fragte der Gitarrist, und die Menge buhte. »Das ist für uns hier oben das Tor zu Nebraska. Aber heute abend kannst du ausnahmsweise hierbleiben. Nun, der gute Gordy hat ein Geschenk für Tex, und wir geben es dir, damit du es ihm überreichst.«

Der Bassist hatte die ganze Zeit eine Kappe mit Propeller oben drauf hinter seinem Rücken versteckt. Nun reichte er sie Linda. Sie lachte, setzte sie Jack auf und drehte, während alle Beifall klatschten, den Propeller. Sie lehnte sich zurück, lächelte und sah zu ihm hoch. Und...

immer... immer...
erinnerte sie sich an Texas Jack Carmine, so wie er da stand, mit seinen langen, braunen Haaren, die langsam grau wurden, seinen braunen Augen und seinem gebräunten Gesicht mit den tiefen Falten, den Lachfalten, wie er grinste und wie albern er aussah, als sich der Propeller drehte.

»Damit du wenigstens nach Hause kommst, wenn sonst alles schiefgeht«, sagte der Gitarrist.

Jack nahm Haltung an, nahm ein Bier von Linda, hielt es hoch und rief über das Mikrophon hinweg: »*Somos pocos, pero estamos locos* – Wir sind nur wenige, aber wir sind verrückt!« Die Menge johlte, als Jack winkte und grinsend die Bühne verließ. Er packte Linda an den Hüften und hob sie herunter, während die Rusty Cadillacs in einen alten Song von Hank Snow einfielen: »I'm Movin' On«.

Mit dem Laster geht's weiter Stück für Stück,
das heißt, dein Schatz kommt nicht zurück.

Jack und Linda tanzten, ab und zu griff sie nach oben und bewegte den Propeller auf seinem Kopf. Draußen bewegten sich die Nadelbäume im Wind, der große See, auf dem Schiffe mit Erz fuhren, war kalt und rauh. Texas Jack tanzte mit Linda Lobo, während der Winter sich langsam von Kanada gen Süden Richtung Grand Marais in Minnesota bewegte.

Linda fuhr sie zurück zum Motel. Jack hatte ihr die Schlüssel zugeworfen, als sie das Harbor Light verließen. Er sagte: »Ich fände es besser, wenn du fährst. Ich bin vielleicht verrückt, aber nicht unvernünftig. Ich habe ein bißchen zuviel getrunken. Wenn wir angehalten werden, und der Polizist meine neue Kopfbedeckung sieht, wird er sicher sagen: ›Na, ist das nicht entzückend‹, und mich mit geschlossenen Augen auf einem Bein stehen und von zehn rückwärts zählen lassen. Anschließend hab ich zwanzig Jahre harte Arbeit am Hals und darf die riesigen Krater von den Erzgruben bei Hibbing wieder aufschütten.«

Sie setzte sich ihre Brille auf, klemmte sich hinters Steuer des Chevys und fuhr Richtung Süden am Seeufer entlang. Zehn Minuten nachdem sie Grand Marais verlassen hatten, begann es leicht zu regnen. Die Scheinwerfer der entgegenkommenden Laster waren hell und blendeten sie, daher fuhr sie langsam und weit rechts. Das Radio lief nur ganz leise, und Jack spielte mit den Sendern.

»Wenn die Satelliten günstig stehen, bekommt man manchmal bis hier oben XERF aus Del Rio, Texas. Aber heute abend wohl nicht.« Er lehnte sich zurück und zündete sich eine Zigarette an. Er lauschte dem Zischen der Reifen auf dem nassen Asphalt und sah aus dem Seitenfenster, wie der dunkle Wald wie eine Wand an ihnen vorbeizog.

»Heute abend wohl nicht«, wiederholte er. Er sprach zum Wald und zu sich selbst. Er klang ein wenig traurig und still, als hätte die Tatsache, einen entfernten Radiosender zu empfangen, ein unvollendetes Lied beendet, an das er sich nicht mehr richtig erinnern konnte. Er griff nach oben und dreht an dem Propeller der Kappe, die er immer noch aufhatte. Der Propeller wurde langsamer, und kurz bevor er ganz aufhörte, sich zu bewegen, flüsterte er: »Nimm sie weg, Leon ... verdammt noch mal.«

»Was hast du gesagt?« fragte Linda.

»Nichts. Ich denke laut darüber nach, wie nördliche Lichter den Empfang von texanischen Radiosendern stören.«

Im Wald, also
Oder in der Spiegelung der Fensterscheibe
Wie immer:
  plötzlich
Wie immer:

unerwartet.
... Babys
Auf dem Drahtseil,
einer Saite,
Stacheldraht.
Und das tuk-tuk der
Rotorblätter, die sich drehen,
Und der Motor röhrt
Genau wie in deinem Kopf.
Und dann durch den Rauch
Winden und drehen sich tief –
Jack Carmines alte Geschichten,
Die Hubschrauber-Chroniken,
Seine .50-Kaliber-Geschichten.

Jack Carmine sagte nichts weiter. Auch Linda Lobo nicht. Sie beugte sich über das Lenkrad und steuerte den Pick-up durch den kalten Herbstregen von Minnesota nach Süden, zu einem Zimmer, dessen einer Schuhputzlappen bei alten Stiefeln nicht viel ausrichten konnte, das aber einen schönen Balkon zum See hin hatte.

Zweites Kapitel

New Orleans, 27. Oktober 1993

Wie wäre es wohl, mit einer Frau, die so schwarz und überaus fremd war, wie diese, im Bett zu liegen? Sie saß zwei Tische weiter im Café Beignet. Vaughn Rhomer trank den ersten Espresso seines Lebens und versuchte, nicht allzu auffällig zu ihr hinüberzusehen. Trotzdem sah er zu ihr hin. Und er stellte sich vor. Nackt und weit ausgebreitet wäre sie auf elfenbeinfarbener Seide die elfte Rorschach-Tafel, wenn auch fein herausgearbeitet. Ein Körper mit glühender Haut und pulsierendem Blut in einer x-förmigen Position. Aber nur so lange, bis sie sich unter deiner Berührung zu bewegen begänne. Bis sie sich langsam winden und drehen würde, sich erheben würde wie die Nacht selbst, wie eine lange, immerwährende Nacht, der du nicht entkommen könntest, selbst wenn du es wolltest. Eine solche Frau könnte das Licht löschen und dich in die Dunkelheit entführen.

Erst das Licht und dann die Dunkelheit. Vaughn Rhomer war bereit für etwas Dunkelheit. Er hatte in seinem Leben so viel Licht gesehen, daß es für tausend Leben reichte. Zu Hause in Iowa war der Rotary-Club das Licht. Und die First Lutheran Church. Der Kriegsveteranenverein? ... Er war sich nicht ganz sicher, vielleicht etwas graugetönt, aber er gehörte in dieselbe Kategorie wie der Rotary-Club und die Kirche. Etwas früher an diesem Abend war er im House of Voodoo von Marie Laveau gewesen und hatte mit Miss Blanche gesprochen, die das Medium vertreten hatte. Sie hatten in einem stickigen kleinen Zimmer gesessen, hinter Regalen mit verschiedenen Mittelchen und Amuletten. Sie mußten das Geräusch des am Fenster angebrachten Ventilators übertönen, und sprachen über die Dunkelheit und das Gute, das sie mit sich bringt. New Orleans versteht die Dunkelheit.

Genau wie Thomas Martin, der vollkommene Reisende, der Erforscher fremder Länder. Auf Seite 148 seines Buches *Reisen*, Band II (London, Empire Publishing Ltd., 1932), führte er folgendermaßen aus:

> *In den Höhlen von Rokay gibt es kein Licht. Es gibt jedoch Leben, eine zaghafte Form von Leben: blinde Fische, eine Gruppe von Fledermäusen und dem Rascheln nach zu urteilen auch noch etwas anderes, das ich nicht identifizieren kann. Aber kein Licht. Es ist ein Ort tief im Innern der Erde, wohin sich kein Mensch je freiwillig begeben sollte, und ständig frage ich mich, warum ich hergekommen bin. Ein leises Grollen liegt in der Luft,*

ich kann es nicht hören, aber es ist trotzdem da – die Erde selbst spricht. Und die Worte der Erde sind in diesem Grollen verborgen, und die Worte sagen: »Geh zurück, Fremder. Geh zurück, Thomas Martin, geh zurück zum Licht, dorthin, wo es den Menschen möglich ist, zu leben.« Trotzdem halten sich die Gerüchte von einem Schatz, von Diamanten oder einer Reihe von Dingen, die so schön sind, daß wir sie uns gar nicht vorzustellen vermögen, etwas, das die umherstreifenden La-Koos-Koos hier versteckt haben, als ihr Besitz zu groß wurde, um ihn jeden Tag mit sich herumzutragen. Irgendwo unter mir höre ich einen Wasserfall, aber die flackernde Kerze auf meinem Helm hat ihn noch nicht gefunden. Ich fürchte mich, aber ich kann nicht umdrehen und der Mann bleiben, der ich bin. Also muß ich weitergehen, weiter hinunter und immer weiter hinunter...

Die Worte des Reisenden waren schön und gut, dachte Vaughn Rhomer, und sie waren es wert, daß man sich an sie erinnerte. Sechs Jahre zuvor hatte er mit geübter und sauberer Handschrift diese Worte von Thomas Martin genauso aufgeschrieben, wie Thomas Martin sie notiert hatte. Bei wichtigen Dingen sollte man wahrheitsgetreu bleiben, nur so überdauern sie die Zeit. Daran glaubte Vaughn Rhomer. Deshalb hatte er den Abschnitt sorgfältig und genau in ein Notizbuch mit Spiralbindung geschrieben, und er hatte lange überlegt, wo jeder Buchstabe und jedes

Komma hinkamen. Ursprünglich hatte er vorgehabt, Ringbücher für seine Aufzeichnungen zu nehmen, aber er entschied sich für die Notizbücher, weil er zu dem Schluß gekommen war, daß die Dinge in einer bestimmten Reihenfolge passierten, und daß man sich da nicht einmischen sollte.

Nach dem Schreiben: Wiederholung. In den Winternächten in Iowa fuhr Vaughn Rhomer mit dem Finger die Notizbuchseiten entlang – Wort für Wort, Zeile für Zeile –, bis er sich diesen und andere Abschnitte im Gedächtnis eingeprägt hatte. Er sagte die Worte laut vor sich hin, er sprach sie so aus, wie er glaubte, daß Thomas Martin sie ausgesprochen hatte: »Es gibt jedoch Leben, eine zaghafte Form von Leben... eine zaghafte Form von Leben... eine zaghafte Form von Leben.«

Er trommelte mit drei Fingern seiner rechten Hand auf die marmorne Tischplatte und sah wieder die schwarze Frau an. Das Wetter in New Orleans war mild für Ende Oktober, um sechs Uhr abends war es schwül, noch immer neunundzwanzig Grad. Im Café Beignet konnte man noch draußen sitzen. Es war lange hin bis zu Mardi Gras und anderen Frühlingsfesten. Vaughn Rhomer hatte seinen Besuch extra so geplant, er wollte laute Paraden vermeiden, wo Leute sich auf seine Schuhe übergaben oder auf der Bourbon Street andere unaussprechliche Dinge trieben. Er nahm an, es hatte Zeiten gegeben, in denen es anders gewesen war, wo ein Hauch von eleganter Dekadenz den Mardi Gras umgeben, ihn sinnlich und verlockend gemacht hatte. Nun hatte die Dekadenz wie bei fast allem in Amerika extrem zugenommen, die Eleganz war verschwunden.

»Extreme führen zum Untergang, bei den mittleren Grenzen liegt die Wahrheit«, hatte T. H. K. Masters in seinem klassischen Essay über dieses Thema gesagt. Vaughn Rhomer hatte diesen Satz ebenfalls auswendig gelernt. Er stand in dem vierten Notizbuch auf der dritten Seite.

Auf dem Bürgersteig vor dem Café spielte Ariendo Vincent Altsaxophon. Er spielte ein Solo, und die Frau hörte intensiv zu. Als er mit »Stars Fell on Alabama« begann, nickte und lächelte sie, weil sie sich offenbar an etwas erinnerte. Ariendo Vincent spielte es langsam, phrasierte rund, aber nicht zu dick aufgetragen, manchmal hielt er sich an die Melodie, manchmal ließ er sie nur erahnen.

Vaughn Rhomer kannte das Lied. Art Whalen's Rhythm Kings hatten es immer Freitag abends beim Fischessen des Veteranenklubs gespielt, bevor sie dort dazu übergegangen waren, Country-Bands zu engagieren. Er ließ die Worte vor seinem geistigen Auge Revue passieren: »Wir haben unser kleines Schauspiel erlebt, wir haben uns auf einem weißen Feld geküßt...«

Er und Marjorie hatten zu diesem Lied getanzt, in einer Zeit, als sie noch tanzen gingen, damals, als sie noch jung waren.

Die schwarze Frau hob ihre rechte Hand und winkte den Ober herbei. Vaughn Rhomer geriet in

Panik, weil er einen Moment lang dachte, daß sie um die Rechnung bitten würde. Aber als der Ober näher kam, winkelte sie lässig ihr Handgelenk an und deutete auf das leere Brandyglas vor sich auf dem Tisch. Der große, fast weiße Saphir an ihrem Zeigefinger hätte aus den Höhlen von Rokay stammen können, dachte Vaughn Rhomer. Thomas Martin hätte ihn mitnehmen und einem Juwelier in London verkaufen können, der ihn an einen reichen Touristen verkauft hätte. Der wiederum hätte dann den Stein fassen lassen, wäre später gestorben und hätte den Ring einer Nichte vererbt, die ihn vielleicht in einer Notlage wieder verkauft hätte, bis die schwarze Frau den Ring in einem der teuren Antiquitätengeschäfte in der Royal Street entdeckt hätte.

»Bitte noch einen.« Sie lächelte den Ober an, und der Klang ihrer Stimme erinnerte an den aufsteigenden Rauch von verbranntem Holz an einem regnerischen Abend im Spätherbst.

Ihre Haut war glatt und rein, ihre Schwärze noch tiefer als die von Ariendo Vincent. Es stammte direkt und unverfälscht aus Olduvai, es war nicht von arabischen Sklavenhaltern oder Plantagenbesitzern, die vor ihrem großen Haus noch einen Abendspaziergang unternahmen, verwässert worden. Doch die Form ihres Gesichtes strafte den ersten Eindruck Lügen; da war etwas um Nase und Lippen herum. Kaukasisch vielleicht. Möglicherweise von einem kreolischen Gentleman, der an einem Sonntagnachmittag am Congo Square, nördlich vom French Quarter, der

Urgroßmutter ihrer Mutter begegnet war. Wahrscheinlicher war allerdings, daß es noch weiter zurück lag, ein Kapitän vielleicht. Rhomer wußte, daß sie nach Afrika und Ketten und langen Märschen zu den Elendsschiffen schmecken und riechen würde, nach Schiffen, die zu den Baumwolländern segelten, damals, in den längst vergangenen Zeiten.

Ariendo Vincent ging zu einem Lied von Duke Ellington über. Vaughn Rhomer kannte die Melodie, aber nicht den Titel. Es war ein schönes Lied, besser als das, was aus dem Auto ertönte, das auf der Decatur, der Straße links von ihm, vorbeifuhr. Die Fenster waren geschlossen, aber Vaughn Rhomer hörte das Wummern der leistungsfähigen Stereoanlage trotzdem. An dem Abend, an dem er das erste Mal mit Thomas Martin in die Höhlen von Rokay hinabgestiegen war, erscholl im Haus am Trolley Car Boulevard das gleiche aus dem Zimmer seines Sohnes, zwei Stockwerke über ihm. *Bum, bum, bum . . . bum, bum* – a *bum* a *bum* – Vaughn Rhomer hatte die Bässe mehr gespürt als gehört. Die tiefsten Töne brachten im Keller eine lose Muffe bei den Heizungsrohren zum Klingen. Er hatte gewußt, was auf der Plattenhülle abgebildet war, die auf Nathans Bett lag, ohne daß er einen Blick darauf werfen mußte: satanische, halbangezogene Männer, die seltsam aussehende Gitarren hielten und die Köpfe von Vögeln abbissen oder Stacheldraht um gequälte Frauen wickelten, die zu entkommen versuchten. Vielleicht noch Schlimmeres, was immer das sein mochte.

An diesem Abend vor sechs Jahren, fast genau ein Jahr nach dem Tag, als sein Neffe Jack mit einer Frau namens Linda vorbeigekommen war, hatte Vaughn Rhomer sein Notizbuch beiseite gelegt und auf seine Original-Armee-Uhr (wasserdicht bis sechsunddreißig Meter) auf dem Tisch vor sich gesehen. Es war spät an einem dunklen Herbstabend in Iowa, schon nach elf Uhr, genau achtzehn Minuten nach elf. Morgen war ein Arbeitstag, aber es war ihm zur Gewohnheit geworden, den Nachrichtenüberblick zu Beginn der Morgennachrichten der BBC zu hören, die in zwölf Minuten kamen. Es tat gut zu wissen, daß die BBC einen auf dem laufenden hielt – über die Anordnungen eines thailändischen Königs, Aufstände in Bombay, streikende Bergleute in Rußland.

Er hatte schon lange die Hoffnung aufgegeben, daß Nathan zu einer vernünftigen Zeit ins Bett ging. »Dad, ich bin in der Oberstufe. Ich hab meine erste Schulstunde um neun, und nach dem Mittagessen nur die freiwillige Lerngruppe. Ich kann nach Hause kommen und mich hinlegen, bevor ich zur Arbeit muß. Kein Problem, Dad, entspann dich.«

Natürlich, kein Problem, entspann dich. »Ich hab mich nie entspannt, Nathan. Was denkst du eigentlich, wie deine Mutter und ich zwei Söhnen das College ermöglichen und noch einen zu Hause durchbringen können?« Augenrollen eines anmaßenden Teenagers und Stille waren die Folge. Die Worte seines Vaters waren Teil einer eintönigen Litanei, die Nathan nur widerstrebend über sich ergehen ließ.

Beim Abendessen am selben Abend hatte Vaughn gesagt: »Nathan, nimm beim Essen deine Baseballkappe ab. Die Heizung läuft, du wirst dir also nicht den Kopf erkälten.« Ein weiteres Augenrollen und danach ein feindseliger, scharfer Blick für den nachgemachten, alten Mann, der die Obst- und Gemüseabteilung bei Best Value leitete und die Leute, die seinen Nachnamen falsch aussprachen, immer darauf hinwies, daß Rhomer mit einem langen »O« ausgesprochen wurde. Nathan zwirbelte langsam einen Löffel auf dem Tisch und behielt die Kappe mit dem *Chicago Bulls*-Schriftzug auf. Er starrte den Löffel an, als wäre er ein Talisman, als würde er sich auf eine Art Trance vorbereiten, die ihn weit wegtragen würde, weg von dem Geschwätz um ihn herum, dorthin, wo die Leute wußten, was offensichtlich gut und dauerhaft und bedeutungsvoll war, weit weg von überkommenen Traditionen, in die Gegenwart, in der er und seine Freunde lebten.

»Nathan, dein Vater hat recht. Ich versteh nicht, warum du die ganzeZeit diese Kappe aufhaben mußt. Ich hab sogar erwachsene Männer im Restaurant damit gesehen. Manchmal bin ich drauf und dran, sie zu fragen, ob sie da oben etwas versteckt haben.«

Nathan, die Kappe auf dem Kopf, zwirbelte weiter seinen Löffel und blickte verständnislos zu dieser molligen, grauhaarigen Frau namens Marjorie, die angeblich seine Mutter war.

»Nimm die verdammte Kappe ab, Nathan. Und zwar sofort!«

»Vaughn, keine Schimpfwörter, bitte«, sagte Marjorie.

Die Kappe wurde auf den Tisch geklatscht, Schweißränder und ein gelber, undefinierbarer Fleck zierten den Schirm. Nathan sah auf seinen Teller mit Gemüse, dann an die Decke. »Gott, erlöse mich von Narren wie diesen«, murmelte er. Er glaubte, das irgendwo gehört zu haben, vielleicht im Englischunterricht, als er kurz vor dem Einschlafen war. Nathan war kein Mann der Worte, also spielte es keine Rolle, wo er es gehört hatte. Er wollte Buchhalter werden, und Buchhalter mußten sich nicht mit Wörtern auskennen, nur mit Zahlen, das gab Nathan immer gern zum besten, wenn er seine schlechten Englischnoten erklärte.

»Was hast du gesagt, Nathan?« Etwas Metallenes klirrte gegen orangefarbenes Geschirr, als Vaughn seine Gabel fallenließ, beide Ellenbogen auf den Tisch stützte und sein Kinn auf seine gefalteten Hände legte.

»Ich hab gesagt, ich hab keinen Hunger. Ich geh in mein Zimmer.«

»Iß erst auf, Nathan«, sagte seine Mutter.

Nathan deutet mit dem Teelöffel auf seinen Vater. »Nur weil *er* in der Obst- und Gemüseabteilung bei Best Value arbeitet, heißt das noch nicht, daß wir alle Gemüse genausogern essen müssen wie er. Mein Gott, bei uns gibt's nie normales Essen, nur Gemüse in allen Kombinationen, die man sich vorstellen kann. Und Sojabohnen und Reis und all dieses andere Hasenfutter.«

»Das ist kein Hasenfutter, Nathan. Es ist gutes, gesundes Essen. Und denk dran, dein Vater ist *Leiter* der Obst- und Gemüseabteilung, er arbeitet nicht einfach nur dort. Er hat viele Jahre gebraucht, bis er Leiter wurde.«

»Gut, also *Leiter*. Und was bin ich dann? Der Sohn vom Sellerie-Mann?«

»Nathan!« sagte seine Mutter.

In diesem Augenblick, wie in so vielen Augenblikken vorher und nachher, stellte sich Vaughn Rhomer vor, wie eine vergiftete Pfeilspitze eines Jhivaro-Blasrohrs in Nathans Kehle eindrang oder vielleicht der Griff eines Bajonetts in seiner Brust steckte. Aber er kaute seinen gedünsteten Brokkoli mit Tomatensauce zu Ende und sagte: »Du hast recht, mein Sohn. Ich glaube, du solltest auf dein Zimmer gehen.«

Nathan nahm seine Kappe vom Tisch, setzte sie wieder auf und ging schwer stampfend, was an einen großen, kräftigen Gorilla erinnerte, die Treppe hoch. Zehn Sekunden später setzte das *bum, bum* ein. Die Bässe klangen wie Nathans Schritte, als er die Treppe hinaufgegangen war.

Vaughn hatte Marjorie beim Geschirrspülen geholfen, damit sie rechtzeitig zu ihrem Hobbyklub kam. Thelma Swan hatte den heutigen Abend organisiert, an dem sie aus Popkornkugeln Schneemänner basteln wollten. Einer der Schneemänner stand auf dem Küchentisch, als Vaughn Rhomer am nächsten Morgen frühstückte. Die Rosinenaugen schienen auf seinen Haferschleim zu gucken.

Er mochte die Hobbyklubabende. Er mochte jeden Abend, an dem Marjorie fort war. Dann brauchte er kein schlechtes Gewissen zu haben, wenn er den ganzen Abend in seinem Zimmer verbrachte. Dem Zimmer, in dem er seine Ausrüstung aufbewahrte. Dem Zimmer im Keller eines Hauses am Trolley Car Boulevard. Dem Zimmer, in dem alles möglich war. Dem Zimmer – seinem Verlies.

Er hatte das Zimmer 1981 gebaut, zehn Jahre vor dem Café, als Selbstschutz und um seine Träume zu verwirklichen. Früher hatte er Teile seiner Ausrüstung überall im Haus ausgestellt, damit er sie jeden Tag sehen und sich an ihr freuen konnte. Aber Marjorie hatte sich darüber beschwert, daß sein »Trödel überall herumlag«, und daß er soviel Geld dafür ausgab, obwohl er fast alles auf Flohmärkten und bei Versteigerungen gekauft oder bei seinen Spaziergängen auf dem stillgelegten Bahngelände in der Nähe des Hauses gefunden hatte. Die Ausgaben im letzten Jahr betrugen nicht einmal dreihundert Dollar, und das meiste davon hatte er für gebrauchte Bücher ausgegeben.

Marjorie hatte von seiner Ausrüstung genug, und er hatte von Marjories Beschwerden genug. Und seine Kinder hatten sich immer über ihn lustig gemacht – sie waren wahre Meister darin –, wenn er am Küchentisch saß und auf seiner original Bootsmann-Trillerpfeife die zehn wichtigsten Signale der Royal Navy übte, oder wenn er durch sein Messingfernrohr Barney, den Spaniel der Nachbarn, beobachtete.

»Machst du dieses Wochenende deinen Ausflug zu den Säulen des Herakles, Dad?«

»Wie ist die Lage der Kommunisten draußen auf dem Boulevard, Oberst Rhomer?«

»He, Dad, erklär uns noch mal, wie man in der Wüste Wasser findet.«

Lange Zeit hatte Vaughn Rhomer nur gegrinst und ihre blöden Sprüche ertragen, doch irgendwann war der Zeitpunkt gekommen, an dem er sich sagte: »Zum Teufel mit ihnen.« Und er hatte in der nordwestlichen Ecke des Kellers, hinter dem Heizkessel, sein Zimmer gebaut, das Marjorie und ihre Freunde den »Rhomer-Raum« nannten. Er hatte Holzbretter im Zementboden festgeschraubt und auf ihnen Holzbretter, die bis zur Decke reichten, montiert; sie dienten als Pfosten und Rahmen. Erstklassiges Pinienholz ohne Astlöcher bedeckte die Innen- und Außenwände. Der Zwischenraum wurde zur Wärme- und Geräuschdämmung mit Isoliermaterial aus Fiberglas ausgefüllt. An der nördlichen und westlichen Wand hatte er Bücherregale aufgestellt, die vom Boden bis zur Decke reichten. An der östlichen Wand standen, wenn man zur Tür hineinkam, rechts, drei Aktenschränke aus Eichenfurnier mit jeweils zwei Schubladen übereinander.

In dem zweieinhalb mal dreieinhalb Meter großen Raum gab es zwei Lampen. Die Deckenlampe hatte einen grünen Lampenschirm von fünfzig Zentimeter Durchmesser. Der Schirm war aus Metall und wie der Hut eines Kulis geformt. Die zweite war eine alte

Stehlampe, an deren vergilbtem Schirm rote Fransen hingen. Der einzige Tisch in dem Zimmer war rund und hatte einen Durchmesser von einem Meter zwanzig. Die Tischplatte war mit grünem Filz bespannt. Die einzige Sitzmöglichkeit war ein vierzig Jahre alter Schreibtischstuhl aus Holz mit einem Rücken aus mehreren Leisten. Metallfedern machten aus ihm eine Art Schaukelstuhl, und auf der Sitzfläche lag ein kleines Kissen.

Die Kombination des Schlosses an der Tür war 2 links, 9 rechts, 19 links – das Datum, an dem Thomas Martin das erste Mal den tatsächlichen Oberlauf des Varagunziflusses gesehen hatte. Niemand konnte das je vergessen. Marjorie, die Kinder und die Katze, Razberry Rhomer, waren unterschiedlich neugierig, was es mit dem Zimmer auf sich hatte, aber nur Vaughn kannte die Kombination. Manchmal ließ er Razberry herein, wenn sie an der Tür kratzte, nachdem alle anderen zu Bett gegangen waren. Razberry machte sich nie über ihn lustig. Sie lag einfach nur auf dem grünen Filz; ganz mit sich selbst beschäftigt, bis sie schläfrig wurde und schnurrte, während Vaughn las, seine Ausrüstung durchsah und ab und zu eine Hand ausstreckte, um sie zu streicheln.

Er konnte das Schloß drehen und eine andere Welt betreten. Eine Welt mit uralten Gedanken und fernen Trommeln. Eine Welt mit dem Schein des Feuers und trauriger Zigeunermusik, neben bemalten Wagen gespielt, die in der Dämmerung aufbrachen. Eine Welt, in der Staub auf den Gesichtern lag und

Regen auf die Hüte prasselte, in der die Schiffe sich einen Weg um das Kap Horn erkämpften, wo die Eisberge trieben, wo peitschende Winde in der Drakestraße einen erfahrenen Mann blind machen und ein gutes Schiff rückwärts treiben konnten. Eine Welt, die bestand aus:

- *Dem Rucksack eines französischen Fallschirmjägers, der unter anderem ein paar Fläschchen mit Chinin und Wasserreinigungstabletten, einen Regenumhang und einen Pistolenhalfter aus Segeltuch enthält.*
- *Einem Gewehr mit Schwarzpulver.*
- *Einem N-1-Schlechtwetter-Schutzhelm der US-Navy.*
- *Allen sechs Bänden von* Die Tagebücher von Thomas Martin *(die gesammelten Chroniken von Martins legendären Reisen im späten neunzehnten und frühen zwanzigsten Jahrhundert).*
- *Einer Kerosinlaterne, circa 1925, gefüllt und zum Anzünden bereit.*
- *Einer Dschungelhängematte.*
- *Der Nachbildung eines Kampfschwertes der Armee von Dschingis-Khan.*
- *Den gesammelten Werken von H. Rider Haggard.*
- *Einem Signalspiegel.*
- *Einem alten Reiseradio, angeschlossen an eine Oberleitung zwischen dem Dach und einem dreißig Meter entfernten Baum im Garten.*

- *Einer Zwei-Liter-Feldflasche mit einem rotgrauen Wollbezug aus dem spanisch-amerikanischen Krieg.*
- *Zwei Moskitonetzen für den Kopf (er hatte nur eins gewollt, aber über Katalog wurden sie nur paarweise verkauft).*
- *Einem Überlebens-Pilotenmesser mit Sägezahnkante und Schleifstein.*
- *Einer vernünftigen Auswahl von Rudyard Kipling.*
- *Zwei ausgehöhlten Handgranaten.*
- *Einer Machete in einer braunen Lederscheide.*
- *Einem Kompaß in einer Metallhülle, mit einer induktionsgedämpften Nadel sowie Grad- und Millimetereinteilung. Die Seite der Hülle war mit einer Zentimetereinteilung versehen.*
- *Einem Paar schnell schnürbarer Armeestiefel mit rutschfesten Sohlen und einem Paar extrem leichter Stiefel mit gefüttertem Wildlederschaft und einem Schienbeinschutz aus Stahl, die als ideal für körperlich arbeitende Gefängnisinsassen und polizeiliche Spezialeinheiten angepriesen wurden.*
- *Zwei Patronengurten mit je fünfzig Schuß.*
- *Einem Standardwörterbuch Englisch–Suaheli.*
- *Einer israelischen Gasmaske, die ausgezeichneten Schutz für Gesicht, Augen und Atemwege gegen alle Arten von Gasen bildet, die bei Unruhen eingesetzt werden.*

- *Einem GI-Marschgepäck von Vaughn Rhomer, das er während des Koreakrieges erhalten hatte. (Er hatte sich freiwillig gemeldet, in der Hoffnung, in Übersee eingesetzt zu werden, aber er hatte seine gesamte Zeit als Koch in Fort Leonard Wood in Missouri verbracht.)*
- *Dreiundzwanzig Jahrgängen des* National Geographic, *die sorgsam auseinandergetrennt, ausgeschnitten und katalogisiert worden waren. Eine Bibliothekarin hatte ihm Tips zum Archivieren gegeben, damit er besonders schnell seine Lieblingsphotographen wie Robert Kincaid und Jeremiah Slocum wiederfinden konnte.*

Und mehr. Es gab noch viel mehr, was in Apfelsinenkisten und alten Zündstoffbehältern verstaut war, die von der britischen Armee im Ersten Weltkrieg in der Schlacht von Verdun zurückgelassen worden waren. Für da draußen war die richtige Ausrüstung wichtig. Man mußte auf alles vorbereitet sein. Und Vaughn Rhomer war vorbereitet.

Die südliche Wand des Zimmers war seine Ausstellungswand, dort hingen die Stücke, die er jeden Abend vor Augen haben wollte. Wie zum Beispiel der Druck einer üppigen Mexikanerin in einem roten Rock, einer schulterfreien blauen Bluse, mit wehendem, dunklem Haar. Sie saß da mit einem Gewehr zwischen den Beinen, eine Gitarre lehnte neben ihr an der Wand eines Adobehauses. Sie blickte ihn geradewegs an, sie hatte einen sinnlichen Mund und wirkte vollkommen unerschrocken. Er hatte den Druck auf einem Flohmarkt an der Oak Park Lane gefunden und ihn für fünfzig Cents gekauft. Das Bild hatte an zwei Stellen Flecken – es sah aus, als stammten sie von einer Art grünen Flüssigkeit – und war an den Ecken eingerissen, aber er konnte noch die Signatur von einer gewissen Marta Gilbert und das Wort *Bandida* erkennen. Der Druck führte ihn zu dem Buch *Geschichte der Grenzkriege* von Alonzo Patterson (El Paso, A. G. Witherspoon Publishers, 1937). Auf Seite 148 zitiert Patterson einen gewissen Howard Mims:

Vor den Frauen hatten wir mehr Angst als vor den Männern. Sie waren absolut rücksichtslos; sie lachten, als sie die Genitalien der Männer hochhielten, die sie getötet hatten, und schossen darauf. Einer unserer Kameraden, der gefangengenommen worden und später entkommen war, erzählte von einer schönen Frau, die vor tausend Männern nackt getanzt hatte. Nur einen doppelten Patronengurt hatte sie überkreuz zwischen ihren großen Brüsten getragen, sonst nichts. Eine Flasche Tequila in der einen und einen Karabiner in der anderen Hand, hatte sie vor versammelter Mannschaft mit dem Gewehr eindeutige Bewegungen gemacht. Die Männer wurden schier wahnsinnig und rannten auf sie zu, hoben sie hoch und trugen ihren glänzenden Körper rund um das Feuer, bis sie schließlich mit ihr in der Dunkelheit ver-

schwanden. Dort konnte ich nicht mehr sehen, was passierte, da die Sicht von meinem grob zusammengezimmerten Gefängnis sehr eingeschränkt war.

Vaughn Rhomer wünschte, er wäre dabei gewesen. Ob im Gefängnis oder beim Tragen der Frau, es wäre ihm egal gewesen. Es hätte ihm genügt, einfach nur dabei gewesen zu sein. Neben einer Frau namens »Bandida« in den Grenzkriegen gekämpft zu haben, und sie in den Nächten von Chihuahua geliebt zu haben, wenn die Kämpfe beendet waren... dafür hätte er einen Pakt mit jedem satanischen Wesen geschlossen, das zufällig anwesend gewesen wäre. Einmal hatte er das Buch versehentlich auf dem Küchentisch liegengelassen, und es war an der Stelle aufgeschlagen gewesen, wo die Frau nackt tanzte. Nathan hatte es gefunden und geschrien: »He, Mom, Dad liest ein pornographisches Buch.« Und Vaughn Rhomer hatte sich wieder an die Maxime erinnert, die ihn solche Augenblicke überstehen ließ: das Leben von Männern, die Träume haben, ist nie leicht.

Neben der Bandida hing eine *tronchete*, die gefährlich aussehende, mexikanische Version eines Klappmessers mit einer gebogenen Klinge, die sich in einen gelbweißen Griff aus Knochen wegklappen ließ. Sie hatte in einer Kiste mit Trödel gelegen, die Vaughn Rhomer 1985 gekauft hatte, als sie die Sachen vom alten Kaplan drüben in der Fourth Street versteigert hatten. Auf der Versteigerung hatte jemand gesagt,

Kaplan wäre etwas exzentrisch gewesen. Vaughn Rhomer wünschte, er hätte ihn gekannt. Jeder, der in der Fourth Street in Otter Falls wohnte und eine *tronchete* besaß, war es wert, daß man ihn kennenlernte. Vaughn Rhomer hatte noch nie ein solches Messer gesehen, aber er hatte den Namen und ein Foto davon in seiner Ausgabe von *Messer aus aller Welt* gefunden.

Neben der *tronchete* hing ein Paar alte Sporen. Und neben den Sporen hing ein graues, verwittertes Brett, an dem ein Schnappschloß befestigt war. Vaughn Rhomer hatte das Brett hinter dem Haus gefunden. Es hatte offensichtlich schon jahrelang zwischen hohem Unkraut gelegen, wahrscheinlich seitdem das weiße, zweistöckige Haus mit dem Spitzdach und den Gauben auf beiden Seiten 1961 gebaut worden war. Er hatte sich erkundigt und herausgefunden, daß das Haus auf einem Gelände stand, das früher eine Koppel gewesen war. Die Sporen und das Brett paßten auf gewisse Art und Weise zueinander. Es hatte etwas mit Widersprüchen zu tun, damit, daß Männer Pferde zum Laufen antrieben und sie dann hinter Zäunen einsperrten, so daß sie nicht mehr laufen konnten. Es hatte etwas damit zu tun, wie Vaughn Rhomer sich innen drin fühlte, mit seinen Instinkten, die aus dem Bauch kamen und ihn antrieben, während ihn die Konventionen zurückhielten. Manchmal ging er zu dem Brett hinüber und fummelte an dem Schnappschloß herum, nur um sicherzugehen, daß es sich immer noch öffnen ließ.

Während er daran herumfummelte und nachdachte, betrachtete Vaughn Rhomer das Bild von Jack Carmine in vollem Kampfanzug mit einem Buschhut schief auf dem Kopf. Er hoffte, daß es ihm gut ging, wo immer er auch war. Sein Neffe Jack, der alle Schlösser aufgebrochen hatte, die ihm den Weg vesperrt hatten. Jack Carmine, der die Jahre genoß, die ihm gegeben waren, die Jahre, die vorbeigingen und nie wiederkamen. Auch wenn Vaughn Rhomer die Dinge, die er an seiner Südwand ausstellte, von Zeit zu Zeit austauschte, blieb das Bild von Jack an seinem Platz neben dem Brett mit dem Schloß. Und die Briefe, die Jack aus dem Dschungel in Asien geschrieben hatte, hatte er in einem Ordner abgeheftet, um sie einmal im Jahr zu lesen, und zwar am vierten Juli. Jack Carmine, der Sohn von Vaughn Rhomers älterer Schwester Lorraine. *Texas* Jack Carmine, Gottes einzige frei geborene Seele, Wanderer auf den Straßen des Sommers, Reisender in fernen Ländern.

Drittes Kapitel

Nord-Minnesota, 1986

An seinem siebenundvierzigsten Geburtstag, sieben Jahre, bevor Vaughn Rhomer in einem Café in New Orleans sitzen und sich nach Dunkelheit sehnen würde, wachte Jack Carmine in der frühen Morgendämmerung auf und betrachtete Linda Lobo, die neben ihm schlief. Ihr Haar war unordentlich auf dem Kissen und dem Laken ausgebreitet. Draußen blies stürmischer Wind kalten Regen gegen die Fenster. Linda wollte die Vorhänge offen haben, damit sie vom Bett aus den See sehen konnte.

Jack rollte sich auf die andere Seite und sah nach draußen. Er war froh, daß er das letzte Gasrohr vor zwei Tagen verlegt hatte. Er hatte schon bei solchem Wetter gearbeitet, dann, wenn der Winter früh einsetzte, aber es hatte ihm nicht gefallen – wegen der Kälte und dem Schlamm. Er lag da und erinnerte sich an die Zeit vor neun Jahren, als er mit der üblichen Truppe von Arbeitern auf dem Weg nach Norden war, um bei der Weizenernte zu helfen. In den Monaten zuvor hatte er auf einem Mähdrescher geschuftet, von Texas bis nach Weyburn in Saskatchewan. Fünfzig Kilometer vor der kanadischen Grenze wurde der Himmel kobaltblau, blieb fast eine ganze Woche lang so und wurde dann schwarzgrau. Es hatte angefangen zu schneien, als sie mit ihrem letzten Job erst halb fertig waren. Er hatte eine alte, mit Schaffell gefütterte Lederweste angezogen und eine schwere Jacke darüber und das letzte aus dem großen orangefarbenen Mähdrescher herausgeholt. Das Schneetreiben war von Minute zu Minute dichter geworden.

Der Farmer war fast außer sich vor Sorge gewesen, und der Chef ihrer Truppe hatte über CB-Funk durchgegeben: »Wiley, Bobby, Jack – macht weiter. Holt das Letzte aus den verdammten Mähdreschern raus. Wir mähen die Nacht durch.«

Jack hatte seinen Boß gehört, seine schwarze Baseballkappe mit dem *Cat*-Schriftzug tiefer ins Gesicht gezogen und die Zähne zusammengebissen. Im Licht seiner Scheinwerfer war ihm die Welt plötzlich ganz unwirklich erschienen, wie eine Art Traumwelt: das Schneetreiben und das gelbe Korn. Wiley Hobbs war links hinter ihm gewesen, Bobby McGregor vor ihm auf der rechten Seite. In dieser Nacht hatte Jack Carmine mehr Getreide plattgewalzt, als er geerntet hatte. Er hatte die ganze Zeit darauf geachtet, nicht von seiner Schnittfläche abzukommen und mit einem der anderen Mähdrescher zusammenzustoßen.

Der große Mähdrescher hatte unter ihm gedröhnt, Getreidelaster waren neben ihm zum Stehen gekommen, um die Fülltrichter zu leeren. Der Boß der Truppe hatte immer wieder über CB-Funk geschrien: »Ihr schafft es, Jungs. Danach geht's zurück nach Texas.«

Es verging Stunde um Stunde in der Dunkelheit, das weiße Schneetreiben mischte sich mit dem gelben Getreide, im Radio lief Musik, und alle halbe Stunde gaben die Sprecher durch, daß die Lage im Mittleren Westen chaotisch wäre, und teilten mit, daß Guy Lombardo gestorben war. Im Morgengrauen hatten sie die Mähdrescher aus dem Schlamm gezogen und auf niedrige Anhänger verladen; über hundert Hektar, die unter dem Schnee begraben lagen, mußten noch geerntet werden.

Jetzt lag Jack Carmine ruhig in einem Motel am Onion River und betrachtete die Rückseite von Linda Lobos Hals. Das war auch etwas, was er immer schon gemocht hatte, den Anblick eines weiblichen Nackens, wenn langes Haar davon weggestrichen wurde, und wenn nur noch ein oder zwei Strähnen auf der Haut lagen. Jack Carmines achte These lautete: Die leichte Unvollkommenheit im Zusammenhang mit langen Haaren, die vom Hals einer Frau weggestrichen wurden, hatte eine ganz besondere Wirkung.

Aber er mußte mal aufs Klo und verschob seine Studien; er schlüpfte leise aus dem Bett und ging ins Badezimmer. Jack hatte äußerst selten einen Kater, und außer der Tatsache, daß er seine Blase erleichtern mußte und seine Zähne nach einer Zahnbürste verlangten, war er gut in Form. »Ein schlechtes Zeichen«, hatte ihm Bobby McGregor einmal gesagt. »Leute, die keinen Kater kriegen, neigen am ehesten dazu, Alkoholiker zu werden. Hab ich mal irgendwo gehört.« Jack und Bobby waren unterwegs nach Westen gewesen, durch die High Plains auf dem Weg nach Kalifornien. Sie hatten sich Arbeit in einer Flugzeugfabrik oder etwas Vergleichbares suchen wollen. Das war acht Jahre her, und der eigentliche Anlaß ihrer Fahrt war Bobby später entfallen. Aber es hatte irgend etwas mit dem Bauen von Flugzeugen zu tun gehabt, das hatte er immer noch ziemlich genau gewußt.

Als Bobby das Thema Kater erwähnte, hatte Jack gegrinst und gesagt: »Darauf sollten wir einen trinken, Bobby McGregor. Ich lerne immer gern etwas Neues, allerdings nur so lange es mit meiner Einstellung zusammenpaßt.«

In dem Augenblick hatte die Kühlerfigur ihres Coupe de Ville ihnen den Weg über die Hauptstraße eines Ortes namens Salamander gewiesen. Sie waren in eine Bar mit dem Namen Leroy's gegangen, wo Jack in genau achtunddreißig Minuten drei Bier getrunken hatte. Bobby hatte die Zeit gestoppt. Irgendwo auf der Fahrt hatten sie eine Reklametafel an der Straße gesehen, auf der stand: MEXIKO ERWARTET SIE. Warum das Schild da mitten in der Einöde stand, hatte Bobby nie herausbekommen. Er vermutete, es war Jacks Dämon gewesen, der es dort aufgestellt hatte, damit Jack es sah, und er ihn wieder einmal von seinem ursprünglichen Plan abbringen konnte. Jack hatte danach davon geredet, daß er nach Mexiko gehen würde.

Er hatte einen Silberdollar aus seiner Jeans gefischt und gesagt: »Kopf, und wir gehen nach Mexiko und necken die Señoritas, Bobby. Zahl, und wir gehen nach Kalifornien und arbeiten bis zum Umfallen.«

Bobby vergaß es nie. Der Silberdollar hatte sich gedreht, war zweimal auf Leroys Tresen hochgehüpft und auf der Kante gelandet; er drehte sich immer langsamer, bis er einfach stehenblieb. Für jemanden wie Jack Carmine war das eine Art Omen, das man keinesfalls ignorieren durfte.

»Ich glaube, er spricht zu uns, Bobby. Er sagt, daß wir unsere Wahl treffen müssen, und daß kein blödes Stück Metall der amerikanischen Regierung für uns entscheiden kann. Also, ich sage Mexiko.«

»Jack, ich bin pleite, ich muß arbeiten«, sagte Bobby. Jack zog seine Brieftasche hervor und zählte die Scheine darin. »Ich habe dreihundert und zweiundachtzig Dollar, Bobby. Zweihundert davon gehören dir, und du kannst damit machen, was du willst.«

»Jack, das Geld reicht gerade für Benzin und Essen bis Bakersfield.«

»Na schön. Laß mich am ersten Highway, der nach Süden geht, raus. Du nimmst das Auto und fährst nach Bakersfield, und ich mach mich auf den Weg nach Mexiko.«

Bobby versuchte, es ihm auszureden. Aber da hatte

Jack schon nichts anderes mehr im Kopf, als nach Mexiko zu gehen. Er bestand darauf, daß Bobby die zweihundert Dollar nahm, und drei Stunden später setzte Bobby ihn in Cheyenne ab, von wo die Route 85 nach Süden führt.

Er hatte einen alten Baumwollsack aus seiner Armeezeit, warf ihn über die Schulter und sagte: »Ich schick dir ein Polaroidphoto von mir mit einem halben Dutzend glutäugiger Señoritas. Damit ist Bakersfield erledigt und du wirst dich umgehend auf den Weg nach Süden machen.«

Jack hatte das Photo nie geschickt.

Der späte Oktoberregen klang auf der Glasschiebetür wie Maschinengewehrsalven, als Jack aus dem Badezimmer kam und fast mit Linda Lobo zusammenstieß. Sie machte eine kleine Handbewegung, murmelte: »Uuh« und verschwand im Badezimmer. Er hörte die Toilettenspülung und Wasserrauschen. Sie war eine ganze Weile da drin.

Sie kam heraus, nur mit ihrem etwas zu großen, schwarzen Rollkragenpullover bekleidet, der gerade soweit reichte, daß er alles Nötige bedeckte. Sie sah sich im Zimmer um. Keine Spur von Jack.

Zwei Minuten später hörte sie, wie sein Stiefel leise an die Zimmertür klopfte. Als sie öffnete, stand er draußen in Jeans und Lederjacke, ohne Hemd und Hut, mit Styroporbechern in der Hand. Von seinen Schultern und aus seinen Haaren tropfte es, und aus den Bechern stieg Dampf auf.

»Kaffee gefällig, Tänzerin? Ich wußte nicht mehr,

ob du Milch und Zucker nimmst, aber ich hab für alle Fälle beides mitgebracht.«

Er warf Tütchen mit Milchpulver und Zucker auf den Tisch, nahm sich ein Handtuch aus dem Badezimmer und rubbelte seine nassen Haare trocken.

»Genau das, was ich jetzt brauche«, sagte sie. »Ich trinke ihn schwarz, aber trotzdem danke, daß du an alles gedacht hast. Mein Körper ist heute morgen nicht besonders in Form, meinst du, wir könnten die Heizung ein bißchen aufdrehen?«

Sie lehnte am Fensterrahmen und sah auf den Lake Superior, der zunehmend aufgewühlter wurde, hinaus. Das Wasser war dunkelgrün bis schwarz.

Jack besah sich den Thermostat an der Wand und verstellte kleine Hebel, dabei murmelte er vor sich hin: »Heizung an, Ventilator an, größtmöglicher Komfort erwünscht... es gibt einen Ort in Texas, der Comfort heißt« – er studierte immer noch den Thermostat – »nicht weit von einem Ort, der Welfare heißt. Ich fand immer, daß es sich nach einer guten Gegend anhört, wo man seinen Lebensabend verbringen könnte, wenn die Ortsnamen halten, was sie versprechen.«

»Du scheinst mir nicht der Typ zu sein, der irgendwo in Rente geht, Jack.« Sie sah immer noch auf den See hinaus.

»Das stimmt. Ich werd vermutlich nie genug Geld haben, um mich irgendwo niederzulassen. Ich sterbe wahrscheinlich in meinen Stiefeln, wenn ich auf einem dieser riesigen orangefarbenen Mähdrescher aus der Spur komme, oder in einem verdammten Graben, während ich Gasrohre verlege, wahrscheinlich an einem Tag wie diesem. Ich sterbe aufrecht und bekomme ein preiswertes Begräbnis ... sie warten einfach, bis mich der Schlamm verschluckt hat, während irgendein Arbeitsaufseher brüllt: ›Mach die Zehen grade‹ und mir mit einem Stück Rohr auf den Kopf schlägt.«

Linda lachte leise über das Bild, das Jack heraufbeschwor. Sie sah auf seine Füße. »Wo wir gerade von Stiefeln sprechen, wie kommt es, daß du keine Cowboystiefel trägst? Ich dachte, alle Texaner tragen welche.«

»Nun, so hochhackige Stiefel wie die deinen, sind eigentlich nur für drei Dinge gut: zum Reiten, um die Hacken im Korral in den Dreck zu stemmen, und um Samstag abends um die Häuser zu ziehn. Ich zerstöre nur ungern Mythen und Legenden, aber einer der letzten Cowboys, den ich kenne, ein Typ namens Sam, trägt die meiste Zeit alte Tennisschuhe, wenn er draußen beim Vieh ist. Ich hab ein paar Stiefel von der Sorte, die du meinst. Sogar handgearbeitet, aber sie sind in Alpine, Texas. Earl und Brummer passen auf sie auf, damit sie nicht ohne mich ausgehen. Deshalb war ich gestern abend beim Tanzen auch nicht in Höchstform, ich hatte nicht die richtigen Stiefel an.«

»Earl ... und wer noch?«

»Earl und Brummer. Earl ist ein Mexiroon, so nennt er sich jedenfalls selbst – drei Viertel mexikanisch und ein Viertel anglo-amerikanisch. Er paßt auf mein

Haus auf, wenn ich fort bin. Brummer ist der Hund mit der üblichen gelbbraunen Farbe. Er sieht aus, als wäre er nach einer schlimmen Nacht von Chihuahua bis zu uns gekrochen. Er eignet sich jedoch verdammt gut zum Viehtreiben. Ich weiß nicht, wer älter ist, Earl oder Brummer. Ich schätze, sie sind gleich alt.«

Linda nahm einen Schluck Kaffee und sah ihn über den Rand des Kaffeebechers mit ihren braunen Augen an. »Warum heißt der Hund Brummer?«

»Wann immer jemand drauf und dran ist, irgendwohin zu fahren – in die Stadt, zum Mond, ganz egal –, streckt er sich flach vor der Tür aus, legt seinen Kopf auf die Pfosten und gibt ein trauriges Brummen von sich. Hat er immer schon getan, deshalb haben wir ihn so genannt. Er scheint seinen Namen zu mögen, obwohl ihn natürlich niemand nach seiner Meinung gefragt hat, wenn ich recht drüber nachdenke.«

Jack ging zum Fernseher und schaltete den Wetterkanal ein. Dann stellte er sich neben Linda, beide mit ihrem Styroporbecher in der rechten Hand. Sie nahm ihren in die linke Hand und legte ihren rechten Arm um Jacks Taille, hakte ihren Daumen in eine seiner Gürtelschlaufen ein. Er sah nach draußen in den Regen, berührte ihren Hinterkopf und streichelte ihre Haare. Jack Carmines siebte These war: Einer Frau über die Haare zu streichen, während man nach draußen in einen Regentag sieht, entspricht zweiundneunzig von hundert Punkten.

Sie studierte sein Gesicht von der Seite. Jack Carmine – schnell auf den Beinen, unbeschwert im Umgang mit Worten. Hinter seinem schnellen Grinsen lag jedoch noch etwas anderes. Etwas, worüber er nicht redete...

Jack Carmine kam ihr vor wie ein alter, brauner, zerknitterter Briefumschlag, zugeklebt und versiegelt, in dem sich etwas befand. Vielleicht war es gefährlich, den Umschlag zu öffnen. Bei dem Gedanken wurde ihr etwas unbehaglich.

Letzte Nacht, als sie aus Grand Marais zurück waren, hatte er auch da gestanden und durch die Glasschiebetür nach draußen gesehen. Linda hatte im Bett gelegen und ihn beobachtet, erschöpft von zuwenig Schlaf und der langen Fahrt. Er hatte keinen Schritt auf sie zu gemacht oder sie gar angefaßt, außer beim Tanzen, aber sie hätte ihn gewähren lassen, wenn er gewollt hätte. Sie hätte nichts dagegen gehabt – in dieser Nacht, nach dem Tanzen. Sie hätte ihn gewähren lassen, weil es in gewisser Weise ein schöner Abschluß eines schönen Abends gewesen wäre. Das war auch mit anderen Männern schon so gegangen. Aber es wäre mehr gewesen als ein schöner Abschluß. Sie mochte Jack Carmine aus Alpine. Er war gut zu ihr und schien sie zu respektieren. Und das war etwas Neues, ein Mann, der gut zu ihr war und sie respektierte.

Die Müdigkeit hatte sie jedoch übermannt; kurz vorm Einschlafen hatte sie noch gehört, wie die Schiebetür geöffnet wurde, und sich auf einen Ellbogen gestützt. Das Licht im Zimmer war aus, aber sie konnte ihn draußen auf dem Balkon sehen. Er hatte einfach dagestanden, nackt. Er stand mit gesenktem Kopf im kalten Regen und stürmischen Wind. Das hatte ihr Angst gemacht. Ein Mann, der so etwas tat, hatte etwas Wildes. Und wenn sie nicht so müde gewesen wäre, hätte sie vielleicht die Flucht ergriffen. Aber sie schrieb sein Verhalten den Dämonen zu, die sie selbst kannte, und war eingeschlafen.

Jack nahm einen Schluck Kaffee und sah sie an, wie sie ihn anschaute. Er lächelte und packte sie fester am Kopf. »Verdammt ungemütlich da draußen«, sagte er, indem er sich zum See umdrehte.

Nach der Werbung für eine Kreuzfahrtlinie, die Sonne und mehr Essen versprach, als man je in seinem Leben vertilgen konnte, erschien wieder der Moderator mit einer Vorschau für die nächsten fünf Tage und versprach düstere Aussichten für alle, die dumm genug waren, nördlich von Iowa zu leben.

Die Leute oben im Norden von Minnesota holen am besten ihre Schneeschieber und Handschuhe raus. Sie müssen – bei dem ersten großen Sturm um diese Jahreszeit – mit bis zu sechsunddreißig Zentimetern Schnee rechnen. Dem Schnee folgen bitterkalte, arktische Luftmassen und hohe Windgeschwindigkeiten. Die Temperatur liegt bis Sonntag um null Grad. Im Laufe des Vormittags wird Schneefall entlang der kanadischen Grenze einsetzen und sich dann rasch weiter nach Süden bewegen.

Jack neigte seinen Kopf in ihre Richtung und grinste halb: »Nun, Miss Linda, ich glaube, für Texas Jack ist es an der Zeit, schnellstens nach Hause zurückzukehren, wie ein alter Kater, hinter dem die Hunde her sind. Ich wiederhole meine Einladung: Magst du nicht deine Sachen packen und mitkommen? Zuerst nach Texas, und ein bißchen später vielleicht nach Mexiko, um ein bißchen am Strand zu liegen.«

»Für ein Mädchen vom Lande haben sich die Ereignisse der letzten dreißig Stunden ziemlich überschlagen. Ich bin immer noch damit beschäftigt, die Sache in den Griff zu kriegen. Meinst du das wirklich ernst, ... daß ich mitkommen soll?«

»Ja, todernst. Ich bin nicht dafür bekannt, ausgesprochen höflich zu sein und wie die Katze um den heißen Brei herumzuschleichen.«

Er drehte sich zu ihr um und schaute sie mit einem ernsten, irgendwie sehnsüchtigen Blick an, den sie später noch öfter sehen sollte. »Ich lege meine Karten auf den Tisch und sage dir einfach, daß ich es sehr schön fände, wenn du mitkämst. Meine Farm in Alpine macht nicht viel her, sie ist nicht besonders groß. Aber es ist auf eine einfache Art sehr hübsch dort und sehr viel wärmer als hier. Ich glaube, es würde dir gefallen. Doch wenn es irgend etwas oder irgend jemanden gibt, der dich im Norden hält, kann ich das verstehen. Es würde mir nicht sehr gefallen, und ich wäre auch etwas enttäuscht, aber es wäre verständlich. Du bist mir nichts schuldig.«

Sie ging zum Bett und setzte sich, Knie geschlossen.

Sie umklammerte den Kaffeebecher und starrte hinein.

»Du mußt erst noch ein paar Dinge wissen. Wir müßten in Altoona haltmachen und ...« Sie hielt inne und sah ihn an.

Jack fiel ein, er grinste: »Kein Problem. Ich muß sowieso meinem Onkel Vaughn Rhomer in Iowa guten Tag sagen. Nur für ein paar Minuten. Er lebt nördlich von Des Moines, verstehst du? Und du hattest gesagt, Altoona liegt bei Des Moines, oder?«

»Jack ...« Linda starrte auf ihren Becher. »Alpine in Texas hört sich ziemlich verlockend an. Aber nur unter einer Bedingung: Ich habe eine drei Jahre alte Tochter, die bei meiner Mutter in Altoona lebt. Und sie müßte mitkommen ... Sara Margaret, nicht meine Mutter.«

Jack überlegte; er war erst ernst, dann fing er wieder an zu grinsen. »Tja, meine Güte, ... aber was soll's? Auf ein Baby wäre ich nie gekommen, aber was soll's. Da draußen steht ein Pick-up, der kann Babys, Windeleimer, Laufgitter und eine Ladung von diesem Plastikzeug befördern, an dem Babys so gerne nuckeln, daß es für ein ganzes Leben reicht. Deine Mutter kann auch mitkommen, aber sie muß hinten bei den Windeleimern sitzen. Entweder das, oder sie fährt, und ich sitze hinten mit einer Flasche Wild Turkey und einem von diesen Plastikdingen im Mund.«

Linda ließ sich mit dem Rücken aufs Bett fallen, sah an die glänzende Decke und lachte. Ihr Pullover rutschte bis unter ihren Bauchnabel hoch, aber sie beachtete es gar nicht. Jack schenkte der Tatsache durchaus Beachtung.

»Jack Carmine«, sagte sie und sprach in Richtung Decke, »du hast keine Ahnung von Kindern – Sara Margaret ist längst kein Baby mehr. Und du machst dir auch keine Vorstellung davon, was auf Earl und Brummer zukommt. Für mich hört sich das so an, als würden ein paar alte Knaben in Alpine ein ziemlich ruhiges Leben führen. Und nun haben sie auf einmal Frauenklamotten auf der Leine hängen und müssen zusehen, wie kleine Hände beim Abendessen in den Kartoffelbrei patschen.«

Jack warf seinen leeren Kaffeebecher hinter sich. Er traf den Rand des Abfalleimers und fiel zu Boden.

»Earl und Brummer sind kein Problem. Sie leben wie Einsiedler mitten in der Wüste. Es ist schon so lange her, daß sie eine Frau oder ein kleines Mädchen gesehen haben, daß sie glauben werden, ihr beide kämt von einem anderen Stern. Und selbst wenn es ihnen nicht gefiele, würde ich Earl schlagen, und Earl würde Brummer schlagen, bis die Hackordnung wieder stimmt.«

Sie setzte sich auf und lächelte ihn an. »Auf jeden Fall sollten wir uns jetzt schleunigst auf den Weg machen«, sagte er und machte eine Kopfbewegung hin zum Regen und zum See. »Noch zwei Grad weniger, und die Straße wird eine einzige Schlittschuhbahn. Der Pick-up fährt sich nicht besonders gut auf Eis, er ist hinten zu leicht, so ähnlich wie ich.«

Zwanzig Minuten später waren sie unterwegs nach Süden, einen Song der Marshall Tucker Band mitsingend:

> Es ist nicht das erste Mal,
> Daß dieser alte Cowboy
> die Nacht allein verbringt...

Nach sechzig Kilometern warb in Castle Danger ein grelles Reklameschild mit dem Spruch: DIE BESTEN ZIMTBRÖTCHEN DER WELT.

Jack sah das Schild und schüttelte den Kopf. »Das glaube ich nicht, Rainy Jack Carmine macht die besten Zimtbrötchen der Welt, und sie arbeitet nicht hier«, sagte er, als er vom Highway abfuhr und vor dem Restaurant hielt.

Linda sah zu ihm hinüber. »Ich muß mir wohl noch ziemlich viele Namen merken – wer ist Rainy Carmine?«

»Rainy ist meine Mutter. Sie spielte ziemlich gut Poker und machte die besten Zimtbrötchen der Welt, wenn sie mal in der Küche stand, was ungefähr jeden dritten Mittwoch vorkam. Sie war außerdem eine gute Tänzerin. Sie hat mir und meinem Bruder das Tanzen beigebracht, nachdem sie uns das Pokerspielen beigebracht hatte. Sie hat sogar versucht, Earl das Tanzen beizubringen, aber er war nicht so schnell auf den Beinen, außer wenn er in die Scheune ging und eine Klapperschlange hinter der Schubkarre auf ihn lauerte.«

Jack machte den Motor aus und grinste Linda

Lobo an. »Laß uns reingehen und mal prüfen, was dran ist an ihren Zimtbrötchen.«

Er langte unter den Sitz und zog eine Baseballkappe mit dem Schriftzug *Minnesota North Stars* hervor. »Hier, damit deine Haare nicht naß werden. Ich hab sie beim Billardspielen in Fergus Falls gewonnen, von einem Typen namens Wurm. Warum sie ihn so nannten, weiß ich nicht. Ich wollte es allerdings auch gar nicht wissen.«

Sie liefen durch den strömenden Regen und beeilten sich, ins Restaurant zu kommen. Jack schüttelte das Wasser von seiner Lederjacke und sah sich um. Es war ein Sonntagspublikum da, Leute aus dem Norden. Ein paar junge, aber überwiegend alte Leute. Die meisten waren alte Männer, deren geschwollene und vernarbte Hände von einem harten Arbeitsleben in den Erzbergwerken zeugten.

Aus der Küche kamen Eier und Würstchen, Pfannkuchen und Kartoffeln und die örtliche Spezialität, gekochter Weißfisch.

»Möchtest du frühstücken?« fragte Jack. Er betrachtete die Toastüberreste auf der Plastiktischdecke vor sich, wischte die Krümel in seine Hand und schüttete sie in den Aschenbecher.

»Nein danke. Ich frühstücke normalerweise nicht«, sagte Linda. »Ich nehme aber gerne noch einen Kaffee.«

Eine Kellnerin in Jeans und Sweatshirt kam mit einer Kaffeekanne an den Tisch. »Guten Morgen«, sagte sie.

»Ihnen auch einen guten Morgen.« Jack grinste. »Zwei Kaffee und eines von diesen unvergleichlichen Zimtbrötchen, wofür Sie da draußen werben. Aber wenn es nicht so gut ist wie die von Rainy Carmine, müssen Sie das Schild wegnehmen, okay?«

Die Kellnerin lächelte. »Die Zimtbrötchen sind noch nicht fertig. Sie brauchen noch eine Dreiviertelstunde. Der Koch hatte heute morgen Probleme mit dem Backofen.«

Jack runzelte die Stirn und schmollte. »Ich weiß nicht, wo das noch hinführen soll – Regen unterwegs und kaputte Backöfen.«

»Soll ich Ihnen ein Brötchen bringen, wenn sie fertig sind?«

»Wir überlegen es uns noch. Wir wollen Minnesota möglichst rasch hinter uns lassen, bevor uns der Schnee zwingt, hier zu überwintern.«

Die Kellnerin ging mit ihrer Kaffeekanne zum Nachbartisch und fragte, ob sie Kaffee nachschenken solle. Jack klopfte mit seinem rechten Stiefel gegen ein Tischbein und sah Linda an. Um sie herum hörte man nur das leise Klappern von Kaffeetassen und Unterhaltungen. Hinten in der Küche rief der Koch: »Zweimal Eier mit Würstchen und Brötchen.«

»Deine Kappe gefällt mir, woher hast du die?« Jack grinste Linda Lobo an.

»Ich hab sie von einem Cowboy, der sie bei einem Billardspiel mit einem Typen namens Wurm gewonnen hat«, erwiderte Linda und lächelte ihn an.

»Wie hast du sie gekriegt, Süße?« Jack sprach aus

dem Mundwinkel. Er versuchte, W. C. Fields nachzumachen, was ihm aber nur schlecht gelang. Er wischte die beschlagene Fensterscheibe frei und sah hinaus.

»Kann mich nicht erinnern«, sagte Linda. »Du weißt schon, es war einer von diesen Tagen, an denen du morgens mit einer Kappe auf dem Kopf aufwachst und dich fragst, wo sie herkommt.« Sie nahm die Kappe ab und sah auf den Schriftzug. »Und du hoffst, daß es nicht die Kappe von einem Hockeyklub ist, weil du nämlich kein Hockey magst, und schon gar keine Hockeyspieler, soweit du dich erinnern kannst. Wie ist das Wetter?«

»Schlecht, und es scheint noch schlechter zu werden. Wir haben was Besseres zu tun, als in Castle Danger rumzuhängen und zu warten, bis die Zimtbrötchen fertig sind. Wir sollten aufbrechen und sehen, daß wir hier wegkommen.«

»Ich komme mit, Bandit. Ich bin soweit, wenn du soweit bist. Und übrigens, herzlichen Glückwunsch zum Geburtstag. Ich hätte es fast vergessen.«

»Ich auch. Danke. Siebenundvierzig Jahre alt und strahlend wie die Sonne, die hier heute nicht scheint... Bandit?«

»Ich hab gehört, wie du dich selbst in dem Restaurant letzte Nacht so genannt hast. Ich finde, es paßt zu dir. Macht's dir was aus, wenn ich dich so nenne?«

»Überhaupt nicht. Mir würde es sogar sehr gut gefallen.«

Auf einer von Jacks Reisekassetten sang Kenny

Rogers »Ruby«, als sie am Knife River vorbeifuhren: »Ich hab diesen wahnsinnigen Asienkrieg nicht angefangen . . .« Etwas weiter südlich verwandelte sich der Regen in Schnee, vermischt mit Graupeln. Alle paar hundert Meter geriet der Truck hinten ins Rutschen. Jack beugte sich nach vorne und kämpfte bei den Versuchen, das Schlittern unter Kontrolle zu halten, mit dem Lenkrad.

»Gütiger Himmel«, sagte er und trat auf die Bremse. »Man muß schon verrückter als ein Axtmörder sein, um hier oben zu leben. Für die Diagnose brauchst du nicht mal einen Psychiater. Ein ganz einfacher Fall – wenn du hier oben lebst, bist du verrückt und solltest sofort eingeliefert werden, keine rechtlichen Formalitäten sollten das verhindern können.«

Drei Kilometer weiter verringerte sich die Sichtweite auf neunzig Meter. Dichtes Schneetreiben umhüllte die kleine Welt von Jack Carmine und Linda Lobo.

»Jack, ich finde, wir sollten irgendwo halten. Es wird immer schlimmer.«

»Ich bin in solchen Fällen ziemlich dickköpfig, ich fange dann an, wie Mad Max zu denken. Ich denke, wir sollten das hier hinter uns lassen. Ich sehe die letzten hundert Kilometer westlich von Fort Stockton bis runter nach Alpine vor mir – eine lange, ebene Straße durch die Wüste. Außerdem kann ich es kaum erwarten, die Gesichter von Earl und Brummer zu sehen, wenn ich mit einer Wagenladung voll Babysachen und Tänzerinnen aufkreuze. Wir sehen weiter, wenn wir in Duluth sind. Wie weit ist noch es bis dahin?«

Linda studierte die Straßenkarte von Minnesota. »Nicht weit. Vielleicht dreißig Kilometer.«

»So wie's aussieht, brauchen wir dafür zwei Jahre«, sagte Jack.

Ein kleiner Lkw donnerte mit mindestens achtzig Stundenkilometern in entgegengesetzter Richtung an ihnen vorbei. Aus der schlechten Sicht wurde ein paar Sekunden lang eine weiße Wand. Linda sah über ihre Schulter durch die kleine Heckscheibe. »Ich wette, er hat hinten auf dem Anhänger einen Aufkleber mit dem Spruch: ›Ich bin Lkw-Fahrer von Beruf. Wenn Ihnen mein Fahrstil nicht paßt, rufen Sie eine dieser gebührenfreien Nummern an.‹«

»Tja, wenn er weiter so fährt, endet er irgendwann als kaputtes Erzschiff, weil er am See oben eine der Kurven nicht kriegt. Was stand da eben auf dem Schild?«

»Vierundzwanzig Kilometer bis Duluth.«

Eine halbe Stunde später bog Jack auf den Parkplatz eines Supermarkts ein. »Bin gleich zurück«, sagte er.

Als er wieder aus dem Geschäft kam, schob er einen Einkaufswagen, beladen mit Hundefutter, vor sich her. Hinter ihm schob ein Junge einen zweiten Einkaufswagen, ebenfalls voller Hundefutter. Im Schneetreiben warfen sie die Säcke hinten auf die Ladefläche. Jack glitt in das Fahrerhäuschen mit Schnee auf den Schultern und der Kappe.

»Zwölf Säcke Purina-Hundefutter sind zweihundertsiebzig Kilo auf der Ladefläche, damit geraten wir nicht mehr so leicht ins Rutschen. Außerdem können wir das Hundefutter wie Kies vor die Räder streuen, falls wir mal festsitzen. Was übrigbleibt, frißt Brummer bis an sein Lebensende und in alle Ewigkeit.«

»Nun ja, das ist eine prima Idee, Jack Carmine. Allerdings bin ich mir nicht sicher, ob es eine ebenso gute Idee ist, bei diesem Wetter weiterzufahren.«

»Mir hat noch nie jemand vorgeworfen, daß ich prima Ideen hätte. Außerdem geht es nicht darum, ob es eine prima Idee ist oder nicht, sondern darum, daß wir die Achsen heißlaufen lassen und nach Texas kommen. Es geht darum, die kleine Sara Margaret abzuholen und uns in sonnigere Gefilde zu begeben und uns schöneren Dingen zu widmen.«

Kurz hinter dem Moose Lake passierten sie eine Wetterscheide, der Schnee ging in heftigen Regen über.

»Geschafft«, sagte Jack. »Ab hier haben wir nichts mehr zu befürchten. Laß mal zur Feier des Tages ein bißchen Merle Haggard hören. Da sind noch mehr Kassetten in dem Schuhkarton unter dem Sitz.«

»Wo ist deine Mutter jetzt? Lebt sie noch?« Linda sichtete die Kassetten und las Jacks Gekritzel auf den Etiketten. Sie steckte eine Kassette, die mit *Merle* beschriftet war, in den Kassettenrecorder.

»Sie lebt mit einer Art Guru in Taos zusammen. Sie meditieren über den Mord und heulen die Sonne an.

Sie essen nur Gemüse und tragen Schuhe aus Plastik.«

Jack zündete sich eine Zigarette an. »Nachdem der gute Edward Polynice Carmine gestorben war – das war mein Dad –, ist sie mit unbekanntem Ziel verschwunden. Ich hab ihr keinen Vorwurf gemacht, das Leben mit Poly war nicht gerade leicht gewesen.«

»War dein Vater Farmer?«

»Tja, er hat so angefangen, aber er ist nicht als Farmer gestorben. Poly hat zweihundert Quadratkilometer anständiges Weideland von Großvater Smyler Carmine geerbt. Aber Poly ist nach Austin gegangen und hat einen Abschluß in Jura gemacht. Er hat den Rest seines Lebens und den größten Teil der Farm darauf verwendet, einen Kampf gegen einen Umweltsünder nach dem anderen auszufechten. Einmal zum Beispiel wollten sie den Pinto Creek stauen – das war nur ein kleiner Bach – und so was wie einen Kurort in der Wüste hochziehen. Das muß man Poly schon lassen, er hat es geschafft, das Projekt zu stoppen und sich jeden zum Feind zu machen, der der Ansicht war, Apartmenthäuser und Golfplätze wären ebenso respektvoll zu behandeln wie die amerikanische Flagge – das heißt, so ziemlich jeden, und das bis heute. Polys Trumpf war ein altes Gesetz über Wasserrechte in Trockentälern der Wüste. Jedenfalls hat er als Anwalt nie viel verdient, deshalb hat er nach und nach Teile der Farm verkauft, um seinen Privatkrieg zu finanzieren.«

»Wer hat sich um die Farm gekümmert, während dein Vater damit beschäftigt war?«

»Rainy, Earl und ich. Ungefähr alle zwei Jahre haben wir nachgesehen und festgestellt, daß die Grenzen um uns herum immer enger wurden, wie Zimmerwände in einem Horrorfilm. Poly hat zehn Parzellen hier, fünfzehn Parzellen dort verkauft. Irgendwann war die Farm zu klein, um noch viel Vieh grasen zu lassen, höchstens hundertfünfzig Stück oder so etwas in der Größenordnung. Mein Gott, am Ende waren die Verhältnisse wirklich bescheiden, wir haben Bohnen und Grünzeug angebaut. Rainy hat Arbeit in einem Restaurant in Alpine angenommen. Als ich sechzehn war, hab ich angefangen, im Norden auf den Bohrinseln bei Odessa zu arbeiten. Denen hab ich vorgelogen, ich wäre älter. Earl hat sich um das gekümmert, was von der Farm noch übriggeblieben war, während Eddie, mein jüngerer Bruder, Oboe geübt hat; schließlich ist er damit auch etwas geworden.«

Jack grinste zu Linda hinüber. »Und dann gab es noch Polys Plan, nach Öl zu bohren. Die Farm oder das, was noch davon übrig ist, liegt am Südrand des Permian Basin, ungefähr zweihundertfünfzig Kilometer von den Ölfeldern von Odessa-Midland entfernt. Einer von Polys verrückten Freunden, Fine Daly, war ein Rutengänger – du weißt schon, einer von denen, die eine Astgabel halten und behaupten, sie könnten damit Wasser finden. Er ist auf dem Gelände herumgelaufen und hat Poly hinterher erzählt, er sähe etwas Dickes und Schwarzes in der Erde fließen.«

»Und was ist daraus geworden? Habt ihr Öl gefunden?«

»Nein. Wirklich schade. Poly war am Ende, und dieses Bohrloch war seine größte Hoffnung für eine finanzielle Wiederauferstehung, sein großes Kasino. Er hat behauptet, es würde uns sanieren. Wir haben eine Party an dem Tag gefeiert, als sie mit der Bohrung anfingen. Earl stand mit mir und Brummer etwas abseits, schüttelte seinen Kopf und sagte: ›Das ist kompletter Schwachsinn, Jack, dein Vater glaubt an einen Astknoten.‹«

Jack Carmine zündete sich eine Zigarette an, öffnete das Fenster einen Spalt, nahm sein Taschentuch und wischte den Staub vom Kassettenrecorder. »Du wirst den alten Bohrturm sehen, wenn wir in Texas sind. Die Familie hat ihn ›Perry‹ getauft, das ist die Abkürzung von *perezoso*, eine Art spanisches Wort für faul, da er nie ernsthaft gearbeitet hat. Poly ist das Geld ausgegangen, lange bevor sie tief genug gebohrt hatten, um überhaupt Öl finden zu können. Dieses Unternehmen hat ihm den Rest gegeben. Er ist nicht lange danach an einem Herzinfarkt gestorben.«

»Der Bohrturm steht also einfach so da rum?«

»Genau. Earl und Brummer haben seit Jahren ein kleines Ritual. Jeden Tag gehen sie um die Mittagszeit dorthin und pinkeln auf den alten Perry, beide gleichzeitig. Ist irgendwie ihre Art zu sagen, daß Earl immer recht gehabt hat.«

»Wirklich schade mit dem Öl. Ihr Carmines hättet ein richtiges texanisches Königreich haben können, wenn ihr Öl gefunden hättet.«

»Manchmal nimmt die Gerechtigkeit seltsame Wege. Der Familiengeschichte zufolge haben wir das Land ursprünglich durch die schlimmen Taten eines gewissen Ben Carmine erhalten, der aus Tennessee kam und Mitte letzten Jahrhunderts als Skalpjäger für den Gouverneur von Chihuahua gearbeitet hat. Man sagt, daß der alte Ben eine eindrucksvolle Figur abgegeben hat in seinen mit silbernen Schnallen versehenen Gamaschen und Mokassins; er trug gern eine Spitzenmantilla um die Hüften und einen etwas angeschmutzten, rot-schwarzen Umhang. Damit ist jedem klar, der aufgepaßt hat, daß wir späteren Carmines die eleganten Maßstäbe, die Mr. Ben ursprünglich gesetzt hat, nicht erreicht haben.«

Jack bremste, weil das Auto vor ihnen langsam fuhr, blieb eine Weile hinter ihm und überholte dann auf einem geraden Stück Straße. Er murmelte etwas über Sonntagsfahrer und den gottverdammten Regen.

»Möchtest du den Rest der Familiengeschichte hören?«

»Ich kann's kaum erwarten.«

Jack zupfte an seinem rechten Ohrläppchen und sah zu ihr hinüber. »So, wie du das sagst, habe ich das Gefühl, daß du diese nette Geschichte nicht glaubst.«

»Nun, ich möchte sie gern glauben, aber ich kann mir nicht helfen – sie erinnert mich an etwas, das ich mal spätabends im Fernsehen gesehen habe.«

»Jetzt hör mir mal zu, Tänzerin! Das, was ich dir gerade erzählt habe, und das, was ich dir erzählen werde, ist der Rest von dem, was übriggeblieben ist, nachdem Poly die Wahrheit vom Korralstaub befreit hatte und unsere Familiengeschichte anfing ernst zu nehmen. Denen, die immer auf ihren Familienstammbaum geguckt haben, hab ich nie über den Weg getraut. Ich war der Meinung, daß sie nur versucht haben herauszufinden, von welchem Königshaus sie abstammten und sich die richtigen Äste aussuchten, um es zu beweisen. Aber Poly war dickköpfig und ziemlich gut darin, sich über etwas Klarheit zu verschaffen, wenn er es sich einmal vorgenommen hatte. Und wenn Poly etwas Unglaubliches irgendwo im Stammbaum entdeckt hatte, pflegte er zu sagen, das sei eines der Dinge, die, selbst wenn sie nicht wahr wären, wahr sein sollten, damit ein ansonsten eher langweiliges Universum etwas bunter und unterhaltsamer würde. Du kannst es also glauben oder es sein lassen. Ich glaube jedenfalls alles und fühle von früh bis spät die Gene von Ben Carmine. Je länger du in meiner Nähe bist, desto stärker wirst du das spüren.«

Ein Camaro rauschte mit hundertdreißig in einer Spritzwasserwoge am Pick-up vorbei. Am Steuer saß ein junger Mann. »Bewunderst du nicht auch die Kinder und die Autos, die ihnen ihre Eltern zur Verfügung stellen?« sagte Jack und sah, daß der Camaro auf der Straße vor ihnen ins Rutschen kam.

Linda Lobo zündete sich eine Zigarette an.

»Schwärm weiter, Jack Carmine. Ich hör dir zu und werd mir die allergrößte Mühe geben, alles zu glauben, was du mir erzählst.«

»Okay. Also der alte Ben gab seine Jagd auf Skalps auf, als er eine mexikanische Witwe namens Chata Valenzuela heiratete. Chata hatte bereits ein paar Kinder aus ihrer vorherigen Ehe und einen ziemlich großen Teil vom Besitz ihres Mannes geerbt, den sie als Frau aber aus rechtlichen Gründen nicht halten konnte, daher brauchte sie einen Ehemann. Sie versetzte Ben an einen Handelsposten östlich von Presidio am Rio Grande, wo er bei den Indianern Alkohol und Gewehre gegen gestohlene Pferde von texanischen Siedlern eintauschte. Er hat dann die Tiere an verschiedene Militärstützpunkte in der Gegend weiterverkauft. Er hat einen komplizierten Kreislauf in Gang gehalten: Er tauschte Gewehre gegen Pferde bei den Indianern, verkaufte die Pferde an die Kavallerie, damit sie die Indianer verfolgen konnten, die noch mehr Pferde stahlen, weil sie die Gewehre benutzten, die Ben ihnen verkauft hatte. Als einige Leute seine anrüchigen Geschäfte entdeckten und die Sache zu heiß wurde, hat er alles verkauft und das Land erworben, zu dem wir jetzt fahren. Das heißt, wir fahren zu dem, was noch von Ben Carmines Land übrig ist, da Poly ungefähr hundert Jahre später fast alles verkauft hatte.

Ben hatte also beschlossen, ein ruhiges Leben zu führen, aber das hat nicht geklappt. Irgendein alter Feind aus der Vergangenheit, offenbar ein Hombre, den er beim Verkauf von Grenzland betrogen hatte, kam mit vier Amigos angeritten und hat ihn vor den Augen von Chata und den Kindern weggepustet.«

Jack sah hinüber zu Linda Lobo. Sie lächelte ein wenig und schüttelte den Kopf. »Das einzige, was mir dazu einfällt, ist, daß Iowa, verglichen mit dem, was du mir erzählst, ziemlich friedlich ist. Soweit ich weiß, ist es vor allem wegen seiner hart arbeitenden Farmer aus Deutschland und ähnlichen Ländern bekannt.«

»Nun, Miss Linda, es gibt Iowa, und es gibt Texas, das mit nichts anderem zu vergleichen ist, und es wird noch besser. Denn die Witwe Valenzuela hatte nämlich schon zwei Söhne, als sie Ben Carmine geheiratet hat. Von ihm hatte sie dann noch zwei Kinder, ein Mädchen und einen Jungen. Und sie hat allen Kindern den Nachnamen Carmine gegeben. Ein paar Tage, nachdem Ben das Zeitliche gesegnet hatte, sind die Jungen, die damals fast erwachsen waren, losgezogen und haben die fünf Hombres, die ihren Vater erschossen haben, niedergemacht.

Danach wird es etwas verschwommen. Wir wissen nicht, wessen natürlichen Trieben wir es zu verdanken haben, daß wir nachfolgenden Carmines hier sind. Am wahrscheinlichsten ist es – jedenfalls Polys Meinung nach –, daß Larkin, einer der Jungen von Ben und Chata, ein mexikanisches Mädchen geheiratet hat, das in einem der Puffs an der Grenze anschaffte. Larkin warf die anderen beiden Jungen raus – einer wurde wegen Pferdediebstahls gehängt, der andere wurde Polizist und ist später zu den Texas Rangers gegangen. Die Geschichte endet damit, daß Larkin, der inzwischen selbst vier Söhne und zwei Töchter in die Welt gesetzt hat, die Ranch übernimmt.

Aus dieser Sippschaft stammt also der Bandit, mit dem du gerade unterwegs bist. Ich kann demnach behaupten, daß meine Vergangenheit ziemlich bewegt ist, nicht nur in diesem Leben, sondern auch in meinem Stammbaum. Die Tatsache, daß ich von Kopfgeldjägern, von Leuten, die anderen in den Rükken schießen und von Damen der Nacht abstamme, betrachte ich als Erklärung für mein ungewöhnliches Verhalten. Ich bin sozusagen durch meine Familiengeschichte reingewaschen, egal, was ich bin und vor allem, was ich nicht bin.«

Linda Lobo schüttelte wieder den Kopf und schaute ihn an.

»Jetzt kennst du die Geschichte. Wir haben das Land durch die dubiosen Machenschaften von wirklich praktisch veranlagten Leuten erhalten und es dank Polys Idealismus verloren. Wie ich schon gesagt habe, irgendwie ist das auf komplizierte Art und Weise gerecht. Wenn ich ernsthaft darüber nachdenken würde, wozu ich im Moment und auch sonst in der Regel keine Lust habe, würde ich es vielleicht herausfinden. Auf jeden Fall habe ich dir nur erzählt, was Poly bei seinen Nachforschungen herausgefunden hat, und wenn sich Poly mit seinem scharfen juristischen Verstand mit einem Problem auseinandergesetzt hat, dann so lange, bis er mit seinen bohrenden Blicken wirklich alles entdeckt hatte.

Rainy hatte natürlich bei alldem das letzte Wort. Sie hat immer gesagt, die Carmines wären ungebetene Gäste auf der Welt. Daß wir hier wären, hätten wir nur den unerschütterlichen Versuchen von Mutter Natur zu danken, uns langsam zu bessern.«

Hinter Hinkley hörte der Regen auf, und der Himmel wurde silbergrau, was weiter im Süden auf ein paar Sonnenstrahlen hoffen ließ. Jack Carmine sah zu Linda Lobo hinüber und grinste. »Heute abend sind wir in Otter Falls. Und morgen siehst du Sara Margaret, schnappst sie dir und läufst Richtung Wüste. He, sieh mal!« Er beugte sich nach vorne und deutete auf den Himmel. »Siehst du, wie diese Kanadier sich gen Süden aufmachen? Genau wie wir.«

Die Gänse flogen rechter Hand in einem weiten Schwarm sehr hoch und schnell.

»Sie sind auf dem Weg zu den Seen von Osttexas, Tänzerin, sie orientieren sich bei ihrer Reise an den Sternen. Sie haben eine Art eingebautes Navigationssystem, das ihnen sagt, wann und wie sie fliegen müssen. Sie brauchen keine gottverdammte fünftägige Wettervorhersage vom Wetterkanal. Ich hab schon immer gesagt, wenn an dieser Reinkarnationsgeschichte was dran ist, werd ich als kanadische Wildgans namens Raymond wiedergeboren. Dann werde ich fliegen wie einer von diesen Vögeln, statt schwerfällig durch die Gegend zu latschen, wie ich es mein ganzes Leben lang getan hab.«

Linda Lobo lächelte diesen Mann liebevoll an, der von Skalpjägern und leichten Mädchen abstammte; dessen Mutter Schuhe aus Plastik trug und mit einem Guru in Taos zusammenlebte und früher jeden dritten Mittwoch die besten Zimtbrötchen der Welt gebacken hatte; dessen Vater ermüdende Kämpfe gefochten und nach Öl gebohrt hatte, weil ein Rutengänger behauptet hatte, es gäbe dort welches; der als Gans namens Raymond wiedergeboren werden und durch den Herbsthimmel fliegen wollte. Sie sagte kein Wort, aber das mußte sie auch nicht. Sie lächelte Jack weiterhin liebevoll an, während er zurückgrinste. Er sah auf den Highway, dann hoch zum Himmel und dann wieder zu Linda Lobo, und sie lächelte ihn immer noch an. So ging es noch eine ganze Weile.

Viertes Kapitel

New Orleans, 27. Oktober 1993

Wenn er die Vergangenheit Revue passieren ließ, was er in den langen Nächten in seinem Kellerraum oft tat, gab Vaughn Rhomer den Tagen seines Lebens Noten, er sortierte sie wie die grünen Paprikaschoten einer verspäteten Lieferung. Es waren ein paar gute und ein paar schlechte darunter, der Rest fiel in die Kategorie dazwischen; sie bildeten das, was die meisten Leute als ein anständiges, produktives Leben bezeichnen würden. Anständige und produktive Tage, aber sie waren nicht annähernd so gewesen, wie er sie sich vorgestellt hatte, nicht wie die Tage und Jahre seines Neffen Jack Carmine. Für Vaughn Rhomer war der typische Jack der, der vor ein paar Jahren an einem Herbstabend in Otter Falls vorbeigekommen war, damals, als die nördlichen Regionen sich auf den Winter vorbereiteten. Jack und die Frau namens Linda, die beide richtige Reisekleidung trugen, hatten kurz bei ihnen haltgemacht, bevor sie zu den weit entfernten Regionen aufgebrochen waren.

Vaughn Rhomer hatte Linda A-Irgendwas an jenem Abend, der Jahre zurücklag, angesehen und gewünscht, daß er wenigstens einmal in seinem Leben mit einer solchen Frau zusammen wäre. Oder wenigstens einer vergleichbaren Frau, vielleicht einer, die nicht ganz so aufregend war. Diese Linda war sehr nett, aber sie strahlte eine unglaubliche Sinnlichkeit aus; wenn man eine wie sie zum Tanzen auffordern wollte, war es wohl besser, man machte sich vorher klar, worauf man sich einließ. Linda A-Irgendwas war wie ein Gebiet, das für diejenigen, die noch nie dort gewesen waren, viel zu wild war.

Aber Vaughn Rhomer war damals noch ein anderer gewesen. Nicht der Vaughn Rhomer, der sieben Jahre später in einem Café in New Orleans saß. Der neue Vaughn Rhomer war dabei, sich zu entfalten, sich zu öffnen und zuzugreifen. Er lauschte Ariendo Vincent, mit Sonnenbrille und roter Baskenmütze, der auf der Tonleiter nach oben glitt und sauber mit dem höchsten Ton, den er auf seinem Altsaxophon spielen konnte, das Lied beendete.

»Verdammt, ich hab's geschafft, ich hab ihn getroffen!« rief er; er war zufrieden und grinste und ging vom Bürgersteig rasch in das Café; er ging zwischen Vaughn Rhomer und der schwarzen Frau hindurch und hob triumphierend einen Arm. »Das Instrument ist neu, und ich experimentiere noch damit. Bin gleich zurück, Leute, ich muß mir nur ein paar Zigaretten holen.« Die Frau streckte Ariendo Vincent lässig die Hand mit der Handfläche nach oben hin, und er schlug sanft ein, als er vorbeiging. Als er ihre Hand berührte, sagte er: »Wie geht's Gumbo, warst lange nicht hier.«

Gumbo – jetzt hatte sie einen Namen. Vaughn Rhomer kannte Gumbo, weil er Okra kannte. Er hatte Okra versuchsweise im Laden angeboten, aber es verkaufte sich nicht gut. Die Leute in Iowa aßen nicht viel Okra. Er wußte nicht genau, warum.

Sie streckte langsam ihre Hand nach vorne aus – der gelbe Ärmel bewegte sich wie Sonnenlicht über die Veranda eines wellblechgedeckten Hauses im Deltagebiet – und nahm einen Zigarillo aus der Packung auf dem Tisch. Sie hielt ihn zwischen Zeigefinger und Mittelfinger ihrer linken Hand.

Finger: lang.

Fingernägel: rot.

Sie hob ein silbernes Feuerzeug und berührte mit der Flamme die Spitze des Zigarillos.

... noch mal von vorne anfangen, noch einmal leben. Noch einmal geboren werden und alles anders machen. Alles. Sich das nächste Mal nicht mit weniger zufriedengeben. Nicht gegen Ende des Lebens davon träumen müssen, was man hätte tun sollen, aber nicht getan hat. Keiner von uns sollte so leben, daß er nur die Pläne der Väter verwirklicht und das Leben der Väter lebt, statt das eigene zu leben. Selbst wenn wir uns gegen die Traditionen unserer Väter auflehnen, so ist die Auflehnung nur ein Spiegelbild dieser Tradition

und ahmt sie in anderer Form nach. Die Träume also: bei sanftem abendlichen Schneefall das eigene Pony satteln – irgendwo in Asien; Dämmerung in einem Bergdorf, ein verlassener Ort voll Schlamm und Stroh und Küchenfeuern, wo das Universum sich zusammenzieht. Oder sich im Flachland bewegen wie der Pfeil eines Bogenschützen, schnell und leise durch hohes Gras, den Speer in der Hand, und dabei an Gazellen denken. Oder Netze auswerfen, wo die Köderfische zu finden sind, dahin fahren, wo die Delphine sich tummeln, und wo ein einziger, einsamer Pelikan fliegt. Weit weg von Vorortzügen, von bedeutungslosen Lebensversicherungen, von denen man selbst nichts hat, die man an jemand anders vererben wird, weit entfernt vom Geschäftsalltag. Wir hätten all diese anderen Dinge tun sollen, die Träume sagen uns das, und die Träume lügen nie. Aber wir löschen sie mit dem Morgenlicht aus unserem Gedächtnis und kehren zu dem Leben zurück, das unsere Väter für uns bestimmt haben. Wenn du diese Dinge getan hättest, wenn ich sie getan hätte – die wirklichen Dinge –, dann hätten wir vielleicht eine Frau gehabt wie die, die ich jetzt hier in Mombasa gerade ansehe. Aber auch wenn wir sie nicht haben können, haben wir sie zumindest mit einer gelben Feder im Haar tanzen gesehen. Das war zwar nur in einer nächtlichen Einbildung, obwohl es in dem Moment beinahe real erschienen war. Und so werden die Einbildungen aller Männer zu den Träumen einzelner Männer, die wiederum die Träume aller Männer werden. Du siehst die Schatten der abendlichen Feuer und Männer in schwarzen Gewändern, singend in einer kreisrunden Sitzordnung, die Knie berühren einander auf der langen Sandbank. Wir haben uns alte Geschichten erzählt und alte Lieder gesungen, die uns vor Frauen warnen, die im Licht des Feuers tanzen und sich drehen und von denen am folgenden Morgen nichts bleibt als ihre Fußspuren. Und wir klatschen dazu in zerlumpter Eintracht, während die Frau tanzt, während der Fluß dahinfließt und die Schildkröten schlafen; wir riechen ihren Körper, wenn sie sich uns nähert, und strecken unsere Hände aus, berühren ihre glatten Beine und hören das Geräusch ihrer Schritte auf dem festen Sand, als sie an uns vorbei in die Dunkelheit entschwindet. Aber all das... alles... ist im Sog der Arbeit und der Verantwortung und dem Vielleicht untergegangen, und es ist alles verschwunden, als gerade niemand hinsah, nicht einmal die Söhne der Väter.

Aus S. J. Walk, Die Dinge, die wir hätten tun sollen *(Fargo, North Dakota, High Plains Imprint 1954), Seite 178.*
Gelesen und abgeschrieben in V. H. Rhomers Notizbuch Nr. 6, 1. 8. 85

Vaughn Henry Rhomer war der Sohn eines kleinen Gemüsehändlers, der sich durch die große Wirtschaftskrise gekämpft, sie überlebt und nie vergessen hatte. Er hatte seinen Sohn zur Vorsicht gemahnt: »Fang bei einer der großen Firmen an, Vaughn, wo sie eine betriebliche Altersversorgung haben und wo du krankenversichert bist. Es ist zu schwer, alles allein zu machen. Sei vernünftig und sei vorsichtig, die Welt da draußen ist gemein. Am einen Tag ist noch alles in Ordnung, und am nächsten ziehen sie dir den Boden unter den Füßen weg.«

Und Vaughn Rhomer hielt sich an die Worte seines Vaters, obwohl er die ganze Zeit litt. Er sehnte sich danach, im weit entfernten Borneo nach Gold zu suchen, etwas zu tun, was jeder schlaksige, junge Mann tun möchte, der hinaus möchte, um dann an den heimischen Herd zurückzukehren mit etwas, an das er sich erinnern kann; mit Geschichten, die er später erzählen kann, während er seine blaugeäderten Füße in einem braunen Fluß baumeln läßt und seine vernarbten Hände betrachtet. Es wird ihm warm ums Herz, wenn er sich erinnert und wenn er erzählt, einfach weil er weiß, daß er etwas gewagt hat, während andere zu Hause geblieben sind.

Sein Vater Albert billigte die Entscheidungen, die Vaughn Rhomer für sein Leben traf. Seine Frau Marjorie billigte sie. Seine Freunde billigten sie. Nach Borneo gingen die anderen, die Thomas Martins dieser Welt, die, die sich trauten. Und die Frau in Mombasa, was wurde aus ihr? Und was wurde aus all den jungen Frauen, die mit trägerlosen Oberteilen und Shorts, die so knapp geschnitten waren, daß man einen Teil ihrer Pobacken sehen konnte, in der Obst- und Gemüseabteilung von Best Value auftauchten? Vaughn Rhomer hatte ihnen all die Jahre, während er älter wurde, immer freundlich zugelächelt. Er sagte »guten Tag«, während er die faulen Blätter vom Salat entfernte. Er sah ihnen kurz nach, wenn sie aus seinem Blickwinkel verschwanden – das Gold, das weit entfernte Borneo, der Flug eines einzelnen, einsamen Pelikans – und überlegte sich dabei, wie es wohl wäre, zwischen diesen sonnengebräunten Beinen zu liegen und in ihre lächelnden Gesichter zu blicken, wenn er sie dorthin mitnahm, wo sie noch nie gewesen waren, aber schon immer gerne hinwollten. Oder sie einfach zu berühren... das war vielleicht schon genug, nur die Berührung. Mit seiner Hand nur einmal das zu berühren, was gegen diese trägerlosen Oberteile preßte, und mit seiner *tronchete* vorsichtig den Stoff dieser Shorts zu zerschneiden, während eine sonnengebräunte, junge Frau vor Vergnügen lachte. Er hatte sich vorgestellt, wie er ein Paar zerrissene Shorts hinüber nach Gang drei warf und sie im Einkaufswagen der widerlichen Mrs. Butro landeten, oder noch besser auf ihrem Kopf, während er auf einem Haufen roter Tomaten, die zerdrückt auf dem Boden lagen, hingerissen einen gebräunten, jungen Körper erforschte und dabei überall roter Saft hervorspritzte.

Und jetzt, hier, mit der Musik und an dem milden Abend in Louisiana, und einer Frau wie dieser, die Gumbo hieß und nicht einmal zwei Meter entfernt saß. Und Marjorie, vor fünfzehn Monaten an einem typisch weiblichen Gewächs gestorben, das sie bei lebendigem Leib innerlich auffraß. Und der große Kummer über ihren Verlust, und selbst ihre Beschwerden über seine Ausrüstungsgegenstände zu vermissen; und die Schuldgefühle, wenn er an all die Nächte dachte, in denen er gewünscht hatte, allein in seinem Zimmer zu sein, die Zeit ohne sie zu verbringen. Zeit ohne sie zu verbringen, wenn sie doch zusammensein konnten, zusammen sein sollten. Die Sinnlichkeit war bei ihnen nie überwältigend gewesen. Was einmal da gewesen war, das herzlich Wenige, das einmal dagewesen war, hatte in den Jahren ihrer Ehe allmählich der beiderseitigen Enthaltsamkeit Platz gemacht. Keiner von ihnen hatte darüber gesprochen. Es war... nun, zu erwarten gewesen, nicht wahr? Man redete nicht darüber und erforschte das Warum. Er sah die sechziger Jahre an sich vorbeiziehen, die Freiheiten, die Möglichkeiten. Aber er und Marjorie blieben so wie sie waren. Warum? Diese Fragen nach dem Warum bewegten sich in seinem Kopf wie Insekten mit brennenden Füßen, wenn er versuchte, darüber nachzudenken. Bis er aufhörte, darüber nachzudenken und die Fragen sterben ließ, lange bevor Marjorie starb.

Der Weg, er hatte sich einen Weg auf seine eigene, ruhige Art erkämpft. Nicht den großen Weg – nicht Indien oder die Flüsse von Borneo –, aber wenigstens einige Wege, etwas, was die Gefühle tief drinnen beruhigte und ihn davon abhielt, es sich anders zu überlegen und allein fortzugehen, was er ohnehin nicht getan hätte. Der Urlaub neunzehnhundertzweiundachtzig im Yellowstone Park war eine Katastrophe gewesen. Er hatte alles gelesen, was er darüber hatte finden können, monatelang alles geplant. Einer der Höhepunkte auf dem Weg dorthin hätte der Halt am Little Big Horn sein sollen, und er hatte alles über das Sterben des Generals, den sie Yellow Hair (Gelbes Haar) nannten, gelesen, bis er jeden Quadratzentimeter des Schlachtfeldes kannte, ohne es je gesehen zu haben.

Aber Nathan hatte sich irgend etwas eingefangen und sich im Buick viermal übergeben. Laverne hatte sich Quizsendungen im tragbaren Fernseher angesehen, und Louis hatte in einem Buch über Computer gelesen. Marjorie hatte die Landschaft hübsch gefunden, sich aber Sorgen um Nathan gemacht und sich nicht auf Vaughns Geschichte konzentrieren können. Vaughn hatte erzählt, wie Custer Benteen und Reno weggeschickt und die Gruppe geteilt hatte, und warum der General das, Militärstrategen zufolge, nicht hätte tun sollen. Vaughn Rhomer hatte versucht, seiner Familie zu erzählen, was in diesen Tälern geschehen war; er hatte versucht, für sie das Gebrüll und die Schüsse lebendig werden zu lassen ... die Reiter im Sonnenlicht der High Plains, die klare Entschlußkraft Sitting Bulls und Crazy Horses im Wettstreit mit Custers Überheblichkeit. Er hatte da gestanden, und sich selbst etwas gezeigt und erzählt.

Marjorie hatte gesagt, noch einen Familienurlaub würde sie nicht verkraften, trotz der Romantik des Reisens, die sie, wie Rhomer glaubte, ohnehin nicht ganz verstand. Doch es gab noch einmal eine Chance, dieses Mal sogar eine große Reise. Die Supermarktkette hatte unter all ihren siebenundzwanzig Läden einen Wettbewerb veranstaltet, um den Angestellten des Jahres zu küren. Vaughn Rhomer war bei den Jungs in der Zentrale so etwas wie eine heimliche Legende. »Wenn Sie sehen wollen, wie eine Obst- und Gemüseabteilung geführt werden sollte, fahren Sie nach Otter Falls und sehen Sie sich den Betrieb von Vaughn Rhomer an. Er ist zwar ein bißchen seltsam, zur Arbeit zieht er Militärstiefel an, und vergammelte Salatblätter schneidet er mit einem Messer ab, von dem jemand behauptet hat, es sei mexikanisch und man könne jemandem die Kehle damit durchschneiden. Er hat sogar seinen Reisepaß bei der Arbeit dabei. Aber er kennt alle Stammkunden mit Namen, und von seinen Obst- und Gemüseauslagen kann ein Gärtner nur träumen. Er liefert spezielle Gemüseplatten an die Frau des Universitätspräsidenten zum Beispiel und andere wichtige Leute. Der einzige Laden, dessen Obst- und Gemüseabteilung einen Lieferservice anbietet.

VAUGHN RHOMER VON LADEN NR. 17
IST ANGESTELLTER DES JAHRES

Das hatte in einer Ausgabe des *Best Value Bulletin* gestanden. Der Preis waren drei Tage und vier Nächte im Sheraton British Colonial in Nassau auf den Bahamas. Inklusive Flugticket für eine Person. Das Problem war, daß die Reise im März stattfinden sollte, und Marjorie arbeitete halbtags für einen örtlichen Steuerberater, damit sie einmal die Collegeausbildung der Jungen bezahlen konnten. Sie konnte nicht weg, es war gerade die Zeit, in der die Steuererklärungen abgegeben wurden. Sie hatte Vaughn gedrängt, alleine zu fahren, sie sagte, er hätte es verdient. Aber das war ihm nicht richtig erschienen; schließlich waren sie verheiratet, und so etwas sollten sie gemeinsam unternehmen.

»Fahr nur, Vaughn. Es ist die Gelegenheit, den Tropenhelm zu tragen, den dir die Kinder zu Weihnachten geschenkt haben.« (Als ihn die Familie gefragt hatte, was er dieses Jahr zu Weihnachten haben wollte, hatte er gelächelt und gesagt: »Kräftige Unterarme.« Sie hatten sich angesehen und einen Tropenhelm bestellt.)

Er hatte kurz über Marjories Vorschlag nachgedacht und dann den Kopf geschüttelt. »Nicht ohne dich, Marjorie. Wenn wir reisen, dann sollten wir das gemeinsam tun. Außerdem hast du schon länger von einem neuen Wohnzimmerteppich gesprochen.«

So war der Preis an den zweiten Gewinner gegangen, an Arch Williams, den Leiter der Fleischabteilung im Laden von Webster City. Arch hatte Vaughn Rhomer eine Postkarte aus Nassau geschickt, eine

Luftaufnahme mit Segelbooten und grünem klaren Wasser. Aus irgendwelchen Gründen, die nur die Buchhalter und die Firmenleitung kannten, war beschlossen worden, den Wettbewerb nicht noch einmal auszuschreiben.

Und dann – war Marjorie ... Marjorie gestorben – genau zu dem Zeitpunkt, als die beiden Jungs mit dem College fertig waren und Nathan sich für seine Prüfung zum staatlich geprüften Buchprüfer vorbereitete. Die Nachbarn brachten etwas zu essen vorbei, sagten ein paar tröstende Worte und standen auf dem frischgemähten Rasen am Grab. Pastor Larson lobte Marjorie, nannte sie eine fürsorgliche Ehefrau und liebevolle Mutter, die sie wirklich gewesen war.

Auf dem Friedhof – die Jungen standen neben ihm – hatte Vaughn Rhomer einen Augenblick seinen Kopf gehoben und Jack Carmines dunkles, sonnengegerbtes Gesicht unter den Trauergästen gesehen. Über Jacks Kopf fielen Lichtflecken durch die Zweige, glitten über sein Gesicht und schienen auf sein weißes Hemd und seinen Schlips. Es war das einzige Mal, daß er Jack mit einer Krawatte gesehen hatte. Vaughn Rhomer war gerührt, daß Jack zur Beerdigung gekommen war und ein weißes Hemd und eine Krawatte trug; daß er an einem Sommermorgen um Marjorie trauerte. Vaughn hätte ihn gerne begrüßt, aber Jack hatte an dem anschließenden Mittagessen nicht mehr teilgenommen.

Marjorie hatte Jack nie gemocht und dem ältesten Sohn von Lorraine Carmine das Haus verboten.

»Er hat einen schlechten Einfluß auf die Jungen, Vaughn, und ich erlaube es nicht, daß er in unser Haus kommt.«

»Warum ist Jack Carmine ein schlechter Einfluß, Marjorie?«

»Er ist es einfach, das ist alles. Er gehört zu diesen rauhen Elementen, er ist verrückt und verantwortungslos, treibt sich in alten Pick-ups im Land herum, trinkt und flucht und tut Gott weiß was noch. Ich kann mir nicht vorstellen, was Lorraine sich dabei gedacht hat, ihr Kind so zu erziehen, auch *wenn* sie deine Schwester ist, Vaughn.«

Marjorie hatte das neunzehnhundertachtzig zum ersten Mal gesagt, und nun war sie nicht mehr da. Und da draußen auf der Decatur Street war viel Verkehr, und die Touristen flanierten vorbei. Eine dicke Frau watschelte zu Ariendo Vincent und fragte, ob er sich mit ihr photographieren lassen würde. Er nickte, und sie drehte sich zu ihrem Ehemann um, der eine vollautomatische Minolta vor sein Gesicht hielt. Blitz – und Querformat; noch ein Blitz – Hochformat. Sie gingen weg, ohne ein Geldstück in Ariendo Vincents Karton auf dem Bürgersteig zu werfen.

Vincent warf einen Blick auf seinen Geldkarton, zündete sich eine Salem an und nahm zwei lange Züge. Schüttelte langsam den Kopf und steckte die Zigarette in einen Zwischenraum zwischen zwei Saxophonklappen. Er setzte das Instrument an die Lippen, nahm es wieder herunter und sagte zu seinem Publikum, das nur aus zwei Zuhörern bestand,

Vaughn Rhomer und der schwarzen Frau: »Ich spiel jetzt ein Stück von Charlie Parker.«

Vaughn Rhomer wußte nicht, wer Charlie Parker war oder wer er sein könnte. Die schwarze Frau schien das Lied allerdings zu kennen, sie klatschte zweimal in die Hände, als Ariendo Vincent sagte, was er spielen würde, und suchte danach etwas in ihrer Handtasche.

Sie trug ein teures Leinenkostüm in einem leuchtenden Kanarienvogelgelb. Der Rock reichte ihr fast bis zu den Knien und hatte hinten einen kleinen Schlitz; den hatte er bemerkt, als sie vor einer Weile zur Toilette gegangen war. Die Jacke war am Saum etwas ausgestellt und hatte als Verschluß einen einzigen, schicken, weißen Knopf. Der Rücken der Jacke war in Falten gelegt, und die Schulterpartie war mit einer kleinen, schmalen Paspel abgesetzt.

All das hätte, um Vaughn Rhomer aus Otter Falls in Iowa zu gefallen, weitaus genügt. Aber ihr Hut – mein Gott, dachte er, warum tragen Frauen keine solchen Hüte mehr und stecken sich ihre Haare darunter hoch wie sie? Der Hut war aus feinem gelben Stroh und hatte genau die gleiche Farbe wie ihr Kostüm, er hatte eine runde Hutkrone und eine breite Krempe, auf der hinten eine Rüsche drapiert war. Die Krempe war mit weißem Ripsband eingefaßt, das zu den weißen Handschuhen auf dem Tisch und der weißen Handtasche auf dem Stuhl paßte. Sie trug den Hut leicht ins Gesicht gezogen, was ihr den Anschein von bescheidener Unbekümmertheit verlieh.

Und die Perlen – um den Hals trug sie eine Kette mit kleinen Perlen und an den Ohren kleine Perlenstecker. Ihre Schuhe waren von der gleichen Farbe wie ihr Kleid und ihr Hut, und ihre Strümpfe waren durchsichtig. Der Lippenstift paßte zum Nagellack; es war ein klares Rot, aber nicht zu rot, keinesfalls auffällig. Und ihr Regenschirm, ebenfalls leuchtendgelb, hing zusammen mit einem weißen Spitzenschal über dem Stuhl neben ihr. In ihrer Gesamterscheinung, aber auch im Detail, war sie perfekt. Vaughn Rhomer versuchte, sich Marjorie in der Kleidung der schwarzen Frau vorzustellen, ließ den Gedanken aber nach einer Sekunde wieder fallen.

Sie hatte das Taschentuch gefunden, wonach sie in der Handtasche gesucht hatte und hob den Kopf. Rhomer spielte wieder mit seiner Kaffeetasse. Sie war fast leer, deshalb bestellte er noch eine Tasse. Als er dem Ober winkte, sah die schwarze Frau zu ihm herüber, und einen Augenblick war ein herzzerreißendes Alles-ist-möglich-Flattern in seiner Brust, wie eine Motte, die eine Straßenlaterne umschwirrt. Sie lächelte nicht, aber es sah so aus, als ob sie es vielleicht tun würde, bevor sie wieder wegsah.

Der Ober kam mit einem weiteren Espresso, und Vaughn dachte einen Augenblick an Marjorie. Sie hätte sich über den Kaffee beschwert, nicht nur über die zweite Tasse, sondern schon über die erste. »Vaughn, du weißt doch, daß du abends keinen Kaffee verträgst. Dann kannst du nicht schlafen, und du bist am nächsten Tag müde und schlecht gelaunt.«

Marjorie,
Oh, Marjorie,
Du hast dein Bestes getan,
Aber jetzt brauche ich keinen Schlaf.

Als der Ober den Espresso auf den Tisch stellte, sagte die Stimme von Vaughn Rhomer, ohne daß sie von seinem Gehirn dazu aufgefordert worden war: »Ich nehme auch einen Brandy.«

»Welche Sorte, Sir?«

Vaughn Rhomer kannte sich mit Brandy überhaupt nicht aus, und er errötete, als ihm dies klar wurde. Der Ober sah ihn höflich an.

»El Domingo«, platzte er heraus, er hatte einfach an Ort und Stelle einen Namen erfunden. Er hörte sich so an, als könne er der Name eines Brandys sein.

»Tut mir leid, Sir, diese Marke führen wir nicht.«

»Dann ... nehme ich einen anderen, zum Beispiel den, den sie trinkt.« Er machte eine Kopfbewegung in Richtung der schwarzen Frau, die wieder Ariendo Vincent zuhörte.

Der Ober sah in die Richtung der Frau, sagte: »Jawohl, Sir« und ging.

Ihr zweiter Brandy, der ihr vor ein paar Minuten gebracht worden war – er hätte sie fragen können, ob er sie dazu hätte einladen dürfen. Warum habe ich das nicht? Warum habe ich mich nicht nach vorne gebeugt, als sie in ihrer Handtasche wühlte, und gefragt: »Erlauben Sie mir, daß ich Sie zu Ihrem Drink einlade, Madam?«

Er nahm an, so etwas nannte man einen Annäherungsversuch. Ein Annäherungsversuch … wie näherte man sich dieser Frau? Vaughn Rhomer wußte es nicht. Er hatte noch nie gewußt, wie man so etwas anstellte. Es war verflucht peinlich und traurig zugleich – er machte sich schon wieder selbst fertig –, daß er über sechzig war und nicht wußte, wie er sie ansprechen sollte.

Sein Neffe Jack Carmine hätte gewußt, wie man das macht. Jack war mit Frauen immer ungezwungen. Er wäre einfach zu ihrem Tisch hinübergegangen und hätte gesagt: »Tag, Ma'am, ich bin Jack Carmine aus Alpine in Texas. Darf ich mich zu Ihnen setzen?« Wenn sie ja sagte, prima. Wenn sie nein sagte, auch okay; man war einfach wieder dort, wo man angefangen hatte. Das war die Logik dahinter. Aber Logik war nur die eine Seite, Unerfahrenheit die andere, und die löste Angst aus. Und dann war da noch die Schüchternheit. Vaughn Rhomer war unerfahren und schüchtern.

Also blieb er sitzen, verwirrt und neugierig und sehnsüchtig. Er beschäftigte sich damit, seinen runden Wollhut mit der kurzen Krempe symmetrisch mit der Kaffeetasse und dem Brandyglas zu arrangieren. Er sah auf den Hut, die Tasse und das Glas auf der Marmortischplatte, und das harmonische Arrangement gefiel ihm. Nach dieser Übung nahm er eine Papierserviette, um etwas verstreuten Zucker vom Tisch zu wischen. Er achtete darauf, daß nichts auf seine hellbraune Hose, sein dunkelbraunes Jackett und seine braunen Schuhe fiel, die er für diese Reise gekauft hatte. Dabei beobachtete er verstohlen die Frau. Ariendo Vincent spielte »Morning of the Carnival«. Sie wiegte ihren Kopf langsam im Sambarhythmus hin und her.

Zurück zu dem Problem: Wie konnte er es schaffen, die Haut dieser Frau zu berühren, wie konnte er einmal in seinem streng konventionellen Leben die Grenze überschreiten, wie konnte er sich einmal zu leidenschaftlichen Höhen aufschwingen? Sein Neffe Jack wüßte es, er verstand sich auf die Kunst, in aller Öffentlichkeit jemanden zu verführen. Aber Jack war weit weg. Texas Jack Carmine war immer weit weg.

Fünftes Kapitel

West-Vietnam, 1972

Lieber Onkel Vaughn,
hocke hier in einer Hütte an der kambodschanischen Grenze, trinke warmes Bier und warte auf neue Befehle. Ist heute wieder heiß und schwül hier. Es ist immer heiß und schwül, die letzten sechs Tage hat es fast die ganze Zeit geregnet. Überall verdammter, unglaublich tiefer Schlamm – selbst um unser eigenes Gelände zu überqueren, müssen wir über Planken gehen, sonst versinken wir. Der Scheißeverbrenner (ein kleiner Vietnamese, den wir dafür bezahlen, und der wahrscheinlich ein verkappter Vietcong ist) zerrt Ölkanister aus der Latrine und verbrennt den Mist mit Diesel. Ein Kumpel von mir schnitzt Tiger aus Holzstückchen, und drei andere Typen auf der anderen Seite des Zeltes veranstalten Wettrennen mit Kakerlaken. Im Radio spielen sie die Doors und Jefferson Airplane. Apropos Flugzeuge oder, um genauer zu sein, Helikopter, ich bin heute früh bei einer Mission mitgeflogen. Es ging los, als es

noch dunkel war und die Schlitzaugen uns gerade mit Mörsern beschossen, und ich war vor Sonnenaufgang zurück. Haben in einem gottverlassenen Teil des Dschungels einen Hauptmann abgesetzt, er heißt Clayton Price und ist Artilleriebeobachter, eine richtige Schlange. Ich hatte keine Ahnung, wo wir hinflogen und weiß es immer noch nicht. Aber wir haben eine Weile gebraucht, bis wir dort waren, und ich hatte das Gefühl, daß wir die Grenze nach Kambodscha überquert haben. Habe diesen Clayton Price schon mal gesehen. Er hat seltsame Augen, irgendwie blau oder grau, ich kann nicht genau sagen, welche Farbe. Bewegt sich ganz langsam und sagt kaum ein Wort. Habe gehört, wie der Hauptmann ihn »Schildkröte« genannt hat. Die anderen sagen, er sei ein Heckenschütze und könne aus über tausend Meter Entfernung noch dein Nasenloch treffen. Er hatte eine Remington 700 mit einem Redfield-Visier dabei, ein tolles Ding mit flachem Lauf, das so sauber war, als wäre es brandneu. Ich wäre nicht gern auf der anderen Seite des Gewehrlaufs und müßte in die Richtung eines Killers sehen, den sie Schildkröte nennen, wobei ich ihn vermutlich nicht einmal sehen würde, wenn er in dem dichten Dschungel so weit weg liegt. Diese Heckenschützen sind schon eine seltsame Truppe, sie bleiben für sich und betrachten sich selbst als eine Art Künstler. Aus irgendeinem Grund ist mein Helikopter nicht zurückgeflogen, um ihn wieder abzuholen. Habe

gehört, es hat irgendwelchen Ärger gegeben, und der Helikopter, der zurückgeflogen ist, kam nur mit der Besatzung zurück. Ich frage mich, was mit Clayton Price passiert ist. Wieder ein Mann weniger. Was gibt's sonst Neues?
Ein Typ in der Nachbarhütte ist ein Journalist. Er heißt Sean Flynn und ist ein Sohn von Errol Flynn (wirklich!). Er ist absolut verrückt und geht jedes Risiko ein, aber der Typ ist in Ordnung. Die meisten Journalisten kann ich nämlich nicht ausstehen. Sie gehen tagsüber raus und berichten über den Krieg und fragen dich so dämliche Sachen wie: »Haben Sie Angst?« Und abends sitzen sie dann mit ihren Drinks auf der Terrasse vom Continental Hotel in Saigon – eine geregelte Tagesarbeit. Verdammt noch mal, die haben Zimmermädchen und alles. Und denken dabei, sie wären richtig harte Kerle – sie erzählen sich gern, daß sie »harte Eier« hätten – ein saublöder Witz. Bumsen vietnamesische Mädchen und versprechen ihnen, sie in die Staaten mitzunehmen, wenn der Krieg vorbei ist. Das erste Mal, als ich diesen Clayton Price gesehen habe, hat ein Arschloch von Journalist ihn wegen einer Geschichte über Heckenschützen bedrängt. Hat ihn einfach nicht in Ruhe gelassen. Nach ungefähr einer Stunde Nerverei hat Price sein Buschmesser rausgeholt, diesen Idioten an den Haaren gepackt und ihm die Messerspitze in ein Nasenloch gehalten. Ich habe nicht gehört, was Price gesagt hat, aber der Schreiberling

wurde unter seiner Bräune ganz blaß und ist ganz schnell verschwunden – pronto. So geht das! Ein Typ, der ein paar Hütten weiter wohnte, wurde vor zwei Tagen in der Latrine von einer Giftnatter gebissen und ist einen schrecklichen Tod gestorben. Es heißt, daß du nur noch Zeit hast, dir eine Zigarette anzuzünden und ein paar Züge zu rauchen, bevor die Erlöst-mich-davon-Quälerei einsetzt. Aber das alles hat etwas Faszinierendes. Ich glaube, ich laß mich auch für die nächste Tour anheuern. Ist immer noch besser, als in Brewster in Texas Mehrzweckleitungen zu legen.
Paß auf Dich auf, Onkel Vaughn – und halte das Gemüse frisch!

Jack

Sechstes Kapitel

Otter Falls, Iowa, Oktober 1986

Der Chevy-Pick-up mit den zerbeulten Kotflügeln kam die Route 63 entlang und fuhr spät am Nachmittag langsam in den Ort. Die Tage wurden kürzer, und es war schon fast dunkel. Vaughn Rhomer war vor dem Nachhausegehen noch beim Aufräumen und spielte mit den roten Zwiebeln herum. Es gab eine einfache Methode, Obst und Gemüse für die Kundschaft appetitlich anzuordnen. Manche der jüngeren Kollegen verstanden das nicht. Er hatte ihnen zu erklären versucht, wie man Obst und Gemüse richtig arrangierte, aber es schien sie nicht zu interessieren, und sie blieben weiterhin nachlässig. Sie überließen es Vaughn Rhomer, dem Leiter der Obst- und Gemüseabteilung, alles in Ordnung zu bringen.

»Tag, Onkel Vaughn.«

Vaughn Rhomer drehte sich um, er hatte die Stimme erkannt und lächelte schon, bevor er sich umdrehte.

Jack Carmine stand grinsend vor ihm; er trug eine

alte Lederjacke und eine Baseballkappe mit dem Schriftzug *North Stars*, warf einen Granny Smith mit der rechten Hand in die Luft und fing ihn wieder auf. Etwas abseits stand eine interessant aussehende Frau, die Vaughn Rhomer ansah und dann wieder wegschaute und an ein paar Radieschen herumfingerte.

Jack hatte eine Ahnung, wie es um Marjorie bestellt war, und wenn er alle paar Jahre in Otter Falls vorbeikam, hatte er Vaughn Rhomer entweder im Laden aufgesucht oder ihn von einer Telefonzelle zu Hause angerufen. Wenn Marjorie am Telefon war, legte sie den Hörer daneben und sagte: »Vaughn, es ist der Junge von Lorraine. Ich will nicht, daß Nathan ihn sieht.«

Neben Best Value lag ein Einkaufszentrum. Vaughn Rhomer und sein Neffe Jack sprachen beim Überqueren des Parkplatzes über das Wetter und die Salatpreise.

»Ist 'ne Menge Schnee gefallen in Minnesota, hab ich gehört.«

»Ja, wir kommen aus der Richtung, sind vor ihm hergefahren.«

Linda Lobo hinkte etwas hinterher, und Jack wartete auf sie. Er nahm ihre Hand und lächelte sie an. Er hatte sie schon den ganzen Tag angelächelt, als hätte er etwas vor, was er ihr zu gegebener Zeit mitteilen würde.

Vaughn Rhomer hatte Jack gern und bewunderte ihn, aber er brachte in seiner Gegenwart kaum ein

Wort heraus. Schließlich war Jack Carmine einer von denjenigen, die sich in die Welt hinauswagten, die große Reisen unternahmen und denen man aus diesem Grund Respekt zollen sollte. Sie gingen in ein Restaurant, vor dem ein Springbrunnen laut plätscherte. Jack beantwortete Vaughn Rhomers Fragen nach seinen Reisen. Linda trank ein kleines *root beer* und hörte zu; ab und zu lächelte sie Vaughn Rhomer an.

Vaughn Rhomer fragte nach seiner Schwester. »Wie geht's Lorraine? Hast du sie in letzter Zeit mal gesehen?«

»Nein, nicht seit sie nach Kalifornien gegangen ist und sich mit Mr. Baba, oder wie er sich nennt, zusammengetan hat. Bevor sie nach New Mexico gezogen sind, hat sie noch eine Urschreitherapie gemacht. Sie schreibt ab und zu und erkundigt sich nach dir, Earl und Brummer.«

Lorraine Rhomer – seine ältere Schwester, die erst Zöpfe und danach lange, braune Haare hatte, die ältere Schwester, die Vaughn sehr gern hatte, die sich früh aufgelehnt und mit achtzehn gegen den Willen der Eltern Poly Carmine geheiratet hatte. Vaughn Rhomer erinnerte sich noch an das Geschrei und Gebrüll, als sie neunzehnhundertneununddreißig ihre Sachen packte: »Meine Güte, Mutter, ich erwarte ein Kind von ihm, und sein Vater hat ein Haus in Texas. Wir werden dort wohnen, ob es dir gefällt oder nicht.« Mr. und Mrs. Albert Rhomer hatten nie wieder ein Wort mit ihrer Tochter gesprochen und starben in der Überzeugung, daß sie ein unberechenbares Kind war, das nicht zu ihnen gehörte.

Jack bemerkte, daß die Augen seines Onkels feucht wurden. »Rainy geht es gut, Onkel Vaughn«, sagte er leise. »Sie hat in eine wilde Horde von Kerls aus Südwesttexas eingeheiratet und, wenn ich darüber nachdenke, bestimmt ein hartes Leben gehabt. Was immer sie und dieser Bababoo auch tun, sie scheint dabei glücklich zu sein. Sie fragt immer nach dir und sagt mir, ich soll dich herzlich grüßen, wenn ich dich treffe.« Jack sagte nicht, daß Rainy immer einen Nachsatz an ihre Briefe hängte, in dem stand: »Sag Vaughn, er soll der alten Marjorie den Laufpaß geben und zu uns in die Berge kommen. Ich kenne Frauen seines Alters, die noch immer nackt im Mondlicht tanzen und einen guten Mann zu Tode lieben würden.« Davon erzählte Jack Vaughn Rhomer nie etwas, es kam ihm unpassend vor.

Jack und Linda saßen Vaughn Rhomer gegenüber, und Vaughn sah Linda ab und zu an. Sie sagte nichts, aber lächelte freundlich. Ihm fiel auf, daß sie und Jack diesen Ausdruck von Erschöpfung in den Augen hatten. Sie lachten leicht, grinsten viel und trotzdem ... trotzdem war da etwas in den Augen von Jack Carmine und Linda Lobo, etwas, das alt und erschöpfter war, als Vaughn Rhomer es jemals gewesen war.

Während sie sich unterhielten, hörte Vaughn Rhomer Nathans laute, schrille Stimme von draußen. Nathan und seine Freunde hingen am Springbrunnen herum, taten aber so, als würden sie es nicht tun. Vaughn Rhomer entschuldigte sich und ging zu ihnen hinüber.

»Nathan, komm mit und sag deinem Cousin Jack Carmine Hallo. Er und seine Freundin sind für ein paar Minuten vorbeigekommen.«

Lorraine war zehn Jahre älter als Vaughn, und sie war neunzehn, als sie Jack zur Welt brachte. Es fiel schwer, sich vorzustellen, daß Nathan und Jack Carmine Cousins waren. Es fiel noch schwerer, wenn man sie in der Sitzecke eines Restaurants einander gegenübersitzen sah.

Nathan kam nur widerwillig mit. Marjories Propaganda gegen Jack war nicht ohne Wirkung geblieben, und Nathan kam sich vor, als würde er der personifizierten Sünde entgegengehen. Außerdem machte Nathan sich nicht besonders viel aus alten Leuten, und Jack war alt. Und überdies stellte sich heraus, daß Jack Nathan Rhomer fürchterliche Angst einjagte, ohne auch nur einen Ton zu sagen. Jack erhob sich, als Onkel Vaughn mit Nathan an ihren Tisch trat.

Sie gaben einander die Hand. »Schön, dich zu sehen, Nathan. Onkel Vaughn hat viel von dir erzählt, nur Gutes natürlich.«

Nathan grummelte etwas und strich sich das Haar aus der Stirn. Er sah zu seinen Freunden am Springbrunnen hinüber, die ihn auslachten. Er rollte die Augen in Richtung Jack Carmine und rief: »Bin gleich zurück.«

»Wir gehen rüber zum Spielsalon, Nathan«, rief einer von ihnen. »Komm nach, wenn du nicht zu beschäftigt bist.« Sie zogen lachend los.

»Jack und seine Freundin Linda sind auf dem Weg nach Texas, Nathan. Ein schönes, weites Land.«

»Woher weißt du das, Dad? Warst du schon mal da?« Vaughn Rhomer lächerlich zu machen, war mittlerweile Tradition in der Familie, dabei spielte es keine Rolle mehr, ob dies privat oder in aller Öffentlichkeit geschah. Es wurde keinerlei Rücksicht darauf genommen, wer zuhörte.

»Nein.«

»Also, woher weißt du dann, daß es ein schönes und weites Land ist?« Nathan stocherte mit seinem kleinen Finger hinten im Mund herum.

»Nun ja ... die Leute, die schon mal da waren, sagen es eben.« Vaughn Rhomer war ein bißchen rot geworden.

Nathan schüttelte den Kopf.

Linda Lobo sah, wie sich Jacks Kiefer anspannte. Er zündete sich eine Zigarette an und balancierte sie zwischen den Vorderzähnen. »In welchem Schuljahr bist du, Nathan?« Er grinste sein typisches Jack-Carmine-Grinsen, das Linda Lobo später noch öfter sehen sollte, ein Grinsen, das bedeutete: Erwarte nichts Gutes von mir.

»Im vorletzten.« Nathan sah an die Decke, seine Finger spielten mit Vaughn Rhomers Kaffeelöffel.

»Nathan will im College Buchführung als Hauptfach belegen«, sagte Vaughn.

Jack kratzte sich an der Wange und grinste immer noch. »Wie kommt es, daß du Buchführung lernen willst, Nathan? Das ist sicher nicht verkehrt, aber ich frage mich, wie ein so junger Kerl so früh weiß, was er mit dem Rest seines Lebens anfangen will. Ich finde es immer seltsam, wenn ein siebzehnjähriger Junge schon weiß, was er als vierzigjähriger Mann werden will.«

Nathan gefiel Philosophie nicht. Er mochte Zahlen, und das sagte er auch. »Ich mag Zahlen.«

»Was machst du mit ihnen? Faßt du sie an, zählst du sie, läßt sie in deinem Kopf auf- und abmarschieren und sagst dabei die ganze Zeit: ›eins, zwei, drei vier‹ ... oder was?«

Nathan beschlich das merkwürdige Gefühl, in einen Cañon voller Klapperschlangen geraten zu sein, die ihm den Rückweg versperrten und ihn auf eine Schlange zutrieben, die auf einem großen Stein saß und grinsend eine Pall Mall rauchte.

»Mir gefällt es einfach, wenn man eins und eins zusammenzählt und zwei dabei rauskommt.« Nathan war nun ganz zum mürrischen Klugscheißer geworden. Er sah Jack an und so etwas wie Hohn überzog sein Gesicht. Weder zu Jack noch zu dieser Sorte Frau, die er dabei hatte, mußte man besonders höflich sein. »Was wolltest du denn werden, als du siebzehn warst? Hast du vorgehabt, Gasrohre zu verlegen oder auf Mähdreschern zu sitzen, oder was immer du jetzt machst?« Er warf einen Blick auf Linda Lobo in ihrer Jeansjacke und ihrem Rollkragenpullover. Sie tat mit Sicherheit nichts Besonderes und hing nur mit Kerlen rum, die nach Meinung seiner Mutter zu den »schlimmen Typen« gehörten.

Jack Carmine drückte seine Zigarette aus, ohne dabei Nathan aus den Augen zu lassen. »Nein. Ich wollte Rennwagen fahren und schöne Frauen lieben. Mit den Autos hat es nicht ganz geklappt, aber eins von zwei Zielen erreicht zu haben, ist doch gar nicht so schlecht.«

Linda unterdrückte ein Lachen und lächelte leicht.

»Ich muß gehen«, sagte Nathan und erhob sich. »War nett, euch zu treffen.« Er sah weder Linda Lobo noch Jack Carmine an und ging.

Jack stand auf und ging ihm nach. »Bin gleich zurück«, sagte er zu Vaughn Rhomer und Linda Lobo. Er holte Nathan in Höhe des Springbrunnens ein und klopfte ihm auf die Schulter.

Nathan drehte sich überrascht um. Hier draußen konnte er nicht mehr auf die Höflichkeit zählen, die ältere Leute an den Tag legten, wenn sie sich in einer Gruppe unterhielten. Er hatte gelernt, daß man bei solchen Gelegenheiten fast alles sagen konnte und damit durchkam, weil niemand Ärger machen wollte. Aber nun sah er in strenge Augen, strenge, braune Augen, die im Gegensatz zum Mund nicht freundlich aussahen.

»Nathan, ich hoffe wirklich, daß dein Traum, Buchhalter zu werden, in Erfüllung geht. Außerdem schlage ich vor, daß du auf scharfes Essen verzichtest, denn das Brennen, das es auf dem Weg nach draußen verursacht, wird deinem zarten Arschloch nicht bekommen. Aber ich habe dir eigentlich nur eine wirlich wichtige Sache zu sagen. Mein Alter, Poly Carmine, war vielleicht in manchen Dingen komplett verrückt, aber wir haben ihn nie so behandelt, wie du deinen Vater behandelst, und wir haben auch andere Erwachsene nie so herablassend behandelt, wie du es tust. Jetzt fühlst du dich noch wohl und sicher, weil du in dieser Umgebung lebst, von deinen anständigen und höflichen Eltern und deiner Schule beschützt wirst – alles ist nett und wohlgeordnet. Aber in einem Jahr kommst du in meine Welt, die nicht so nett und wohlgeordnet ist. Und wenn ich auch nur den leisesten Verdacht haben sollte, daß du meinen Onkel Vaughn – einen der letzten anständigen, liebenswürdigen Männer, die es auf der Welt gibt – mit deinem losen Mundwerk beleidigst, dann werde ich warten, bis du volljährig bist, und dann werde ich dir ein Stück Seife in deinen verdammten Rachen schieben, daß es, wenn es am anderen Ende rauskommt, bis zur Decke hochspringt. Du bist ein Idiot, Nathan. Und noch eins: Mach einen großen Bogen um Südwesttexas, ein Aufenthalt da unten würde dir nicht gut bekommen.«

Jack ging zurück zu Vaughn Rhomer und Linda. »Ich wollte Nathan nur noch sagen, er solle auf jeden Fall vorbeikommen, wenn er mal in Südwesttexas ist.«

Vaughn sah auf seine Militärarmbanduhr. »Also, ich muß jetzt nach Hause zum Abendessen. Marjorie kann es nicht leiden, wenn ich um sechs Uhr nicht da bin.« Er hätte sich gern die ganze Nacht mit Jack unterhalten und die Sorte Drinks getrunken, die Jack bestimmt kannte, sich von seinen Reisen und seiner Zeit in Vietnam erzählen lassen, die Jack in seinen Briefen nur skizziert hatte. Aber er konnte nicht.

»Wie lange ist das Einkaufszentrum geöffnet, Onkel Vaughn?« fragte Jack.

»Bis neun. Brauchst du etwas?«

»Nein, aber ich dachte, ich hänge noch eine Weile bei dem Springbrunnen da draußen rum und sehe mal, ob ein paar interessante junge Leute vorbeikommen. Rede ein bißchen mit ihnen, schnappe ein paar Spielhallenweisheiten auf und versuch, mein Wissen über die zukünftigen Wissenschaftler und Geschäftsmänner unseres Landes aufzubessern.«

Sie gaben sich die Hand, erst Vaughn Rhomer und Jack, dann Vaughn und Linda. »Es war wirklich schön, daß ihr beide vorbeigekommen seid.«

»War schön, dich zu sehen, Onkel Vaughn.«

»Es war nett, Sie kennenzulernen, Mr. Rhomer.«

Vaughn Rhomer ging durch das Einkaufszentrum, am Buchladen, am Schuhgeschäft und am Blumengeschäft vorbei und bog dann in seinem hellbraunen Blouson und seinen Militärstiefeln um die Ecke.

»Er scheint ein wirklich netter Mann zu sein, Jack.«

»Vaughn Rhomer ist auf seine Art ein Prachtkerl.

Manchmal wünsche ich, daß er die nackte Lady findet, die bei Mondlicht auf einem Berg tanzt und die ihr ganzes Leben auf ihn gewartet hat.«

»Was ist denn das für eine Idee?«

»Nur ein Wunsch, den ich für Onkel Vaughn habe, das ist alles. Laß uns einkaufen gehn.« Er nahm Linda Lobo bei der Hand und legte seinen Kopf zur Seite. »Wir müssen einer anderen Tänzerin ein paar schöne Sachen kaufen, wenn wir schon in Otter Falls in Iowa sind.«

»Was?«

»Komm schon. Wir besprechen das, während wir uns einen Weg durch dieses amerikanische Warenangebot bahnen.«

Spearman & Crawford
»Elegante Damenmoden«

Jack zog sie unter das Schild und in das Geschäft. Sie betraten eine Welt der Parfums und Juwelen und mindestens zweitausend Quadratmeter Kleidung.

Jack entdeckte eine ältere, gut angezogene Verkäuferin, die an einem Ständer die Kleidungsstücke sortierte. »Warte einen Augenblick, ich bin gleich zurück.« Er ging zu der Verkäuferin, nahm seine Kappe ab und gab ihr die Hand. Jack Carmine grinste wieder ein freundliches Grinsen und machte eine Kopfbewegung in Lindas Richtung. Die Verkäuferin nickte, lächelte und ging mit Jack zu Linda.

»Wir kleiden dich jetzt neu ein, Miss Linda. Das ist

Anna Wilhelm – so steht es jedenfalls auf ihrem Namensschild –, und sie weiß über alles Bescheid, was es in diesem Laden gibt und wo es zu finden ist. Ich ziehe mich zurück, solange ihr mit den zarten weiblichen Kleidungsstücken beschäftigt seid. In Abteilungen für Damenunterwäsche habe ich mich noch nie besonders wohl gefühlt – da habe ich das Gefühl, in aller Öffentlichkeit sehr private Dinge auszuschnüffeln.« Er schenkte Linda ein warmes Lächeln. »Such dir aus, was du brauchst, Tänzerin, und leg dann noch mal das gleiche drauf. Geld spielt keine Rolle. Wir müssen gut aussehen, wenn wir morgen die kleine Sara Margaret abholen und in ein paar Tagen in Alpine aufkreuzen.«

Jack ging über den großen Mittelgang hinüber in ein Jeansgeschäft und kaufte sich ein paar neue Wrangler's, Taillenweite 33, Länge 34, und zwei Flanellhemden. Er sah sich auch ein paar Gürtel an, fand aber keinen, der ihm gefiel. Der Verkäufer reichte ihm einen grauen Stetson. Jack setzte ihn auf und sagte: »Nein, ich glaube nicht. Zu Hause hängen schon zwei am Garderobenhaken. Die fühlen sich einsam und warten darauf, daß ich bald nach Hause komme.«

Jack ging wieder zu Spearman & Crawford, wo er Linda und Anna Wilhelm zwischen den Kleiderständern fand.

Linda grinste, als er auf sie zukam. Hinter ihr türmte sich bereits ein Haufen bunter Dessous.

Als Anna Wilhelm ein paar Hosen vom Bügel

nahm, langte Linda auf den Stuhl und zog ein paar Teile aus verspielter, schwarzer Seide hervor. Sie neigte ihren Kopf zur Seite und fragte: »Na, was denkst du?« ohne die Worte tatsächlich auszusprechen. Jack riß sich seine *North-Stars*-Kappe über die Augen und tat so, als taumele er fast ohnmächtig gegen die Kleiderständer.

Anna Wilhelm reichte Linda ein paar Hosen und Pullover. Linda Lobo schien ratlos. »Jack, normalerweise treffe ich Entscheidungen über mein Leben gern selbst, aber jetzt brauche ich deine Hilfe. Ich bin es nicht gewohnt, so einzukaufen, ich bin einfach überwältigt von den vielen Möglichkeiten.«

Jack grinste. »Ich hatte irgendwie gehofft, daß du das sagen würdest.«

Linda ging in die Umkleidekabine und kam heraus, ging wieder hinein und kam in anderen Sachen wieder heraus.

Anna hatte einen Laufburschen beauftragt, Jack einen Stuhl zu holen, der nun mit übereinandergeschlagenen Beinen dasaß und lächelte, die *North-Stars*-Kappe auf dem Knie. »Macht es dir genausoviel Spaß wie mir, Tänzerin?«

Linda errötete leicht und nickte. »Ich komme mir vor wie ein Kind im Süßwarenladen. Aber das kostet alles ein Vermögen. Du legst besser eine Obergrenze fest, Cowboy.«

»Laß mich wissen, wenn wir bei fünfzehnhundert sind. Dann sehen wir weiter.«

Anna Wilhelm lächelte und sah auf die Uhr, die an

der Wand hing, und hoffte, daß die Zeit heute abend langsam verging. »Hier habe ich etwas sehr Hübsches«, sagte sie und hielt einen pflaumenfarbenen Pullover hoch, dessen runder Halsausschnitt mit einem perlenartigen Knopf geschlossen wurde. »Er sieht zu schwarzen Leggings sehr schick aus.«

»Also, ich war schon immer für etwas Schickes, und etwas Schickes suchen wir«, sagte Jack grinsend.

Die Rainbow Bar lag erst zweiundvierzig Stunden hinter ihr; Linda schob den Vorhang beiseite und trat in einem lilafarbenen Pullover und schwarzen Leggings aus der Umkleidekabine. Etwas in der Art hatte sie noch nie besessen.

Jack warf seine Kappe in die Luft und sagte: »Südwesttexas, Heimat der letzten wirklich ungebundenen Männer auf der Welt, stimmt mit seiner einzigen Stimme dafür. Ich mag dieses Outfit mit Leggings an dir. Dazu brauchst du aber noch hohe schwarze Stiefel oder so was in der Art. Hab ich mal in einer Zeitschrift gesehen.«

Anna Wilhelm stimmte zu und schickte den Laufburschen in die Schuhabteilung. Nach ein paar Minuten kam der junge Mann mit einem Wägelchen voller Schuhkartons zurück und wurde mit neuen Anweisungen in die Schmuckabteilung geschickt.

Eine lange weiße Bluse mit einem großen Kragen und weiten Ärmeln – Anna Wilhelm bezeichnete es als »Männerhemd in Übergröße, das gut zu den schwarzen Leggings und hohen Stiefeln paßt – fand sowohl Annas als auch Jacks Zustimmung, als Linda

Lobo aus der Umkleidekabine kam und die Bluse unter einer schicken schwarzen Lederweste trug.

Jeans, hellbraune und schwarze Hosen, gelbe, rote und dunkelgrüne Pullover, mehrere Leggings in unterschiedlichen Farben lagen auf den Kleiderständern in der Nähe. Anna Wilhelm setzte Linda eine Art Zylinder aus schwarzem Wollfilz auf den Kopf: »Der ist sehr modern. Setzen Sie ihn mal auf.«

Linda sah in den Spiegel und lachte: »Der ist wohl nichts für mich.«

Jack setzte seine Kappe verkehrt herum auf. »Ich finde auch, daß er dir nicht steht. Aber du brauchst noch einen Badeanzug, warum, kann ich im Augenblick noch nicht verraten.«

Anna Wilhelm ging in eine andere Abteilung und kam mit etwas über dem Arm wieder, das in Jacks Augen wie kleine Stoffstücke aussah. Linda probierte die Badeanzüge an, weigerte sich aber, aus der Umkleidekabine zu kommen. Jack protestierte, und Linda sagte durch den Vorhang: »Schreckliches Publikum hier. Du wirst warten müssen, bis du mir verraten kannst, warum ich einen Badeanzug brauche.«

»Abgemacht. Keine Kleider? Du brauchst mindestens ein schönes Kleid, damit ich dich in Alpine mal ins Hotel ausführen kann, und es so aussieht, als hätte ich dich aus mehr oder weniger unerlaubten Gründen über Nacht aus Paris einfliegen lassen.«

Schwarz – aus irgendeinem Grund waren sie wieder bei schwarz, als es darum ging, ein Kleid auszusuchen. Die Suche nahm einige Zeit in Anspruch. Aber dann kam der Augenblick, ein Augenblick im Leben von Texas Jack Carmine, wo alles zusammenkam und er sich das erste Mal seit sehr langer Zeit wieder heil fühlte.

Anna Wilhelm hatte gelächelt – »Probieren Sie das hier« – und war mit Linda zur Umkleidekabine gegangen.

Als Linda wieder herauskam, war sie nicht länger Linda Lobo, die Tänzerin, sondern jemand anderes, jemand wie... in den Augen von Jack Carmine war sie etwas ganz Besonderes. Das Kleid endete eine Handbreit überm Knie, es war einteilig und elegant geschnitten und hatte einen tiefen V-Ausschnitt; ein Schal, der an der Seite gerafft war, reichte bis zum Saum. Linda trug ihr Haar jetzt offen, Anna Wilhelm hatte es etwas zur Seite gekämmt. Sie hatte schwarze Stöckelschuhe an und schwarze Strümpfe. An jedem Handgelenk trug sie breite Perlenarmbänder, und an ihren Ohren baumelten lange Ohrringe, die zu den Armbändern paßten.

Linda stand mit einem auffordernden Lächeln da, die rechte Hand an der Hüfte, das linke Bein leicht vorgestellt – so wie Models auf Anzeigenseiten stehen und wie die Hauswirtschaftslehrerin es ihr und den anderen Schülerinnen in Altoona beim vierwöchigen Benimmkurs hatte beibringen wollen. Das Seltsame war, daß Jack Carmine in diesem Augenblick tatsächlich unsicher wurde. Er hätte nie gedacht, daß Linda so aussehen könnte. Plötzlich erschien sie ihm wie jemand, den er unmöglich verdient hatte oder gar halten konnte. Sie stand da und sagte leise: »Nun, Bandit, wie gefällt dir das?«

Jack Carmine verschlug es selten die Sprache, aber jetzt war so ein Moment. Er saß ganz ruhig da und betrachtete die Frau vor ihm, die langen, überaus langen Beine und ihre langen, gespreizten Finger auf der rechten Taille. Er saß da und bewegte seinen Kopf langsam vor und zurück, er schien wie betäubt, als wäre er seitlich von einer Eisenstange getroffen worden und müßte sich erst davon erholen.

Anna Wilhelm stand etwas abseits und lächelte. Sie wußte, daß sie an diesem späten Freitagabend in Otter Falls in Iowa ein Meisterwerk geschaffen hatte.

Linda sah auf das Preisschild, das an einem Ärmel hing, und ging zu Jack, der stumm auf seinem Stuhl saß. Sie beugte sich vor und flüsterte: »Jack, es ist wunderschön, und ich kann nicht glauben, daß ich das bin, wenn ich in den Spiegel sehe, aber es kostet sechshundert Dollar – und das ist einfach zuviel. Außerdem brauche ich zur Zeit kein schickes Kleid. Ich werde ohnehin eine ganze Weile brauchen, bis ich dir das alles, was wir bis jetzt ausgesucht haben, zurückzahlen kann.«

Jack Carmine war wieder in der Lage zu reden. »Ich habe diesen Sommer eine Menge Überstunden gemacht. Geld ist kein Problem.«

Er wandte sich an Anna Wilhelm: »Wir nehmen das gesamte Paket, Schmuck, Schuhe, alles. Wir brauchen außerdem einen schönen, großen Koffer.

Vergessen Sie die ganzen Kartons, außer den Schuhkartons. Besorgen Sie uns einen Koffer, und packen Sie den ganzen Kram da rein. Wir werden eine richtige Show abziehen im Holland Hotel in Alpine, Texas.«

Nach einem kurzen Abstecher in die Gepäckabteilung suchten sie noch einen langen Wollmantel und einen leichten Parka aus und machten zuletzt in der Schmuck- und Parfümerieabteilung halt. Danach griff Texas Jack Carmine unter sein Hemd und öffnete den Reißverschluß an seinem Schulterhalfter. Er nahm eine Handvoll Hundertdollarscheine heraus und begann, sie zu zählen.

»So, Anna Wilhelm. Zählen Sie besser noch mal nach, ob es auch wirklich siebzehn von den großen Jungs sind.«

Sie gingen hinaus zum Truck, der Mond am Himmel war nur zu einem Viertel sichtbar. Jack pfiff vor sich hin und trug seine Tasche mit den Jeans und den Hemden und einen großen Koffer. Linda Lobo trug den Mantel und die Jacke, die in zwei Kleidersäcken mit Reißverschluß verpackt waren, über einem Arm und die Schuhkartons unter dem anderen. Hinter ihnen wurden im Einkaufszentrum nacheinander die Lichter ausgemacht.

Auf der anderen Seite der Straße – oder vielleicht am anderen Ende der Welt –, gegenüber vom Einkaufszentrum von Otter Falls, lehnte Jack Carmine im Holiday Inn seinen Kopf mit dem Gesicht nach unten an die Wand der Dusche. In seiner rechten Hand hielt er eine halbleere Flasche Rolling-Rock-Bier. Das Wasser prasselte auf seinen Körper und lief in die Wanne, in der die Tänzerin vor ihm gebadet hatte. Nun war sie in neue, schwarze Spitze gehüllt und saß, die nackten Beine untergeschlagen, auf dem Bett und entspannte sich. Die Musik spielte leise. Der Raum war dunkel bis auf das leise Flackern von zwei kleinen Votivkerzen, die sie im Best Value mitgenommen hatte, nachdem sie noch einmal dorthin zurückgegangen waren, um Bier, Kartoffelchips und Gourmet-Sandwiches zu kaufen, die sie zusammen mit frischem Eis in die Kühlbox gepackt hatten.

Und sie dachte an den Mann, der auf der anderen Seite der Wand duschte, in einer Wanne, die einen Sprung neben dem Abfluß hatte. Und an andere Männer. Siebenunddreißig Jahre – lange Jahre mit Jungen und Männern –, Jahre, in denen sie an Männer gedachte hatte. Gary – ihn hatte sie vor fünf Jahren geheiratet, vor allem deshalb, weil sie über dreißig war und Kinder wollte. In zwei Wochen wurde die Scheidung rechtskräftig, die es Gary ermöglichte, unbelastet mit der anderen Frau zusammenzuleben, die er im Büro der Metallfabrik getroffen hatte, in der er arbeitete. »Nancy versteht mich besser«, hatte er Linda erklärt.

Und an Lucas Mathen, dem sie im Hayes Park in Altoona, Iowa, ihre Unschuld geschenkt hatte, in einer dunklen Sommernacht, als sie fünfzehn und er siebzehn war; sie dachte daran, wie sie es den ganzen

Sommer lang jede Nacht immer und immer wieder auf dem Rasen des Hayes Park getan hatten, während die Stadt schlief. Am Anfang waren sie noch etwas ungeschickt gewesen, aber dafür, daß sie Anfänger waren, klappte es gegen Ende August schon ziemlich gut. Lucas Mathen, der im Männerklo der Texaco-Tankstelle Kondome kaufte. Lucas Mathen war nicht dumm, und sie dachte dankbar an ihn zurück.

Und die anderen,... die anderen, ja die anderen,... hier und da – die zufällige Wahl, die als Umwerben oder Begehren beschrieben oder in tausend anderen Worten ausgedrückt wird, an die sie sich jetzt nicht mehr erinnerte.

Und an ihren Vater, der in den Koreakrieg zog, als sie drei Jahre alt war. Am Anfang waren noch Briefe gekommen, später, als er in den Norden geschickt worden war, zu einem Ort am Yalu River, kamen keine mehr. Und das kleine gelbe Haus in Altoona, mit gelben Schindeln an den Außenwänden und grauen Schindeln auf dem Dach, das einmal den Großeltern ihrer Mutter gehört hatte und das sie ihrer Mutter mit langen und komplizierten Worten vererbt hatten. An diesem Haus mit gelben und grauen Schindeln hatten die Jungen artig an die Tür geklopft, um sie abzuholen. In ihren Autos waren sie später, bei leiser Musik aus dem Radio, nicht mehr so artig gewesen.

Wendell – das war 1969 gewesen. Es war ihr nie so ganz klar geworden, warum sie geheiratet hatten. Damals schien es üblich zu sein, alle ihre Freunde hatten geheiratet. Zehn Monate später war alles vorbei gewesen, als er mit einer unangenehmen Geschichte, die er sich bei einer Kellnerin in einem Drive-in-Restaurant geholt hatte, nach Hause gekommen war. Sie hatte Wendell rausgeschmissen und Antibiotika genommen. Danach war sie für eine Weile vorsichtig gewesen. Trotzdem war sie nach der Arbeit in Bars mit Countrymusic gegangen, und es hatte andere Männer gegeben; es hatte Einsamkeit und Alkohol und Gitarrenläufe an Samstagabenden gegeben, aber keine langfristigen Überlegungen. Deshalb hatte sie vor Gary und dem zweiten Ehebett ihre langen Beine um ungefähr zwanzig andere Männer geschlungen, die nach dem lechzten, was sie unter ihren Baumwollblusen und engen Jeans vermuteten. Und nachdem sie herausgefunden hatten, was sich darunter befand, hatten sie nicht mehr so recht gewußt, was sie damit anfangen sollten. Es hatte fast so ausgesehen, als hätten sie ein wenig Angst vor dem bekommen, was sie da entdeckt hatten. Aber nach ein paar Tagen waren alle wieder neugierig gewesen und hatten nachsehen wollen, ob es so schön war, wie sie es in Erinnerung hatten. So waren die Jahre ins Land gegangen, und schließlich hatte sie sich für Gary entschieden. Niemand sonst schien an einer längerfristigen Beziehung interessiert. War sie es gewesen, die die Jahre hatte vorbeiziehen lassen, oder hatten die Jahre ihr das angetan? In einer Zeit, wo es keine Regeln mehr gab, war es schwer zu sagen, wer das Gespräch begann und wer es beendete.

Und der arme Gary, dessen Annäherungsversuche darin bestanden hatten, zu fragen: »Bist du schon scharf?« hatte keine Ahnung gehabt, wie sie sich in solchen Augenblicken fühlte. Sie war noch nicht bereit und feucht gewesen, während er versucht hatte, es hinter sich zu bringen, damit er hinterher Softball spielen und anschließend in die Kneipe gehen konnte. Sie waren noch nicht lange verheiratet gewesen, da hatte sie schon keine Lust mehr gehabt, mit Gary zu schlafen, und sie hatte getan, was sie konnte, um es zu vermeiden. Sie hatten sich vor vierzehn Monaten getrennt, etwas mehr als zwei Jahre nach Sara Margarets Geburt, die nach Lindas Großmüttern genannt worden war.

Letztes Jahr war sie dreimal mit einem Mann von American Battery in ein Hotel in Des Moines gegangen, der gegenüber Gary schon eine Verbesserung war, und dafür war sie dankbar gewesen. Ein älterer Mann von Northern Food Processors war nett zu ihr gewesen und hatte sich Zeit für sie genommen. Danach hatte sie sich wieder ein wenig mehr als attraktive Frau gefühlt, und sich entschlossen, herauszufinden, ob es in der Welt nicht etwas gab, wovon sie immer geträumt, was sie aber nie gefunden hatte.

Im Licht der zwei Votivkerzen sah sie auf den sorgfältig gepackten Koffer auf der Gepäckablage, während draußen auf der University Avenue ein Feuerwehrauto vorbeifuhr, dessen Sirene Richtung Westen langsam leiser wurde. Sie sah sich um und machte sich Gedanken über diesen Mann namens Jack Carmine, der nebenan gerade die Dusche abstellte. Sie saß in dem kleinen Zimmer auf dem Bett, von wo sie sich im Spiegel über der Frisierkommode sehen konnte. Das Kerzenlicht war sehr schmeichelhaft.

»Siebenunddreißig, Tänzerin ... siebenunddreißig ... ab jetzt geht es rasch abwärts«, sagte sie laut vor sich hin, während sie sich im Spiegel betrachtete. Sie setzte sich gerade hin, die Brüste unter der schwarzen Spitze waren fest, und ihr Haar fiel glatt bis zur Mitte ihres Rückens hinunter.

Sie sah sie ganz klar und deutlich vor sich, die alten Frauen, die, wenn die Männer gestorben waren, in den kirchlichen Altersheimen saßen. Das leichte Dahinplätschern ihrer Unterhaltung glitt durch die Jahre wie ein Sargdeckel, der unter dem leichten Händedruck eines Bestattungsunternehmers zur Seite glitt und sich öffnete. Die alten Frauen hatten diese Hand auf dem Deckel gesehen, wenn die Tür zur Vergangenheit sich mit einem einzigen, fast lautlosen Klicken schloß und nur die Erinnerungen blieben. Die alten Stämme hatten recht: Wenn du nicht mehr weiterkannst, stirb auf dem Pfad und überlaß dich den Aasfressern. Es geht schneller so und besser.

Und Eiiihhh, Eiiihhh ... erklang das letzte
alte Lied,
daß der alte Mann noch sang.
Und Neiiiin, Neiiin ... rief seine letzte
alte Frau,
als sie die Worte vernahm.

Sie sah wieder auf den Koffer und lächelte. Darin befand sich so ziemlich alles, was sie besaß, und es war alles neu, und Texas Jack Carmine hatte ihr dabei geholfen, es auszusuchen. Ein seltsamer Mann, dieser Jack Carmine, der sein Versprechen gehalten und genausoviel Spaß gehabt hatte wie sie, als sie ihre neuen Kleider aussuchte. Und als sie im Hotel angekommen waren, hatte er wieder angeboten, ihr ein eigenes Zimmer zu bezahlen, wenn sie das wollte. Sie hatte ihn bei seinem Jackenkragen gepackt und ihn angesehen und leise gesagt: »Unter keinen Umständen, Jack Carmine ... unter gar keinen Umständen. Nicht heute nacht.«

Nicht heute nacht. Neue Kleidung und neues Parfum und brennende Kerzen. Für ein Leben, das ziemlich unromantisch verlaufen war – die Sommernächte mit Lucas Mathen waren die einzige Ausnahme ... –, war dies gar nicht schlecht, und vielleicht fast so, wie es sein sollte. Als sie bei Best Value Bier und Sandwiches gekauft hatten, hatte sie sich die ganze Zeit gefragt, und was noch, was noch? An der Kasse, wo es besonders schnell ging, weil sie nur wenige Teile hatten, waren ihr Kerzen eingefallen, und sie war noch mal zurückgelaufen, um welche zu holen. Als der Kassierer sie über den Scanner schob, hatte sie gemerkt, daß Jack Carmine sie ansah, aber sie hatte nur auf die Kasse gesehen und gelächelt. Nun wünschte sie, sie hätte noch an etwas anderes zu trinken gedacht, wie ... was zum Beispiel? Sekt, sie hätte an Sekt denken sollen. Zu spät, macht nichts.

Als sie sich selbst in dem schwarzen Kleid gesehen hatte, waren merkwürdige Gefühle in ihr hochgestiegen, fast erotische Gefühle. Nein, nicht fast, es waren erotische Gefühle gewesen. Teilweise, weil Jack Carmine sie so angesehen hatte, aber es hätte genausogut ein anderer interessanter Mann sein können, und sie hätte sich ebenso gefühlt. Nenn es Eitelkeit, dachte sie, oder was auch immer, etwas, was anständige Leute jedenfalls nicht fühlen sollten. Es war trotzdem da, in ihrem Kopf war eine eigenartige, narzißtische Rückbesinnung auf sich selbst. Für einen Augenblick und zum ersten Mal in ihrem Leben hatte sie sich selbst als ein unglaublich weibliches Wesen gesehen, das zwischen Stärke und Unterwerfung hin- und herwechseln konnte. Eine Frau, die je nach Ort und Zeit und Veranlassung die Männer beherrschen oder sich ihnen untwerfen konnte, wann immer sie es wollte. Eine Frau, die nackt im Schein eines Lagerfeuers vor Tausenden von Soldaten auf dem Wüstensand tanzte – das metallische Klirren der Schwerter auf ihren Schilden entsprach dem Takt ihrer tanzenden Füße –, das tausendfache Begehren genießen konnte und sich doch nur dem einen dunklen Krieger hingeben würde, den sie selbst sich aussuchte.

In diesem Augenblick, diesen seltsamen Sekunden, in denen sie dieses Erlebnis gehabt hatte, hatte sie etwas Elementares gespürt, für das sie keine Worte fand. Als ob sie ihr Kleid hochziehen und sich an Ort und Stelle rittlings auf Jack Carmine setzen wollte, um vor den Augen von Anna Wilhelm, dem

Laufburschen und vor allen anderen, die zuschauen wollten, ein intimes Theaterstück aufzuführen. Texas Jack Carmine – er schien so gut zu sein, wie ein Mann nur sein konnte, vielleicht sogar noch besser, nach dem zu urteilen, was sie von ihm wußte. Aber in jenem Augenblick wäre ihr jeder Mann recht gewesen. Es ging nicht darum, wie sie sich selbst vorher gesehen hatte, sondern darum, wie sie sich selbst vorher nicht gesehen hatte. Und in diesem seltsamen Augenblick war Linda Irgendwas, deren Nachnamen einige kannten, andere nicht, eine andere geworden.

Jack Carmine kam aus dem Badezimmer. Er hatte ein Handtuch um die Hüften geschlungen und sang leise einen alten Song, einen Song, den sie noch nie gehört hatte. Es ging um lange Züge, die kurvenreiche Strecke fuhren, und das Licht der Sterne auf den Schienen, die nach Westen führten.

Er hielt inne, als er sie sah. »Großer Gott, ich habe gewußt, daß du so aussehen würdest. Genauso habe ich es mir vorgestellt.«

Linda Lobo breitete ihre Arme aus und sagte leise: »Komm, tanz mit der Tänzerin, Bandit. Die Musik spielt, und die Zeit vergeht.«

Es waren ihre Worte, aber Jahre später war es der Klang seiner Worte, an den sie sich erinnerte. Bei diesem ersten Mal und viele Male darauf hatte Jack Carmine ihr sanfte Worte gesagt. Nicht die einfachen, klugen Worte, die er tagsüber benutzte, sondern Worte, die er in der Dunkelheit – nur vom Flackern der Kerzen erhellt – benutzte.

Er war der erste und der letzte, der in solchen Augenblicken zu ihr gesprochen hatte, sanfte Worte, auf eine langsame Art – langsame Worte und eine sanfte Art. Ihr Parfum war neu, das schwarze Etwas aus Spitze war neu, und ihre Haut war weich und glatt und duftete.

Der Mann, den sie Bandit nannte, liebte sie in dieser ersten Nacht ausgiebig und liebevoll. Seine Worte … hinterher konnte sie sich nie an seine Worte erinnern … es waren nicht die Worte selbst, auf die es ankam, sondern das leise Wispern … die ersten Tangos und die letzten Flugzeuge nach draußen, die Schmerzen, die man hinter sich ließ.

Aber er verstand, was eine Frau vielleicht wollte – was *sie* vielleicht wollte –, so wie ein Zauberer in der Wüste in den Wolken lesen kann, was vielleicht passieren wird. In seinen guten Nächten, in seinen guten Zeiten, war der Bandit wie ein Wunder; sie hatte ihm das gesagt und ihn bei seinem richtigen Namen gerufen, und nicht »Bandit« oder »Cowboy«. Wieder und wieder sagte sie die Worte, ohne daß ihr bewußt war, daß sie sie sagte … sie nannte ihn immer und immer wieder bei seinem richtigen Namen.

In ihrer Phantasie hatte sie sich vorgestellt, wie diese Augenblicke sein würden, wie sie sich bei einem schwindelerregenden Ritt durch hochgelegene, wolkenverhangene Regionen, in denen sie noch nie gewesen war, verlieren würde; wie in den Wölbungen ihres Gehirns die Farben des Lebens, selbst des Todes, erschienen und wieder verschwanden. Und mit ihm, in seinen guten Nächten, in seinen guten Zeiten, war es genauso gewesen wie in ihrer Phantasie, und sie hatte ihn gebeten, nie aufzuhören, in ihr zu bleiben; diese Augenblicke sollten ewig dauern.

Jahre später erinnerte sie sich noch oft daran, wie in dieser Nacht die dünnen schwarzen Träger von ihren Schultern glitten, während er flüsterte und es so klang, als würde er sie gut behandeln, und wie er seinen Mund auf ihren preßte, noch während er redete. Noch Jahre später, wenn sie mit ihren Händen über ihren Körper strich, erinnerte sie sich daran, wie die schwarze Spitze von ihrer Haut glitt, als Jack Carmine sie abstreifte, bevor er sie auf das Bett legte, das die Farbe von fliegendem Sand hatte, und wie er ihr für den Weg, den sie vor sich hatten, alle anderen Farben der Wüste versprach. Sie erinnerte sich an die hochgelegenen, wolkenverhangenen Regionen, die sie mit ihm bereist hatte.

Was Texas Jack Carmine betraf, so wußte er eine Menge über hochliegende, wolkenverhangene Regionen. Auch über Täler. Er bewegte sich meistens irgendwo dazwischen, auf dem Weg zur einen oder anderen Region. Anders gesagt war Jack Carmine wie ein Bogen, der gespannt, losgelassen und wieder gespannt wurde. So vergingen die Tage in einem langen Leben voller Bohranlagen und Zaunreihen, dem Rattern der orangefarbenen Erntemaschinen und dem Rückstoß von schweren Maschinengewehren, die wie riesige Besen über ein Dach in Saigon hinwegfegen konnten. Er hatte fast sein ganzes Leben damit verbracht, die verdammte Anspannung loszuwerden oder wenigstens ein wenig zu lockern, und in den vergangenen Tagen hatte er geglaubt, daß er es vielleicht schaffen könnte.

Sie war der Grund, Linda Lobo, Tänzerin. Er sah sie gern an, tanzte gern mit ihr, redete und lachte gern mit ihr. Er glaubte, daß es ihm mit ihr vielleicht besser gehen würde, als es ihm je gegangen war – mit ihrer Haut, die die seine berührte, ihrem Kopf, der sich auf dem Kissen hin- und herwarf, ihrem weichen, runden Bauch und ihren großen Brüsten, die sich gegen ihn preßten, und dem Klang seines Namens, den sie immer und immer wieder flüsterte. Jack Carmine widmete sich ganz ihr, versuchte sie so leidenschaftlich zu lieben, daß sie mit ihm nach Texas ging und ihn nie verlassen, nie an etwas anderes denken würde, als da zu sein, wie in diesem Augenblick.

Zwei Stunden später in dieser Nacht – beide waren halbtrunken von Bier und voneinander – führte sie ihm die Kunst des Troddelwirbelns vor, was sie beide erneut in Fahrt brachte. Er lachte und flüsterte: »Gelobt seien die Fähigkeiten Carmas.« Sie lachte über seine Worte, zog ihn zu sich herab, öffnete sich und nahm ihn in sich auf.

Siebtes Kapitel

New Orleans, 27. Oktober 1993

»Und der Haifisch, ... der hat Zähne, ... und die trägt er im Gesicht ...«

Das Altsaxophon begleitete den Gesang der schwarzen Frau, als sie zu ihrem Stuhl zurückkehrte, nachdem sie Ariendo Vincent ein paar Dollarscheine in seine Schachtel geworfen hatte. Kurz bevor sie sich wieder hinsetzte, sah sie zu Vaughn Rhomer hinüber. Sie lächelte nicht, sah aber so aus, als würde sie es gleich tun.

Sie wußte, daß der kleine, rundliche Mann in dem braunen Anzug und den bequemen Schuhen sie beobachtete, ihr Profil studierte. Er tat zwar so, als wäre er mit anderen Dingen beschäftigt, aber er hatte sie, seitdem er vor zwanzig Minuten gekommen war, immer wieder angesehen. Sie hatte gehört, wie er sich beim Bestellen des Brandys verhaspelt hatte, und er hatte ihr ... nun, fast ein wenig leid getan – fast.

Er war allein, und das war ungewöhnlich. Männer wie er waren meistens in Begleitung von älteren Frauen mit onduliertem Haar. Oder sie waren Teil einer Gruppe – Kongreßteilnehmer oder Footballfans –, laut und plump, eine Bande ordinärer Kerle, die weit weg von zu Hause und daher ungehemmt waren, die einander anstießen, während sie lüstern zu ihr hinüberschauten. Aber keiner konnte ihren Preis bezahlen. Und sie wäre auch nicht mit ihnen gegangen, wenn sie es gekonnt hätten. Sie hatte ihren eigenen Kundenkreis, die einigermaßen eleganten und wohlhabenden Gentlemen aus New Orleans und aus dem Norden, die sie anriefen, bevor sie in die Stadt kamen. Die meisten von ihnen waren weiß und ließen sich nur ungern mit ihr in guten Restaurants sehen – ihre Hautfarbe ... ihre Hautfarbe. Aber wenn sie allein waren, gab es persischen Kaviar und französischer Champagner floß in Strömen; normalerweise verlangten sie relativ wenig von ihr. Die meisten wollten sie nur ansehen, mit ihr zusammen sein, die exotischen Düfte schnuppern, die sie trug, ihre Stimme hören, die wie ein Kaminfeuer in einer regnerischen Nacht im Spätherbst klang. Was Sex betraf, so war er meist erwartungsgemäß und mechanisch.

Aber der rundliche Mann mit den bequemen Schuhen hatte schöne Augen. Das war ihr aufgefallen, als er nach vorne gegangen war und einen sorgsam gefalteten Dollarschein in Ariendos Geldschachtel geworfen hatte. Er hatte dabei seine Augen vorwiegend auf den Boden gerichtet, aber einen seitlichen Blick in ihre Richtung riskiert, als er zu seinem Tisch zurückgekehrt war.

Sie betrachtete den Rauch ihres dünnen Zigarillos,

sah zu, wie Ariendo Vincent sich für das nächste Lied vorbereitete und fragte sich, was der Mann in dem braunen Anzug wohl dachte. Cohana Eliason, die von ihren Freunden »Gumbo« genannt wurde, interessierte nicht wirklich, was er dachte, sie stellte sich einfach nur diese Frage. Andere Männer, die noch nie mit einer schwarzen Frau zusammengewesen waren, wollten wissen, welche Farbe ihre geheimen Stellen hatten. Außer einem Mann, der es ihr gegenüber erwähnt hatte, sagten sie nie etwas, aber sie waren neugierig. Dieser Mann war wahrscheinlich auch neugierig.

Sie sah auf ihre Cartier-Uhr. Der Mann aus Boston würde in zwei Stunden hier sein. In ihrem Notizbuch stand, daß er sie gern etwas dominant hatte, daß sich in Sachen Sex nicht viel abspielte, und daß er hinterher gern über seine Werkzeugmaschinenfabrik redete. Der Mann zu ihrer Linken, der allein am Tisch saß, sah schon wieder zu ihr herüber. Was dachte er wohl? Was wollte er wohl? Welche geheimen Wunschvorstellungen tanzten hinter diesen freundlichen braunen Augen? Es war ein Spiel, das sie in Gedanken spielte.

Vaughn Rhomer beobachtete noch immer die schwarze Frau und dachte an Walter Mitty. Seine Kinder hatten ihn aufgezogen und gesagt, er wäre wie einer von Thurbers Charakteren.

»Ich bin *nicht* Walter Mitty, wer immer das ist«, hatte er gesagt. »Wer ist das überhaupt?«

Laverne hatte gesagt, Mitty wäre ein Typ, der in

Schlammpfützen blickte und Ozeane darin sah, der einen Tiger vor sich glaubte, wenn er Razberry anschaute. Vaughn Rhomers nette Bibliothekarin hatte die Geschichte für ihn herausgesucht. Er hatte sie gelesen und über sie nachgedacht. Als Laverne das nächste Mal gesagt hatte: »Wie geht's Walter?«, hatte Vaughn ihn am Arm gepackt.

»Ich sag dir was mein Sohn. Vielleicht konnte Walter Mitty in Schlammpfützen Ozeane erkennen und in Razberry einen Tiger sehen. Aber ich betrachte Pfützen als das, was sie sind – nämlich Pfützen. Und Razberry ist die Katze unserer Familie. Ich bin vielleicht ein Träumer, aber ich habe vor, meine Träume in die Tat umzusetzen, sobald ich dich und deine beiden Brüder aus diesem sicheren kleinen Nest in die Welt entlassen habe. Ich habe euch alle drei ermuntert, euch da draußen umzusehen, aber ihr tut es einfach nicht.«

»Dad, du redest immer von *da draußen.* Was meinst du eigentlich mit *da draußen?*«

Vaughn Rhomer hatte Laverne ein paar Sekunden lang angesehen, bevor er ihm antwortete, weil er nicht wußte, was er ihm sagen sollte. Da fiel ihm zu seiner Rettung Jack Carmine ein, der in Vaughn Rhomers Gegenwart einmal gesagt hatte: »Wenn ich dir das erst erklären muß, wirst du die Antwort sowieso nicht begreifen.« Genau das sagte er zu Laverne.

Laverne hatte den Kopf geschüttelt und gesagt, er wäre mit seinen Freunden im Einkaufszentrum verabredet. Er war gegangen mit dem Gedanken, daß der alte Mann seltsam war, dieser alte Mann, der immer großspurig davon sprach, sich da draußen umzusehen, aber nie woandershin ging als zu Best Value und sich nie woanders umsah als auf Flohmärkten. Aber er war ein guter Vater, das wußte Laverne. Er war ein seltsamer, kleiner, alter Kerl, der aber immer für einen *da* war, und nicht irgendwo *da* draußen. »Verantwortungsvoll« war das Wort, was er gewählt hätte, wenn ihn jemand gebeten hätte, seinen Vater zu beschreiben. Er beschloß, die Anspielungen auf Walter Mitty künftig zu unterlassen. Der alte Mann hatte recht: Sie paßten nicht zu ihm. Sein Vater, Vaughn, war... kompliziert. Walter Mitty war nicht kompliziert. Einfach – das war der Unterschied – und doch unergründlich. Und ein bißchen nervend. Laverne hoffte, daß sich daran nichts ändern würde, bis er seinen Abschluß in Informatik gemacht hatte. Er wollte, daß Vaughn Rhomer kompliziert blieb und *da* war, und nicht irgendwo *da* draußen.

Bei Gott, Vaughn Rhomer wußte, daß er nicht Walter Mitty war. Hatte er sich nicht entschlossen, diese Reise ganz allein zu machen, zwei Wochen Urlaub zu nehmen und nach Süden in wärmere Gefilde zu fahren? Er hatte stundenlang in seinem Kellerraum gesessen und Straßenkarten studiert, sich Routen überlegt, Reiseführer gelesen und sich vorbereitet.

»Was machst du denn in deinem Urlaub, Vaughn?«

»Ich fahre in den Süden ... nach New Orleans.«

»Ganz allein?« Seine Mitarbeiter konnten es nicht so recht glauben.

»Genau. Ich fahre ganz gemütlich und lasse mir Zeit. Ich gönne mir nur das Beste und übernachte unterwegs nur in Holiday Inns. Diesmal gibt's keine Abkürzungen.«

Eine von ihnen hatte gelacht. »Bleib nicht zu lange weg, Vaughn. Bei all dem Gerede über Einsparungen ist dein Job vielleicht nicht mehr da, wenn du zurückkommst.«

Vaughn Rhomer war über die Sparmaßnahmen nicht beunruhigt. Nun ja, vielleicht ein bißchen. Er leistete gute Arbeit, aber das hatte Arch Williams drüben in Fort Dodge auch gemacht, und trotzdem war er entlassen worden, als sie den Laden umorganisiert hatten. Dafür waren jüngere Leute mit niedrigerem Gehalt eingestellt worden. Jüngere Leute, die aller Wahrscheinlichkeit nach nicht so krank waren wie ältere. Aber Vaughn Rhomer hatte nur noch drei Jahre bis zur Pensionierung; er nahm an, daß er noch so lange durchhalten würde.

Er hatte den Kofferraum des Buick mit einigen Ausrüstungsgegenständen aus seinem Kellerraum vollgeladen. Rucksäcke, Feldflaschen, einen Erste-Hilfe-Kasten, eine Dschungelhängematte und die entsprechenden Artikel über die Gegend, die er bereisen wollte, aus seinem *National-Geographic*-Archiv. Nachdem er das Haus am Trolley Car Boulevard abgeschlossen hatte, war er durch hohes Gras hinter das Haus gegangen. Razberrys Grab war etwas überwuchert gewesen, und er hatte es ein wenig vom Unkraut befreit. Auf einer kleinen Gedenktafel, die er selbst gezimmert hatte, stand: Razberry Rhomer, 1978–1991. Razberry fehlte ihm. Sie war auf den weiten Reisen, die er an den langen Winterabenden in seinem Raum unternommen hatte, eine angenehme Begleitung gewesen.

Seine Kinder hatten versucht, ihn von dieser Reise abzuhalten. Die Gründe waren ihnen selbst und Vaughn Rhomer unklar.

»Was würde Mom denken?« hatte Louis gefragt.

»Worüber?«

»Darüber, daß du einfach so wegfährst?«

»Sie würde sich wahrscheinlich Sorgen machen, wenn sie noch am Leben wäre.«

»Das ist genau das, was ich meine.«

Vaughn Rhomer spürte ein Zucken in seiner rechten Wange und wechselte das Thema. »Wie geht's deiner Familie, Louis? Wie geht es Lisa und dem Baby?«

»Danke, es geht ihnen gut. Wir bringen Jennifer gerade bei, ›Großpapa‹ zu sagen.«

»Das ist nett. Sag ihr, daß Großpapa morgen dahin fährt, wo die Baumwolle wächst und in andere unbekannte Regionen.«

Louis hatte nicht aufgegeben. »Aber warum ausgerechnet New Orleans, Dad? Das ist eine weite Fahrt. Warum fährst du nicht eine Woche an den Clear Lake?«

»Wenn du schon nicht mit den Beduinen reiten oder in einem weißen Anzug und zitronengelber Krawatte in Singapur im Raffles Gin trinken kannst, dann ist New Orleans das zweitbeste.« Er hatte gewußt, daß Louis die Anspielung auf Beduinen und Singapur nicht verstehen würde, deshalb hatte er sie gemacht.

»Dad, jetzt hör mir mal zu. Denkst du *wirklich*, daß du …«

»Gute Nacht, Louis. Paß gut auf meine Enkeltochter auf. Wir telefonieren wieder, wenn ich zurück bin.« Vaughn Rhomer hatte aufgelegt und seine Ausrüstungsgegenstände überprüft, die er ordentlich im Wohnzimmer gestapelt hatte.

Auf der Reise hatte alles gut geklappt. Bei der Fahrt durch den Ozark National Forest hatte er sich Zeit gelassen. Er fuhr mit dem Buick einfach Richtung Süden, in die Wärme. Ab und zu hielt er an und machte mit seiner alten Rolleiflex, die er gebraucht in einem Fotogeschäft in Otter Falls gekauft hatte, ein Photo. Seine Familie hatte die Kamera gehaßt. Marjorie hatte sich immer beschwert, daß es so lange dauerte, bis er auf den Auslöser drückte. Nathan hatte gesagt, die Rolleiflex wäre so altmodisch. Marjorie hatte eine automatische Minolta gekauft, die ihnen viel besser gefiel.

Die einzige schlechte Erfahrung der New-Orleans-Reise hatte er in Vicksburg, Mississippi, gemacht. Er war dort bei Sonnenuntergang angekommen, hatte geduscht, seinen neuen braunen Anzug und ein weißes Hemd angezogen und eine Krawatte umgebunden. Gegenüber vom Holiday Inn lag ein Restaurant, das mit gebratenem Katzenfisch auf Südstaatenart warb. Er hatte beschlossen, dort zu essen, und gehofft, daß sie zu dem Katzenfisch schönes frisches Gemüse servierten. Der Raum war mit Bojen und Fischernetzen geschmückt, aber er war zu seiner Überraschung der einzige Gast. Er hatte aus dem Fenster gesehen und auf sein Essen gewartet.

Während er aß, ertönte eine schrille Frauenstimme aus der Bar, die durch eine Glaswand vom Speisesaal getrennt war: »Setz dich auf mich, Knobby, setz dich auf mich, jetzt, sofort!«

Der Barkeeper hatte ständig »Schhhhh« gemacht, aber die Frau hatte ihn einfach ignoriert und immer wieder dieselben Worte geschrien.

Vaughn Rhomer hatte vorgehabt, in aller Ruhe gemütlich zu essen, aber nun aß er so schnell er konnte. Das Essen war ohnehin nicht besonders. Während er zurück zum Hotel ging, dachte er an die stolze Vergangenheit der Stadt, wie die Menschen die Belagerung Vicksburgs mit Stolz und Anstand ertragen hatten, und wie weit sie seitdem gekommen waren – »setz dich auf mich, Knobby!« verdammt noch mal, und das in aller Öffentlichkeit.

Die Frau, Gumbo, sah auf ihre Uhr. Sie hatte immer noch fast zwei Stunden, bevor der Werkzeugmaschinenkönig mit Blumen in der Hand eintreffen würde. Sie drehte sich zu dem kleinen Mann in Braun, der eine Fliege von seinem Espresso verscheuchte.

Als Vaughn Rhomer die Fliege erfolgreich in ein anderes Jagdrevier verscheucht hatte, sah er hoch. Die schwarze Frau sah ihn an, und sie lächelte.

Vaughn Rhomer brach unter seiner Kleidung, die für den schwülen Abend in New Orleans viel zu warm war, der Schweiß aus. Wieder diese Bilder, diesmal ganz schnell: ein schweißnasser Körper... ausgestreckt... sie windet sich unter deiner Berührung... Entweder bist du Walter Mitty, oder du bist es nicht, und der Augenblick der Wahrheit sitzt gerade zwei Meter von dir entfernt, Vaughn Henry Rhomer.

Aber diese Ungewißheit – dieses nicht wissen, was man tun soll. Er hatte in seinem Leben nur mit zwei Frauen geschlafen, und eine davon zählte nicht, da es nach einem Footballspiel in der High-School passiert war und nur dreißig Sekunden gedauert hatte. Dreißig Sekunden zählten nicht als Erfahrung. Sie war ein Ersatzmitglied der Cheerleader-Truppe gewesen und hatte gejubelt, als Vaughn Rhomer, in seiner Funktion als Auswechselabwehrspieler, einen Patzer des Waterloo-East-Teams an der Siebenyardlinie verhindert hatte. Aber sie hatte noch lauter gejubelt, als zwei Spiele später Donovan Schuster – der elegante, schlanke Donovan Schuster – hochgesprungen war und einen Paß für den entscheidenden Touchdown gefangen hatte. Doris hatte nicht zu dem Schwarm um Donovan Schuster gehört, und sie hatte gewußt, wer den Patzer wirklich verhindert hatte; deswegen hatte sie beschlossen, sich um Vaughn Rhomer zu kümmern. Doch für Vaughn Rhomer zählte das nicht als wirkliche Erfahrung. Damit blieb nur Marjorie, die vor allem zurückschreckte, was an Leidenschaft grenzte. Sie sagte, das gehöre sich nicht für eine Dame.

Aber diese Frau, Gumbo, die ihn nun ansah und anlächelte, würde wissen, wie man Eleganz und Ekstase in Einklang brachte.

... es ist wichtig, Frauen nicht einfach als Variationen eines Themas zu betrachten. Sie sind in den Augenblicken der Nacktheit und Leidenschaft, jede auf ihre Art, sehr verschieden, physisch, psychisch und emotional. Jede Frau hat ihre eigenen Bedürfnisse, die sie auf ihre persönliche Art und Weise befriedigen will. Der Mann muß sich darauf einstellen und bereit sein, ihre Wünsche zu erfüllen, während er sein eigenes Vergnügen erlebt. In und mit einer Frau, in der absoluten spirituellen Erfahrung des Aktes, können beide eine Wahrheit entdecken, die sie auf keine andere Art und Weise entdecken können – die Wahrheit der Frau und die Wahrheit des Mannes. Daran sollte man sich immer erinnern.

Thomas Martin, Reisen: Band IV: Der Orient *(London, Empire Publishing Ltd., 1927), Seite 206. Gelesen und notiert in V. H. Rhomers Notizbuch Nr. 11, 27. 2. 92*

Und natürlich sollten wir die spirituelle Erfahrung des Aktes selbst diskutieren. Denn das ist es, was wir alle suchen. Das spirituelle Erleben, das der Einheit von Mann und Frau entspringt. Deshalb betrachten wir zunächst die körperliche Vereinigung von Mann und Frau als einen Augenblick religiöser Offenbarung. Aber um diesen Augenblick zu erleben, muß der Akt selbst eine gewisse Zeit in Anspruch nehmen und darf nie unter Zeitdruck vollzogen werden.

Harry Stassen, Der umfassende Ratgeber über die Freuden des Tantra *(New York, Specialty Publishers, 1977), Seite 14.*
Gelesen und in V. H. Rhomers Notizbuch Nr. 11 übertragen, 28. 2. 92

Die schwarze Frau sah Vaughn Rhomer immer noch an, und sie lächelte immer noch; und Ariendo Vincent pustete die Spucke aus seinem Altsaxophon. Aber Vaughn Rhomer bemerkte nicht, was Ariendo Vincent in diesem Augenblick tat. Vaughn Rhomer sah nur die Frau und dachte an Grenzen, und daran, sie zu überschreiten. Er konnte kaum glauben, daß er sein Brandyglas zum Gruß erhob und ihr zunickte. Und er konnte kaum glauben, daß sie ebenfalls ihr Brandyglas zum Gruß erhob und ihm zunickte. Und alle erinnern sich daran, wie warm es in jenem Oktober in New Orleans gewesen war.

Achtes Kapitel

Iowa und Orte im Süden, 1986

Lindas Mutter lehnte an der Spüle und sah nach draußen zu Jack Carmine, der auf dem Kotflügel seines Pick-up saß.

»Wo kommt er denn her?«

»Aus Texas. Deshalb fahren wir auch dorthin.«

»Und was arbeitet er?«

»Er hat 'ne kleine Ranch, wo er im Winter immer ist. Im Sommer hilft er bei der Weizenernte oder verlegt Gasrohre.« Linda zog ein paar neue Kordhosen mit Gummizug über Sara Margarets Hintern.

»Hört sich nicht gerade nach 'ner tollen Arbeit an.«

Sara Margaret hatte die Arme um den Hals ihrer Mutter geschlungen und hielt sich fest. Dabei sah sie über Lindas Schulter. »Wer ist der Mann, Mami?«

»Er ist ein guter Freund von Mami, Sara Margaret. So, und jetzt stell dich mal gerade hin, damit ich dein neues Flanellhemd in die Hose stecken kann... Mom, wo sind die Turnschuhe, die wir gekauft haben, als ihr im August in Dillon wart?«

»Da drüben bei der Hintertür. Sie kam gestern

völlig verdreckt nach Hause.« Lindas Mutter starrte immer noch nach draußen zu Jack Carmine, der sich eine Zigarette angezündet hatte. »Sieht ziemlich alt aus.«

»Er ist siebenundvierzig.«

»Sieht im Gesicht viel älter aus. Wie kommt es, daß du so plötzlich nach Texas willst?«

»Für mich ist es im Moment das Richtige, glaube ich. Er ist eine guter Mann, Mom.«

»Diesen Satz habe ich schon mal von dir gehört, meine Liebe. Mir scheint, sogar schon öfter. Es ist schon nach zwei ... findest du nicht, daß es ein bißchen zu spät ist, um heute noch weiterzufahren?«

»Jack sagt, daß wir es bis Einbruch der Dunkelheit nach Kansas City schaffen, vielleicht noch bis Topeka, wenn er nicht zu müde ist.«

Jack war ein bißchen müde, aber es war eine angenehme Müdigkeit. Linda ging es ebenso. Sie hatten sich die halbe Nacht geliebt, den Vormittag im Bett verbracht, geredet und sich wieder geliebt. Sie war in ihrem ganzen Leben noch nie so oft gekommen wie in den letzten fünfzehn Stunden und mußte lächeln, als sie daran dachte. Berauscht und erschöpft hatten sie beim Zimmerservice ein riesiges Frühstück bestellt – Spiegeleier, Bratkartoffeln, Toast – und im Schneidersitz auf dem Bett gesessen, das Essen vertilgt und sich dabei angelächelt.

Er hatte ihren neuen Koffer hinten auf den Pick-up geladen, sorgfältig ein paar Säcke Hundefutter drumherum gelegt und ihn mit einem gelben Regenmantel, den er hinter dem Sitz verstaut hatte, gut abgedeckt. Linda trug ihre neue braune Hose aus Wollstoff, einen roten Pullover und eine weiße Bluse darunter. Bevor sie das Hotel verließen, hatte sie ihre leichte Winterjacke angezogen.

Als sie in den Truck stieg, sagte Jack: »Du siehst gut aus, Tänzerin. Was ist mit Sara Margaret? Braucht sie vielleicht auch ein paar neue Sachen?«

Also wieder zurück zum Einkaufszentrum, wo sie für Sara Maragaret etwas zum Anziehen und eine knallrote Reisetasche kauften. Außerdem hatte Jack darauf bestanden, einen kleinen Stofftiger zu erstehen. Kurz vor zwei Uhr waren sie von der I-80 abgebogen und hatten die nördliche Stadtgrenze von Altoona erreicht. Das Haus mit den grauen Schindeln sah an diesem bewölkten Spätoktobertag ziemlich mitgenommen aus.

»Wie lange kennst du diesen Jack ... wie heißt er noch mit Nachnamen?« Ihre Mutter hatte sich umgedreht und sah zu, wie Linda Sara Margarets Sachen in die rote Reisetasche stopfte. Sara Margaret saß auf einem Küchenstuhl, baumelte mit den Beinen und unterhielt sich mit ihrem neuen Stofftiger.

»Er heißt Carmine mit Nachnamen. Ich kenne ihn schon eine ganze Weile. Ich hab ihn in Dillon kennengelernt, als ich in der Hühnerfabrik gearbeitet hab.«

»Das war ein anständiger, sicherer Job. Ich finde es nicht in Ordnung, daß du ihn aufgibst, um mit einem verrückten Texaner herumzuziehen.« Ihre Mutter hatte sie letzten August zusammen mit Sara Margaret in Dillon besucht. Linda hatte kurz darauf den Job gewechselt, aber ihrer Mutter nichts davon erzählt.

»Ich hab dir doch erzählt, daß diese Arbeit meine Hände ruiniert hat. Sie haben jeden Abend weh getan, weil ich den ganzen Tag in der Kälte mit diesem Messer hantiert habe.«

»Aber es war ein anständiger, sicherer Job, und der ist heutzutage schwer zu kriegen. Glaub mir, ich bin oft genug arbeitslos gewesen, und manchmal muß man halt ein paar Unannehmlichkeiten in Kauf nehmen. Hat er dir die schönen Sachen gekauft, die du anhast?«

»Ja«, erwiderte Linda und strich sich ein paar Haarsträhnen aus dem Gesicht.

»Linda, wenn dir ein Mann gleich am Anfang solche Geschenke macht, solltest du dich in acht nehmen. Ich sehe doch, daß du um die Augen herum ein wenig angestrengt aussiehst. Du solltest mehr auf dich achten.«

Linda gab darauf keine Antwort. Sie zog den Reißverschluß der Reisetasche zu, richtete sich auf und nahm Sara Margarets Hand. »Komm Sara Margaret, jetzt fahren wir in dem schönen Truck da draußen los. Der Mann ist sehr nett. Halt deinen Tiger gut fest, damit er nicht in den Dreck fällt.«

Ihre Mutter kam mit nach draußen. Jack saß auf dem Kotflügel des Pick-up und klopfte mit den Absätzen gegen das linke Vorderrad. Er grinste und stand auf. Ihm war wegen der trotzigen Art, in der

Lindas Mutter ihn ansah, etwas unbehaglich. Linda gab ihm Sara Margarets Reisetasche, und er verstaute sie neben Lindas Koffer unter dem gelben Regenmantel.

Linda umarmte ihre Mutter, die so mitgenommen aussah wie ihr altes Haus. Es war ihr deutlich anzusehen, daß sie hoffte, ihre Tochter würde aus ihrem Leben mehr machen, als sie aus dem ihren. Sie hatte von Lindas Sommernächten mit Lucas Mathen gewußt und Gott dafür gedankt, daß sie diese Nächte überstanden hatte, ohne schwanger zu werden. Und dann war da Wendell gewesen und eine Reihe anderer und schließlich Gary. Jack schien nicht besser oder schlechter zu sein, wie auch immer man die Sache betrachtete. Aber wenigstens hatte er ein eigenes Haus, selbst wenn es irgendwo im gottverlassenen Texas stand. »Schreib mir oder ruf mich an, hörst du? Laß mich wissen, wie's euch geht«, sagte sie. Sie bückte sich, um eine heruntergefallene Schindel aufzuheben, die ein Sturm vor kurzem vom Dach gefegt hatte.

»Das werde ich«, sagte Linda und setzte Sara Margaret in die Mitte, zwischen sich und Jack.

»Nett, Sie kennenzulernen«, sagte Jack und streckte ihr seine Hand hin.

Lindas Mutter schüttelte sie nur für einen Moment. Sie fand, er sah ziemlich müde aus, und sie fragte sich, warum ihre gutaussehende, siebenunddreißigjährige, langbeinige Tochter keinen besseren gefunden hatte. Jack setzte auf die unbefestigte

Straße zurück, und Linda mußte angesichts der alten Pappel lächeln. An diesem Baum hatte früher eine Reifenschaukel gehangen, auf der sie an warmen Tagen geschaukelt hatte. Ihre Mutter winkte einmal träge, sie lächelte nicht. Während sie davonrollten, ging sie zurück und hob runtergefallene Dachschindeln auf.

»Ich war erst einmal südlich von Des Moines«, sagte Linda. »Damals haben wir mit der Schule ein Picknick in irgendeinem Park bei Indianola veranstaltet. Und ich war noch nie westlich von Council Bluffs oder östlich vom Mississippi.«

Sie aßen bei Hardees in Kansas City zu Abend. Sara Margaret saß auf dem Schoß ihrer Mutter und hielt ihren Tiger fest, während Linda sie mit einem kleinen Cheeseburger und Pommes frites fütterte. Jack und Linda sahen einander immer wieder lächelnd an.

Dann ging es zurück zum Truck, und sie fuhren weiter nach Topeka. Sara Margaret schlief auf dem Sitz, den Kopf in Lindas Schoß. Leise spielten sie Jacks Reisekassetten.

»Ich bekomme fast... nun ja, väterliche Gefühle, wenn ich euch beide so sehe«, sagte er, als er an ein Lkw-Gespann heranfuhr und ausscherte, um zu überholen.

»Warst du mal verheiratet, Jack Carmine?«

»Ja, damals, als ich Bier trank und ein schlimmes Mundwerk hatte. Neunzehnhundertdreiundsechzig. Ich war ungefähr sieben Jahre lang verheiratet. Sie war ganz schön wütend, als ich mich neunundsechzig zum Militär gemeldet hab. Sie ist mit einem Zahnarzt aus Odessa durchgebrannt, als ich in Vietnam war.«

»Hast du Kinder?«

»Ja, auch das. Ich hab einen Sohn, der jetzt ... laß mal sehen ... fünfundzwanzig ist.« Jack hielt ein paar Kassetten hoch, so daß das Licht vom Armaturenbrett darauf fiel. »Ich suche nach einer, auf der ›Emmylou‹ steht ... Ah, hier ist sie.« Und Emmylou Harris erklang, sie sang von einsamen Nächten und Cowgirls, die manchmal den Blues kriegen.

»Siehst du deinen Sohn manchmal? Wie heißt er?

»Er heißt Tom. Sein Nachname ist allerdings nicht Carmine, da meine Exfrau alles getan hat, um jede Erinnerung an mich auszulöschen. Ich wollte ihn nach dem alten Wünschelrutengänger Fine Daley nennen, der Poly erzählt hatte, daß unter unserer Farm Öl liegt. Damit wäre er ›Fine Carmine aus Alpine‹ gewesen. Doch damit war keiner einverstanden. Ich hab ihn immer mal gesehen. Er hat mich ab und zu für eine Woche oder zwei besucht, wenn ich im Winter zu Hause war. Er ist bald mit seiner Zahnarztausbildung fertig und wahrscheinlich ziemlich beschäftigt. Jedenfalls hat er mich schon eine ganze Weile nicht mehr besucht. Hab ihn seit ein paar Jahren nicht gesehen.«

»Was bedeutet das für dich, ihn nicht zu sehen?« Sara Margaret setzte sich einen Augenblick auf, und Linda half ihr dabei, sich auf die andere Seite zu drehen; sie streichelte ihre Haare, als sie wieder einschlief. Ihre Turnschuhe berührten kaum Jacks rechte Hüfte.

»Ach, ich weiß nicht. Ich würd ihn natürlich gern ab und zu sehen. Ich denk viel an ihn. Es scheint ihm gut zu gehen, offenbar ist er einigermaßen glücklich. Er ruft mich ab und zu an, auch wenn seine Mutter ihm sagt, er soll sich von mir fernhalten. Er sagt, er will sich auf Zahnspangen spezialisieren – oder wie die Dinger heutzutage heißen. He, siehst du das Schild? In genau dreiundsechzig Minuten sind wir in Topeka. Wir übernachten in dem ersten Bett, das wir dort finden. Und wenn wir morgen früh rechtzeitig aufbrechen, versprech ich für morgen nacht etwas ganz Besonderes.«

»Und was ist das?«

»Ein Hotel bei Calona in Texas. Aber es soll eine Überraschung werden.«

»Gut, dagegen ist nichts einzuwenden. Ich kann mich nicht daran erinnern, wann ich das letzte Mal von einem Hotel überrascht worden bin. Hast du nicht mal erzählt, du hättest einen Bruder?«

»Ja, Edward. Er ist Musiklehrer an der Universität von Alabama, hat sich auf Holzblasinstrumente spezialisiert. Ich hab ihn schon lange nicht mehr gesehen. Wir sind ziemlich verschieden. Aber er ist in Ordnung. Was ist mit dir? Warst du schon mal verheiratet?«

»Schon zweimal, leider. Das erste Mal war es eine von diesen Teenager-Ehen, die von vornherein zum Scheitern verurteilt waren. Sie zählt eigentlich nicht.

Das zweite Mal hat es leider auch nicht funktioniert. Wir sind nur wegen Sara Margaret zusammengeblieben und weil wir beide nicht so recht wußten, was wir machen sollten, bis er eine andere gefunden hat.«

Sie erreichten Topeka und übernachteten im Ramada-Hotel. Am nächsten Morgen waren sie schon bei Sonnenaufgang unterwegs. Der Tag ging so dahin, Jack fuhr, spielte mit seinen Kassetten, war über weite Strecken schweigsam und sagte nicht viel. Sara Margaret unterhielt sich mit ihrem Tiger und machte kleine Spiele mit Linda. Nach Sara Margarets Mittagsschlaf las Linda ihr vor und zeigte ihr, was sie aus dem Autofenster sahen. Als sie Oklahoma hinter sich gelassen hatten, fuhr Jack bei Austin Richtung Westen. Es war kurz vor Sonnenuntergang.

»Vor uns liegt das Hügelland von Texas. Bis zu dem tollen Hotel in Calona sind es noch vier Stunden. Und morgen sehen wir Alpine«, sagte er und sah im Rückspiegel auf die Skyline der Innenstadt von Austin. »So wie ich die Sache sehe, Tänzerin, weht irgendwo da vorne, im Westen von Junction, ein Raum-Zeit-Vorhang im Wind. Und hinter dem Vorhang, der am südlichen Rand der großen Ebenen weht, liegt ein anderes Land: Westtexas. Du wirst bald verstehen, was ich meine. Es ist ein ganz anderes Land, und wenn du das spürst, wirst du dort leben und anfangen zu glauben, daß du aus einem fremden Land kommst, denn es ist völlig anders als das übrige Amerika.«

Nach ihrem zweiten Nickerchen an diesem Tag war Sara Margaret wach und munter, als Jack östlich von Calona auf einen Rastplatz fuhr. »Ihr werdet es nicht glauben«, sagte er. »Ein Mann hatte einen Traum und hat hier, im tiefsten Hinterland von Texas, eine Oase gebaut.«

Im Dunkeln sah das Best-Western-Motel zwar nett, aber ganz gewöhnlich aus. Jack besorgte zwei nebeneinanderliegende Zimmer und gab ihr die Schlüssel, während er den Truck hinter das Motel fuhr. »Du kannst es dir aussuchen, Tänzerin. Je nachdem, wie stark deine mütterlichen Instinkte ausgeprägt sind, kannst du bei Sara Margaret schlafen, bei mir schlafen oder zwischen beiden Zimmern pendeln.«

Linda nahm Sara Margaret, während Jack den Koffer und die beiden Reisetaschen hineintrug und dann noch einmal hinausging, um die Kühltasche zu holen. »Wenn man mehr als einmal gehen muß, um das Auto zu entladen, sollte man aufpassen, denn dann wird man häuslich.«

Die Zimmer hatten Schiebetüren aus Glas. Jack grinste, als er die Gardinen zurückzog. »Schaut euch das an, Kinder.«

Das Motel war um einen riesigen Innenhof mit Glasdach gebaut, in dem exotische Bäume und blühende Pflanzen standen. Die drei standen da und sahen in den Innenhof. »Seht ihr, da ist ein schöner, großer Swimmingpool, der fast Körpertemperatur hat, und an der Seite ist ein Jacuzzi. Sieht so aus, als hätten wir alles für uns allein. Von meinem Zimmer sind es nur drei Minuten bis zum Wasser. Ich nehme Sara Margaret mit, dann kannst du dich in Ruhe umziehen.«

Linda zog Sara Margaret eine frische Unterhose an und sagte: »Das muß heute als Badeanzug genügen.«

»Das ist völlig in Ordnung«, sagte Jack, der bereits in dunkelgrünen Badeshorts dastand. Er nahm Sara Margaret auf den Arm – »Komm *muchacha*, wir gehen schwimmen« – und trat durch die Tür nach draußen auf einen mit flachen Steinen gepflasterten Weg, der zwischen den Bäumen und Pflanzen hindurch zum Pool führte.

Linda hörte sie lachen, als sie in ihrem Koffer nach ihrer Überraschung suchte. Sie warf einen Blick nach draußen und sah, daß Jack Carmine mit Sara Margaret im flachen Wasser planschte.

Als sie zum Pool ging, hatte Jack Sara Margaret auf den Schultern, machte lange Schritte im Wasser und sang: »Hoppe, hoppe Reiter, wenn er fällt, dann schreit er . . .«

Er schaute zu Linda Lobo hoch und hörte mit dem Singen auf. Sie trug ein lavendelfarbenes Nichts von einem Bikini. Er grinste. »Wow! Der ist atemberaubend, Miss Linda.«

Sie lächelte und drehte sich für ihn. »Anna Wilhelm hat gesagt, ich sollte den nehmen. Es ist nicht viel mehr dran, als an meinem Kostüm in der Rainbow Bar.«

»Also, ich war schon immer mit Anna Wilhelm einer Meinung, aber in diesem Fall ganz besonders.«

Linda saß auf dem Beckenrand und paddelte mit den Füßen im warmen Wasser, während Jack neben ihr am Rand lehnte und Sara Margaret festhielt, die rief: »Mehr reiten, mehr reiten.«

Später aßen sie im Restaurant des Motels mexikanisch zu abend. Es war schon nach zehn, und Sara Margaret schlief auf ihrem Hochstuhl ein. Sie gingen langsam zurück zu ihren Zimmern. Linda trug sie auf dem Arm und summte dabei. Ihren Kopf hatte sie an den von Sara Margaret gelegt. Jack übte beim Gehen seinen texanischen Twostep. Aber er hatte seit dem letzten Mal keine Fortschritte gemacht.

Linda brachte Sara Margaret ins Bett und ging dann nach nebenan. Sie ging auf dem Teppichboden möglichst leise und strich sich die Haare aus dem Gesicht. Jack schaute durch die offene Schiebetür in den abgedunkelten Innenhof und trank ein Bier. Sie stellte sich neben ihn und legte einen Arm um seine Taille.

Er lächelte sie an. »Na, wie fühlst du dich, Tänzerin?«

Sie grinste. »Sehr glücklich, Cowboy. Ich komme mir vor, als wäre ich in eine andere Welt befördert worden, in der nur Schönes passiert.«

»Nun, wir werden alles daran setzen, damit es so bleibt. Sollen wir noch mal schwimmen gehen? Wir können die Schiebetür von Sara Margarets Zimmer auflassen, dann hören wir sie, wenn sie ruft.«

»Mein Badeanzug ist noch naß...« Linda hielt inne, als sie das kleine Grinsen auf Jacks Gesicht bemerkte. »Du denkst doch nicht, was ich glaube, daß du denkst, oder etwa doch, Jack Carmine?«

»Alles, was ich denke, ist, daß da draußen niemand ist und daß es ziemlich dunkel ist. Wir können uns von hier bis zum Wasser ein Handtuch umbinden, und wenn wir im Wasser ganz leise sind, wird uns niemand bemerken. Bis auf ein paar kleine Lampen am Ende ist es dort vollkommen dunkel.«

Linda lächelte ihn an. »Du bist unmöglich, Jack Carmine. Aber... je mehr ich darüber nachdenke, desto mehr gefällt mir die Idee, und das bedeutet, ich bin genauso unmöglich wie du.«

»Anders wollte ich dich auch gar nicht haben«, sagte er, drehte sich zu ihr um und schob seine Hände in die hinteren Taschen ihrer Jeans. »Ich sei gemein und degeniert hat Mama Pepito einmal zu mir gesagt, als ich stinkesauer eine Bierflasche durch eine Schaufensterscheibe ihres blöden Ladens in Alpine geworfen habe. Aber das war in meiner wilden Jugend. Jetzt bin ich etwas ruhiger, es sei denn, ich bin in deiner Nähe. Da sieht die Sache dann wieder anders aus.«

Jahre später denkt Linda daran zurück. Sie erinnert sich daran, daß sie in ihrer Lebensmitte in einem warmem Swimmingpool im tiefsten Hinterland von Texas war, die langen Haare hochgesteckt und die langen Beine um Jack Carmine geschlungen, der ihr leise erzählte, daß es von nun an bergauf gehen würde. Sie erinnert sich daran, daß sie alles hatte, was sie sich in diesem Augenblick wünschte. In diesem vergänglichen Augenblick, in dieser dahinfließenden Zeit, war es ihr zumindest so vorgekommen …

Neuntes Kapitel

West-Texas, 1986

Der Morgen dämmerte, und der Mond schien voll und rund auf die I-10. Er erschien so nah, als könne man in zwei oder drei Kilometern durch ihn hindurchgehen. Im Pick-up, der mit Hundefutter und neuen Sachen und etwas, das vielleicht noch besser war als das, was sie je gehabt hatte, beladen war, dachte Linda Lobo darüber nach, was Jack Carmine gestern zu ihr gesagt hatte, daß dies ein völlig anderes Land sei. Sie war an grüne Felder und Orte gewöhnt, die nur ein paar Kilometer auseinanderlagen. Angesichts dieses weiten, trockenen Landstrichs mit den hohen Spitzkuppen fühlte sie sich klein und verloren. Hier passierte einem unterwegs besser nichts.

Während die Vorortzüge im Osten den Büros entgegenratterten, wo mit Aktien und Wertpapieren gehandelt, wo Zeitschriften herausgegeben und Kleider entworfen wurden, war es in Westtexas an diesem Montagmorgen sehr ruhig. Man hörte nichts außer dem Wind, der am Fenster des Trucks entlangstrich, dem Geräusch des Motors, Sara Margaret, die sich mit ihrem Tiger unterhielt, und Jack Carmine, der versuchte, seiner Mundharmonika, die er im Handschuhfach aufbewahrte, »Rainy Day Woman« zu entlocken.

»Früher konnt ich das mal einigermaßen spielen. Hab lang nicht geübt.«

Ein blau-weißer Sattelschlepper fuhr auf der anderen Seite des Mittelstreifens Richtung Osten. In der Verzierung auf der Motorhaube spiegelten sich die ersten Sonnenstrahlen dieses Morgens. Linda sah Jack über ihre Brillengläser hinweg an. »Hast du wirklich früher Mundharmonika geübt?«

»Nein, aber manchmal hab ich überlegt, zu üben. Das sollte doch auch zählen, dich irgendwie besser machen.«

Er fing wieder an zu spielen, hörte auf und untersuchte die Mundharmonika. »Dies hier ist die französische Harfe eines Arbeiters. Es ist die einzige, die ich besitze, und sie ist in E-Dur gestimmt, das ist die Tonart des breiten Volkes. Ich hab jedenfalls mal gehört, daß E-Dur die Tonart des Volkes ist. Nun sollte man doch glauben, daß die Mundharmonika eines Arbeiters ganz von selbst ›Rainy Day Woman‹ spielen wollte, ohne meine Hilfe, meinst du nicht?«

Sara Margaret hielt ihren Tiger auf dem Schoß und sah mit ernstem Gesichtsausdruck zu ihm hoch.

»Okay, *muchacha*, bereite dich drauf vor, in die Hände zu klatschen«, sagte Jack zu ihr und begann mit »Pop macht das Wiesel«, das er fast ganz richtig spielte, bis auf ein paar falsche Töne hier und da. Sara Margaret, die ihr hellblondes Haar in einem Pferdeschwanz trug, sah ihn unverwandt an.

Jack hielt inne und schlug mit der Mundharmonika auf seine Hand, um sie von Spucke zu befreien. »Sag mal, du bist doch die Mutter dieses Mädchens, weiß sie überhaupt, wie man in die Hände klatscht?«

Linda lachte. »Natürlich. Sie ist nur von der Musik ganz überwältigt und konzentriert sich aufs Zuhören.« Sie überholte einen Winnibago mit Kennzeichen aus Ohio. Auf der Rückseite stand: *Die reisenden Taylors – Jim und Lois.*

»Ach, ich glaube, mir fällt noch was ein ...« Jack fing an, in die Hände zu klatschen und zu singen: »Alle rund um die Hobelbank ...«

Auf Sara Margarets Gesicht erschien langsam ein Lächeln, und sie begann mitzuklatschen. Jack nahm wieder seine Mundharmonika und spielte das Lied noch einmal. Dabei wackelte er mit dem Kopf und stampfte mit den Stiefeln im Takt von Sara Margarets Klatschen. Linda lächelte und fuhr sie durch die Morgendämmerung, die die hohen Spitzkuppen im Osten rot färbte und den Mond dorthin schickte, wo er sich aufhielt, bevor er wieder am Himmel erschien.

Nach einer Weile steckte Jack die Mundharmonika in seine Brusttasche und sagte: »Dieses Lied hat etwas ... Wenn man's recht bedenkt, ist es eigentlich gar kein Kinderlied. Seit ich fünf Jahre alt bin, versuch ich herauszufinden, wer hier wen jagt. Wenn die Dinge sich im Kreis bewegen, wer will dann behaupten, daß der Affe das Wiesel verfolgt? Vielleicht ist es genau umgekehrt. Und außerdem: Wer ist der Tischler, und was schreinert er gerade? Das hab ich mich immer schon gefragt. Und wo ist er hin, und warum hat er einfach all sein Werkzeug auf der Hobelbank liegengelassen, während alle drum herumrennen? Neulich hab ich gedacht, vielleicht sitzt er im Schneidersitz auf der Hobelbank und beobachtet die Verfolgung von oben. Das Wiesel kann ich noch verstehen. Aber was hat ein Affe in einer Tischlerei zu suchen? ... Das wollte mir nie recht einleuchten ... Na, wie fühlst du dich, Tänzerin? Bist du schon müde vom Fahren, während ich hier lauter Unsinn erzähle?«

»Nein, ich halte noch eine Weile durch. Aber wegen dir muß ich jetzt dauernd in den Rückspiegel schauen, um zu sehen, ob da hinten Affen rumturnen.«

»Sie sind auf jeden Fall da. Nur kann man sie die meiste Zeit nicht sehen. Du mußt ganz schnell seitwärts gucken, sie leben nämlich in deinem äußersten Augenwinkel. Aber am besten siehst du nicht hin, denn sie werden wütend, wenn sie glauben, daß du sie beobachtest.«

Auf einer Reklametafel, die mitten in der endlosen Weite Amerikas aus dem Boden wuchs, war zu lesen: *Eßt mehr Fleisch – Der Westen wurde nicht mit Salat erobert.*

In Fort Stockton übernahm Jack das Steuer. Er sagte, er müsse das letzte Stück bis Alpine fahren, es wäre so eine Art Aberglaube, wenn er nicht selbst dorthin führe, würde er nicht glauben können, daß er tatsächlich dort sei.

Zunächst war Linda enttäuscht über die Landschaft. Fast den halben Vormittag fuhren sie im kalten Sonnenlicht durch das trockene und staubige, ausgedehnte Fort Stockton. Dreizehn Kilometer weiter bog Jack gen Süden auf die Route 67 ab und sagte: »Siehst du die Berge da vorne? Da fahren wir hin.«

Linda Lobo versuchte, sich auf die Berge zu konzentrieren; sie wirkten aus der Entfernung leicht diesig, blau und friedlich. Bis zu diesem Augenblick hatte sie nie wirklich geglaubt, daß es in Texas Berge gab.

Sara Margaret lag mit dem Kopf auf Lindas Schoß. Ihr war langweilig, und sie war von der langen Fahrt müde. Linda streichelte ihre blonden Haare, bis sie eingeschlafen war. »Diese Affen, von denen du gesprochen hast, Jack, sind das die Gedanken, die du nicht abschütteln kannst?«

»Vielleicht. Von welchen Gedanken sprichst du?«

»Gedanken darüber, daß alles so schnell vorbei ist. Manchmal lassen sie mich einfach nicht zur Ruhe kommen. Sie erinnern mich an den Mann, der meiner Mutter einmal ein vielbändiges Nachschlagewerk verkauft hat, als wir uns nicht mal ein Comic-Heft leisten konnten. Gedanken, die einfach an die Tür klopfen und reinkommen, wenn du zu müde bist, um sie abzuwimmeln, und wenn sie einmal drinnen sind, reden sie einfach weiter, bis du dich verpflichtet fühlst, etwas zu kaufen, nur damit sie wieder gehen.

Diese Gedanken kommen in den seltsamsten Augenblicken. Ich denke zum Beispiel dauernd drüber nach, was ich gerade aus meinem Leben mache.«

»Daß du mit einem Mann nach Westtexas durchbrennst, den du kaum kennst?«

»Das auch.« Linda hob Sara Margaret etwas an und stellte einen Stiefel auf das Armaturenbrett. »Versteh mich nicht falsch, ich hab gerade drei der besten Tage meines Lebens mit dir verbracht, Jack Carmine. Gott, wenn ich daran denke, was wir miteinander gemacht haben und was letzte Nacht im Swimmingpool passiert ist, möchte ich nichts anderes tun als Bier trinken und mich ausziehen. Aber ich trage die Verantwortung für das kleine Mädchen, das auf meinem Schoß schläft, und ich weiß nicht, was aus ihr werden soll, wenn ich so weitermache wie bisher. Verstehst du, was ich meine?«

Jack grinste sie an. »Ich versteh sehr gut, Miss Linda. Mir ist es genauso gegangen, bis ich den Nachschlagewerkverkäufer rausgeschmissen und ihm gesagt hab, er soll sich nie mehr blicken lassen. Ich hab ihm gesagt, ich hätt einen Truck mit neuen Hinterreifen und eine kleine Farm, und mehr würd ich nicht brauchen.«

»Wie alt warst du, als du das beschlossen hast?«

»Anfang zwanzig, glaub ich, kann aber auch fünfzehn Jahre früher oder später gewesen sein.«

Linda sah, während sie redete, geradeaus in die Berge. »Verstehst du, es ist ein verdammter Teufelskreis, in dem ich mich befinde – als würd ich auch um so eine Hobelbank rennen. Ich arbeite hart, um für mich und Sara Margaret zu sorgen, aber ich hab nicht genügend Zeit, um langfristig zu planen, damit die Dinge sich in Zukunft bessern. In den letzten Monaten war eine meiner Hauptsorgen gewesen, daß irgendein Moralapostel mich im Rainbow tanzen sehen und versuchen würde, mir Sara Margaret wegzunehmen, weil sie mich für keine gute Mutter hielten.«

Jack grinste. »Da hättest du dir keine Sorgen machen müssen. Gott schützt die, die vom Weg abgekommen sind, und verurteilt die Gerechten. Das hab ich von Poly Carmine. Er hat das mindestens einmal am Tag gesagt.«

Die Berge rückten näher, und die Musik spielte weiter. Sara Margaret setzte sich auf und rieb sich die Augen. Als sie die Brücke über Antelope Draw überquerten, lief im Radio »Waltz across Texas«. Jack sang mit und kitzelte Sara Margaret mit der rechten Hand so lange, bis sie sich vor Lachen krümmte und ihr die Tränen übers Gesicht liefen. Linda Lobo hörte das Lachen ihrer Tochter und dachte einen Moment lang, was sie um Himmels willen in diesem Pick-up tat. Sie war hier mit Sara Margaret und einem Mann, den sie kaum kannte, auf dem Weg zu einer winzigen Farm in Texas, und sie war siebenunddreißig, und ihre besten Zeiten waren vorbei. Und schon überfielen sie wieder diese Angstgefühle – die gleichen Befürchtungen, die sie schon früher gehabt hatte, als sie im Rampenlicht getanzt oder mit ihren Händen in Hühnereingeweiden gesteckt hatte –, Ängste, die plötzlich auftauchten und im nächsten Moment wieder verschwunden waren: Ängste einer Frau, die allein war, eine chaotische Vergangenheit und sonst nichts hatte, worauf sie eine Zukunft für sich und Sara Margaret aufbauen konnte.

»Hey, hör dir das mal an«, sagte Jack, als ein neues Lied anfing. Er drehte das Radio lauter.

Ich rollte von Texas gen Norden
Durch einen langen, gelben
Sommer,
Hab Staub geschluckt
Und große orangefarbene
Erntemaschinen gefahren.
Mit Pannen hab ich gekämpft,
von Sonnenuntergängen geträumt.

»Hörst du das? Das ist mein alter Kumpel Bobby McGregor und seine Band. Bobby und ich waren früher zusammen unterwegs, von Ort zu Ort und immer mit leichtem Gepäck. Dann wurde er ein bekannter Sänger; die Lieder hat er geschrieben, als er unterwegs war. Er hat meistens auf dem Rücksitz gesessen und auf seiner sechssaitigen Martin gespielt, sich Lieder ausgedacht und sie in einem Notizbuch aufgeschrieben. Ich hab ihn nicht mehr gesehn, seitdem er sich niedergelassen und geheiratet hat. Danach ist er berühmt geworden. Er singt von dem, was wir erlebt haben, als wir im Sommer auf diesen riesigen Erntemaschinen unterwegs nach Norden waren, bis hoch nach Kanada, immer in der Wärme, und wie wir uns dann wieder gen Süden bewegt haben, immer vor der Kälte her. Das würde ich in den nächsten Jahren gern noch einmal machen.« Seine Stimme wurde etwas leiser. »Ich hab von Bobby McGregor lang nichts mehr gehört.«

Wo die Route 67 auf die in Ost-West-Richtung verlaufende Route 90 stieß, beugte sich Jack über das Lenkrad und zeigte nach rechts. »Von hier sind es bis Alpine noch dreizehn Kilometer«, er zeigte nach links, »und bis zur Farm vierzehn Kilometer, also sind es von uns aus nur siebenundzwanzig Kilometer bis in die Stadt, die rund drei Kilometer vom Highway bis zum Haus nicht mitgerechnet. Wenn man es also genau nimmt, sind wir dreißig Kilometer von Alpine entfernt.«

Linda starrte nach Westen, Richtung Alpine. Hinter dem langgezogenen Highway waren Berge, und vor ihr und hinter ihr waren Bege. Es waren nicht die Rocky Mountains, nicht die hohen, schneebedeckten Gipfel, die sie von Photos kannte. Aber es waren trotzdem Berge. Das Licht war jetzt sanft und gelb, und das Land nahm eine bräunliche Farbe an, es wirkte rauh und doch auf seltsame Weise nachgiebig. Sie dachte, daß dies Berge waren, die man bewältigen konnte, in denen man ohne Spezialausrüstung wandern konnte – Berge, die einen nicht erdrückten.

Jack schaltete und bog nach links auf die Route 90 ab. Er schaltete beschwingt in die höheren Gänge. »Es ist ein unvergleichliches Gefühl, nach Hause zu kommen, vor allem nach Alpine, Texas. Hier leben lauter anständige und nette Leute, wie du sie sonst nirgends triffst, es gibt nur ganz wenig Idioten hier. Also, Tänzerin, ich würd behaupten, daß dies in jeder Beziehung der beste Ort der Welt ist, und ich bin sicher, daß ihr euch hier wohl fühlen werdet.« Er sah sie auf seine nachdenkliche, gelassene, ernsthaft-sehnsüchtige Weise an und sprach leise. »Ich wünsche mir sehr, daß ihr euch hier wohl fühlt, weil ich hoffe, daß ihr sehr lange bleiben werdet.«

»Warum nennt dich Jack Tänzerin, Mama?«

Linda zog Sara Margaret auf ihren Schoß. »Das erzähl ich dir später, mein Schatz. Komm, wir schauen uns die Berge an. Siehst du diese Pflanzen? Das sind Kakteen.«

Ein Güterzug der Southern Pacific kam ihnen parallel zur Route 90 entgegen. Er fuhr Richtung Westen nach Alpine, fünf Lokomotiven zogen hundert Waggons. Der Zug fuhr schnell.

»Sieh mal, die gute alte Southern Pacific«, sagte Jack. »Sie holt jetzt schon Schwung, damit sie über den Paisanopaß auf der anderen Seite von Alpine kommt. Hier draußen sind die Züge leer, im Gegensatz zu den kleinen Nahverkehrszügen im Mittelweten. Ich hab mal einen Zug hier gesehen, der zwischen Houston und El Paso verkehrt, der hatte dreizehn Lokomotiven und vierhundertdreiundvierzig Waggons.«

Nach einer Weile verlangsamte Jack die Fahrt und bog vom Highway auf eine Schotterstraße ab, die in die Berge führte. Sie fuhren durch ein Tor, auf dem oben in verschnörkelter Schrift stand: *Circle-C Ranch.* Die linke Seite des Tors war unten seltsam ausgebeult.

»Was ist denn da passiert?« fragte Linda und zeigte auf das Tor.

»Ich hab befürchtet, daß du mich das fragen würdest.« Jack versuchte, die Schlaglöcher und Steine auf der kurvenreichen Schotterstraße zu umfahren, doch das gelang ihm nicht immer, und die drei wurden ordentlich geschüttelt. »Also, um die Wahrheit zu sagen, das stammt noch aus meinen wilden Jugendtagen, die – wie sich später rausstellte – nur das passende Vorspiel zu meinem Erwachsenenleben waren... Meine Güte, ich muß unbedingt diese Straße ausbessern, man gerät ja beim Sprechen geradezu ins Stottern. Earl und ich und Shy, das war ein Hund, den wir früher hatten, kamen eines Nachts ziemlich spät nach Hause, nachdem wir einen Zug durch die Gemeinde gemacht hatten. Shy war nüchtern, und Earl und ich waren jenseits von Gut und Böse, wie üblich. Earl fuhr und bekam so eine Art Linksdrall, als wir durch das Tor fuhren und hat es dabei ganz schön gerammt. Ich war zu dem Zeitpunkt erst fünfzehn, und Poly war, was alle Arten von Ausschweifung betraf, ziemlich streng. Er war ein relativ geradliniger Kerl, außer zu der Zeit, als er um Rainy warb und sie mit mir geschwängert hatte, das hat sie jedenfalls behauptet. Na, wie dem auch sei, in dieser Nacht ist Earl ausgestiegen und hat sich im Scheinwerferlicht das Tor angesehen. Es war total verbogen. Er sagt: ›Scheiße, Jack, jetzt wirft mich Mr. Carmine bestimmt raus.‹ Und ich sag: ›Nein, das wird er nicht, Earl Chavez, weil ich den Rest bis nach Hause fahren und erzählen werde, daß ich gegen das verdammte Ding gefahrn bin.‹

Rainy hatte auf uns gewartet, als wir auf den Hof fuhren, mit einer dicken neuen Beule im Kotflügel vom Ford Pick-up, der sowieso schon allerhand Beulen hatte. Aber Poly konnte mit bloßem Auge in jedem noch so kleinen Gegenstand aus zweihundert Metern Entfernung eine neue Beule erkennen.

Es war sinnlos, so zu tun, als wär nichts gewesen. Früher oder später würde doch jemand sehen, was wir mit dem Tor gemacht hatten. Also hab ich Rainy erzählt, daß ich gegen das Tor gefahren wäre und daß es mir sehr leid täte. Sie sagte nur: ›Geht jetzt besser ins Bett. Ich hab das Gefühl, daß ihr morgen früh ziemlich viel zu tun haben werdet.‹

Am nächsten Morgen kommt Poly vom Tor zurück und sagt mir, daß der Zaun am Little Horse Mountain – das ist der große blaue direkt vor uns – erneuert werden muß, und daß er mich dafür eingeplant hat. Ich hab den restlichen Sommer damit zugebracht, auf der einen Seite des Little Horse Mountain bergauf und auf der anderen Seite bergab den Zaun zu erneuern, und zwar ganz allein in der texanischen Sonne. Poly war damit beschäftigt, wieder gegen jemand zu Felde zu ziehen, und Rainy sagte, sie würde das Tor nicht reparieren lassen. Für sie war es eine Art Denkmal für die Dummheit aller männlichen Carmines, denen sie in ihrem Leben begegnet war.

Ich hab also oben am Little Horse Mountain gearbeitet, und Earl hat seine Arbeit in der Scheune und beim Vieh getan. Währenddessen hat mein Bruder Eddie im Wohnzimmer gesessen und Oboe geübt und sich über mich lustig gemacht, wenn ich nicht oben auf dem Berg kampiert, sondern mich abends nach Hause geschleppt hab. Er hat aufgehört, über mich zu lästern, als ich gesagt hab, ich würd am nächsten Tag die Zaunpfähle mit seiner Oboe einschlagen. Er hatte wohl gemerkt, daß ich dazu durchaus imstande war. Das einzig Gute an der ganzen Sache war, daß Earl und ich uns noch näher gekommen sind.«

»Das war sehr großzügig von dir, daß du die Schuld auf dich genommen hast, Jack.«

»Das war überhaupt nicht großzügig. Wenn ich von der Farm weg und raus wollte, brauchte ich Earl als Fahrer. Ich war schließlich erst fünfzehn und durfte noch nicht selber fahren. Ich hab nur das Für und Wider abgewägt, also ganz rational überlegt, und das trotz meines Zustands in jener Nacht.«

Linda Lobo lächelte. »Ich glaub trotzdem, daß es großzügig war ... Du läßt dich wohl nicht gern loben, was Jack?«

»Da ist das Haus«, sagte Jack, als sie um ein Gebüsch herumfuhren; die Straße führte mit ungefähr vier Prozent Steigung geradewegs nach Süden, vorbei an Viehpferchen und Futtertrögen und trockenem, grauem Mist. »Earl muß die Tiere hinten auf der Weide haben. Ich hab ihn angerufen und gesagt, ich würd Besuch mitbringen und er solle aufräumen und in die Zimmer ziehen, die wir an die Scheune angebaut haben.«

»Siehst du, schon stören Sara Margaret und ich euer Leben, wie ich in Minnesota gesagt habe.«

»Jetzt hör mir mal zu. Earl und ich haben drei Jahre zusammen in diesen Zimmern gewohnt. Die sind völlig in Ordnung, und ihm macht das ganz und gar nichts aus. Ich werd ihm helfen, alles schön zu renovieren, und damit wird es schöner, als es jemals gewesen ist. Ich kauf ihm einen kleinen Kühlschrank und sorg dafür, daß der kleine Holzofen funktioniert. Er wird sich dort wohl fühlen, wart's nur ab. Übrigens, das erste, was wir in der Stadt besorgen, sind ein paar breitkrempige Hüte für euch zwei. Die Sonne hier in der Wüste ist nichts für zarte Damenhaut. Allerdings macht sie hohen Schnee und kalten Wind erträglich ... jedenfalls finde *ich* das. Wartet, bis ihr im Osten die ersten Sonnenstrahlen über den Glass Mountains seht. Im großen Schlafzimmer kann man den Sonnenaufgang vom Bett aus sehen.

He, hier ist der gute, alte Brummer, er erkennt wohl den Truck und den Verrückten am Steuer.« Der Hund kam ihnen mit hängender Zunge und wedelndem Schwanz entgegengerannt. Jack lehnte sich aus dem Fenster und rief: »Brummer, alter Junge, wie geht's? Schön, dich zu sehn. Freut mich, daß du wieder einen Sommer überstanden hast.«

Brummer bellte, lief ein paar Meter neben dem Truck her und rannte dann schließlich vor ihnen zum Haus. Das Haus, in dem Linda mit Jack Carmine im Bett liegen, Kaffee trinken und die Sonne beobachten würde, wie sie langsam über die Glass Mountains kroch. Wo sich in der Dämmerung ein Wind erhob, der später am Morgen wieder abflaute und dann nur noch eine leichte Brise im hohen Gras und den Zedernbüschen und Mesquitebäumen war. Wo die Stille sie umgab, wenn sie am Zaun stand oder auf der Veranda saß. Sie begann die Stille fast zu fürchten, diese große, weiträumige Stille; sie konnte fast hören, wie die Alpenrosen der Blue Mountains sich im Frühling bemühten zu blühen. Das völlige Fehlen von Geräuschen belastete sie so sehr, daß sie glaubte, sie müsse unter dem Druck in sich zusammenbrechen. Sie gewöhnte sich nie an die Stille, das Geräusch des Nichts. Sie hielt den Atem an und horchte auf das Rumpeln eines Zugs oder das Geräusch des Windes, der durch das Gras strich.

Sie lernte Pumpen zu reparieren, die aus einer Tiefe von bis zu 450 Metern das Wasser heraufpumpten. Jack grinste sie an, während sie daran arbeiteten. »Da siehst du's, du bist eine richtige Stadtpflanze, Miss Linda. Du drehst den Wasserhahn auf und denkst nie dran, wo das Wasser herkommt. Hier draußen ist Wasser lebensnotwendig. Wir drehen den Wasserhahn auf und denken daran, wie es der Pumpe fünfhundert Meter weiter draußen im Buschland wohl geht, und fragen uns, ob sie sich noch immer auf- und abbewegt oder ob sie geölt oder repariert werden muß; und wir gießen mit unserem Schmutzwasser den Garten, wenn er bepflanzt ist, was heutzutage nur noch selten der Fall ist. Ich zeig dir, wie man die Pumpen repariert, für den Fall, daß es nötig ist und ich einige Zeit weg bin, und Earl aus irgendwelchen Gründen vielleicht nicht verfügbar ist. Wie dem auch sei, manche Dinge sollte man können, und das Reparieren von Pumpen gehört dazu.«

Bei Jack Carmine nahmen die Überraschungen kein Ende. An einem Freitag im Hochsommer kam er mit einer Luftmatratze von Morrison True Value nach Hause. Jack nannte den Laden »den besten Lieferanten für alles und jedes, was man sich nur vorstellen kann – Pumpen und Klobrillen und Geschirr, ganz zu schweigen von Gewehren, Billardstökken und Merle-Haggard-Kassetten. Was sie nicht vorrätig haben, besorgen sie innerhalb von ein, zwei Tagen; eines der letzten guten Geschäfte überhaupt.«

»Was sollen wir denn damit?« fragte sie und starrte auf die Verpackung, auf der »Riesen-Camping-Luftmatratze« stand.

Jack balancierte eine Zigarette zwischen den Schneidezähnen. »Wenn der Mond hoch am Himmel steht und das Wetter schön ist, dachte ich, daß wir vielleicht einen Ausflug auf den Little Horse Mountain machen und uns ein bißchen amüsieren. Earl könnte auf Sara Margaret aufpassen. Und wir machen sozusagen ganz auf Natur.«

»Jack Carmine, du hast die verrücktesten Ideen,

und die meisten davon gefallen mir auch noch. Aber was ist mit Klapperschlangen?«

»Die Zischwürmer sind unsere kleinste Sorge. Sie lassen uns in Ruhe, wenn wir sie in Ruhe lassen. Wenn eine über dich kriecht, bleibst du einfach ganz still liegen und tust so, als würde ich was ganz Neues und Aufregendes mit dir machen. Damit wirst du frei und ein richtiges Buffalo Girl. Wenn es dich beruhigt, nehm ich ein Gewehr mit und feuer ab und zu in die Gegend.«

Und in den Nächten, in denen der Mond hoch am Himmel stand und das Wetter schön war, nahmen sie die Luftmatratze und fuhren mit Poly Carmines altem Toyota Land Cruiser, so weit es ging, den Little Horse Mountain hinauf.

Dann gingen sie zu Fuß weiter, Linda Lobo trug die Luftmatratze, Jack Carmine die Kühlbox mit Bier und ein tragbares Radio mit Kassettenteil. Es kam oft vor, daß der große Mond über den Glass Mountains erschien, während das Radio spielte und Texas Jack Carmine leise mit der Tänzerin sprach und sie berührte. In den Stunden der Morgendämmerung, wo sie auf ihm war, die Sonne auf seinen Händen und seine Hände auf ihren Brüsten, waren ihre Ängste weit weg, und dort, auf dem Little Horse Mountain, war der einzige Ort, wo sie sein wollte.

»Mir ist was eingefallen, ich fahr mal schnell zu Morrison's«, sagte Jack eines Dienstagmorgens und fuhr in die Stadt. Zwei Stunden später parkte er den Pick-up auf der Ostseite des Farmhauses. Auf der

Ladefläche stand ein großes Aluminiumbecken, auf dem Vordersitz lagen ein elektrischer Außenbordmotor und irgendein anderes Teil – ein Fischkocher, wie sie später herausfand. Linda ging hinaus und sah Jack und Earl zu, wie sie den Tank von der Ladefläche herunterwuchteten.

»Was ist das?« fragte sie. Sara Margaret stand neben ihr.

Das typische Jack-Carmine-Grinsen. »Es soll sowas wie eine Überraschung sein. Ich würde es sehr zu schätzen wissen, wenn du wieder ins Haus gehst und versprichst, nicht zu gucken, bis ich es dir sage. Sara Margaret kann Geheimnisse gut für sich behalten. Sie darf mit Earl und mir runter zur Scheune kommen und zusehen, wie ich versuche herauszufinden, wie dieser komische Apparat funktioniert. Zum größten Teil weiß ich schon wie, und den Rest finde ich beim Zusammenbauen raus. So entstehen die wirklich guten Dinge.«

Im Lauf der nächsten Stunde hörte sie den Pick-up wegfahren und wiederkommen und ihre Stimmen durch das Fenster.

Jack: »Verdammt, ich hab mir den Finger eingeklemmt.«

Earl: »Jack, du bist genauso verrückt wie dein Vater.«

Jack: »Earl, häng das Ende vom Schlauch hier rein und dreh den Wasserhahn auf.«

Earl: »Jack, du bist *noch verrückter* als dein Vater.«

Eine halbe Stunde später, zwei Geräusche. Das

erste war das leise Gurgeln des Außenbordmotors, das zweite das heiße Brausen des Propans, das den Fischkocher unter dem Becken erhitzte.

Er rief ihr durch die Fliegengittertür der Küche zu. »Okay, du kannst jetzt rauskommen und dir die Arbeit eines Genies ansehen.«

Jack saß in dem Becken und rauchte eine Zigarre, die *North-Stars*-Kappe verwegen zur Seite gedreht. Earl lehnte mit gekreuzten Armen an einer Weide und schüttelte den Kopf.

Jack wedelte einladend mit einer Hand. »Willkommen in Jacks Jacuzzi oder Earls Wüstenoase, je nachdem, welche Bezeichnung dir besser gefällt. Alle Mann in die Badeanzüge, das Wasser ist herrlich.«

Earl hatte keinen Badeanzug und wäre auch zu schüchtern gewesen, einen anzuziehen, wenn er einen gehabt hätte.

»Das macht nichts, Earl. Du darfst auch in Jeans und Arbeitshemd hinein. Zieh nur Stiefel und Socken aus. Die Masseuse kommt um vier, Aerobic beginnt um fünf, und die Gesichtsmasken werden heute nach dem Abendessen, das aus Wackelpudding und Salat besteht, aufgetragen. Und morgen sind wir alle schön und taufrisch wie der junge Frühling.«

Sara Margaret saß auf Lindas Schoß, Earl in Hemd und Jeans ihnen etwas verlegen gegenüber. Jack saß neben den Schaltern für den Motor und das Propan. Jeder von ihnen saß auf einem Zementklotz. Neben dem Becken stand in Jacks Reichweite ein Eimer mit Eiswürfeln, Bier und einer Cola für Sara Margaret.

»Für längere Sitzungen müssen wir den Motor etwas frisieren und brauchen wahrscheinlich ein paar Extrabatterien, aber es wird funktionieren«, sagte er und verteilte die Getränke.

Sie saßen da und irgendwann fingen sie alle an zu lachen; sie lachten über ihn und mit ihm. Der Außenborder gurgelte, der Propanbrenner brüllte ab und zu, und ein Dienstag in Westtexas ging seinen eigenen Gang.

In manchen Nächten kamen die *javelinas*. Die wilden Schweine waren schwarz und bucklig, und im Dunkeln sahen sie tödlich aus; sie bewegten sich schnell und übersahen Menschen und Hunde oder hatten einfach keine Angst vor ihnen. Einige der Eber hatten gebogene, zehn Zentimeter lange Hauer und waren über fünfunddreißig Kilo schwer. Earl behauptete, er hätte einen gesehen, der mindestens fünfundvierzig Kilo wog. Mit gesträubten Borsten sahen sie in der Hofbeleuchtung noch größer aus, wie mutierte Ratten aus einem alten Horrorfilm. Eine Woche, nachdem Linda auf der Farm angekommen war, erwähnte Earl beim Abendessen beiläufig, daß die *javelinas* wieder Probleme machten und daß er vierhundert Meter entfernt in der Nähe der Wasserfässer andere Spuren gesehen hätte, große Spuren.

»Löwen?« fragte Jack.

»Ich nehme es an. Die Spur war von anderen Tieren ziemlich platt getrampelt. Aber der Kot in der Nähe sah ziemlich verdächtig aus.«

»Wovon redet ihr da? Löwen – was für Löwen?«

Linda fragte sich, wohin sie sich und Sara Margaret gebracht hatte. Iowa schien unglaublich weit entfernt.

Jack grinste und zeigte auf seinen Teller. »Diese *frijoles* sind so gut, sie springen dir von der Gabel gleich in den Mund.« Er nahm ein paar Bohnen, kaute, schluckte und sah sie an. »Berglöwen. Es gibt drei Dutzend Dinge, die unter Umständen gefährlich sind, und dazu gehören Berglöwen, Pumas, Wildkatzen; egal wie man sie nennt, sie sind alle gleich. Sie bleiben normalerweise auf der anderen Seite des Little Horse Mountain, aber gelegentlich kommen sie auch hier herunter. Sie stören nicht weiter, normalerweise lassen sie das Vieh in Ruhe. Nur ein alter, der nicht mehr gut jagen kann, könnte problematisch werden. Ich würde Sara Margaret ein paar Tage in der Nähe des Hauses behalten, bis wir wissen, was los ist.«

»Und was ist mit den ... wie heißen sie noch?«

»Javelinas?« fragte Earl.

Linda nickte.

»Wilde Schweine. Sie riechen Abfälle oder Nüsse, die von den Pecanobäumen gefallen sind oder Brummers Hundefutter, wenn wir es abends nicht wegräumen. Hundefutter scheint ihnen besonders gut zu schmecken. Normalerweise verfolgen sie keine Menschen, es sei denn, sie haben Frischlinge dabei; allerdings ist vor ein paar Jahren ein Freund von mir vor einem Rudel auf einen Baum geflüchtet. Aber sie sind grausam zu Hunden; ein Tierarzt hier verdient einen großen Teil seines Geldes damit, Hunde zu verarzten, die von *javelinas* angefallen wurden. Es sind rauhe Burschen, und sie sind aggressiv, vor allem im Rudel und besonders, wenn sie Junge dabei haben.«

Ein breites Grinsen überzog Earls Gesicht, und Jack sagte: »Ach, komm schon, Earl, du wirst doch wohl nicht wieder diese alte Geschichte erzählen?«

»Doch, sie ist einfach zu gut, ich muß sie erzählen.« Er grinste Linda Lobo an. »Vor zwanzig Jahren, *mas o menos*, waren die *javelinas* ein großes Problem. Fast jede Nacht waren sie in der Scheune auf der Suche nach etwas. Ich saß also eines Abends auf dem Klo – meine Zimmer lagen direkt neben der Scheune –, als plötzlich die Hölle losbrach. Shy hatte schon ziemlich viele Jahre auf dem Buckel gehabt, aber sie hat geheult wie ein junger Wolf. Im nächsten Augenblick ist direkt unter mir die Kloschüssel explodiert. Ich wußte nicht, was los war, und bin fast ohnmächtig geworden. Ich hab eine ganze Zeit mit dem Kopf auf dem Waschbecken gelegen, um wieder zu mir zu kommen, war mir aber nicht sicher, ob ich tatsächlich wieder zu mir kam. Dann fiel mir das Loch in der Wand hinter der Kloschüssel auf. Offenbar hatte Jack eine *javelina* zu weit gelockt, und die Kugel war durch die Scheune in die Wohnung gegangen. Die nächsten vier Tage konnte ich mich nicht setzen.«

Linda Lobo war im Bilde, hielt sich eine Serviette vor den Mund und lachte über die Szenen, die vor ihrem geistigen Auge auftauchten, und über Earls

Gesichtsausdruck. Sara Margaret lachte ebenfalls, obwohl sie nicht so recht wußte, warum.

Jack fuhr sich mit der Zunge über die Lippen. »Das ist Earls Version der Geschichte, aber sie würde nicht einmal dem Kreuzverhör eines ahnungslosen Anwalts standhalten. In Wirklichkeit hatte ich sie nicht zu weit gelockt, sondern jemand hatte an dem Visier der Winchester rumgefummelt, deshalb.«

Ein paar Abende später saß Linda auf den Stufen der Hintertreppe und zeigte Sara Margaret den Großen Wagen. Brummer lag neben ihnen, hob aber plötzlich den Kopf und fing leise an zu knurren. Dann machte er sich auf den Weg über die herumliegenden Ziegelsteine, die früher einmal die Terrasse gebildet hatten. Er hatte das hohe Gras in hundertzwanzig Meter Entfernung erreicht, bellte laut und rannte zehn Sekunden später wieder zurück. Dann sah sie ihn, einen schwarzen Umriß, der auf sie zukam, die Hauer wölbten sich aus seinem Kiefer. In sechzig Meter Entfernung machte er halt und sah sie an, ohne Brummer eines Blickes zu würdigen.

Ungeschickt riß sie die Fliegengittertür auf und zog Sara Margaret hinein. Jack kam ihr bereits entgegen, das Sattelgewehr in seiner linken Hand. »Javelina?« fragte er.

Sie nickte zitternd.

Jack schob eine Patrone ins Gewehr und ergriff eine Taschenlampe. »Ich schieß nicht gern, es sei denn, ich werde dazu gezwungen. Aber Tyrannen kann ich genausowenig leiden, und diese verdammten Schweine tyrannisieren dich, wenn du es zuläßt. Ich weiß nicht, ob sie mutig sind oder blind oder einfach nur dumm.«

Er stieß mit dem Fuß die Tür auf und leuchtete mit der Taschenlampe über den Hof. Brummer kam auf die Treppenstufen, und Earl hockte sich neben ihn und sagte: »Guter Junge ...«

»Da draußen ist nichts zu sehen«, sagte er, als er wieder hereinkam. »Bist du sicher, daß es eine *javelina* war?«

»Ja. Das Tier war groß und schwarz und kam direkt auf uns zu. Earl, wie gefährlich sind sie wirklich?«

»Nun ja, sie reagieren nicht besonders auf Peitschenknallen und einen Stuhl. Wie Earl schon gesagt hat, Hunde zerfleischen sie regelrecht. Poly hat behauptet, er hätte mal davon gehört, daß ein Rudel ein Kind – einen fünfjährigen Jungen – gefressen hat, irgendwo bei Presidio. Und Earl erzählt die Geschichte von einem Freund, der vor ihnen auf den Baum geflüchtet ist. Schwer zu sagen. Ich selbst mag diese Scheißkerle nicht. Ich kann verstehen, daß du Angst hast. Aber sei beruhigt, Earl und ich kümmern uns schon um sie.«

Später am selben Abend meldete sich Brummer erneut, sein Bellen wurde von Sekunde zu Sekunde lauter. Linda lag im Bett und lauschte. Sie hatte Angst um Brummer und fragte sich, ob sie in dieses weite, rauhe Land paßte. Im Dunkeln hörte sie, wie Jack aufstand und sich anzog. Brummers Bellen verwandelte sich plötzlich in ein Jaulen, das sich so anhörte, als wäre er verletzt worden. Sie schob den Vorhang beiseite und sah ein Rudel *javelinas* am Fenster vorbeilaufen, sie waren nur einen Meter entfernt.

»Verflucht, sie sind hinter Brummer her«, sagte Jack. Er lief mit der Winchester in der Hand los. Außerdem steckte er sich Smyler Carmines alten 45er Army Colt in den Hosenbund und stieß die Eingangstür auf.

»Jack, sei vorsichtig, da ist ein ganzes Rudel, und die sind groß.«

»Wo bist du, Brummer?« hörte ihn Linda leise fragen.

Jack ging über den kiesbestreuten Parkplatz in Richtung Scheune, wo in Earls Wohnung die Lichter angingen. Plötzlich kniete er auf dem Kies nieder, stützte das Gewehr auf ein Knie und hielt den Lauf und die Taschenlampe mit der linken Hand. Und dann sah sie die *javelinas* – acht oder zehn. Sie bewegten sich wie eine schwarze Herde, die in einem Alptraum hätte vorkommen können. Sie liefen durch den Schein seiner Taschenlampe in das hellere Licht der Hofbeleuchtung. Ein Tier war viel größer als die anderen.

Das Krachen von Jacks Gewehr war lauter, als sie erwartet hatte; sie erschrak, als der Schuß sich löste und das Geräusch einen Augenblick später über sie hinwegrollte. Der größte schwarze Schatten ging zu Boden, seine Füße wühlten dabei Staub auf. Die übrigen rannten zurück ins hohe Gras hinter der Scheune. Jack legte eine weitere Patrone ein, ohne sein Auge vom Visier zu lösen und schoß erneut. Danach war es ruhig, und Linda hörte, daß Sara Margaret im hinteren Schlafzimmer weinte. Eine der getroffenen *javelinas* richtete sich halb auf und versuchte Richtung Busch zu entkommen. Jack ging hinüber und erledigte sie mit Smyler Carmines 45er.

Er kam ins Haus, legte Gewehr und Pistole auf einen Stuhl, ging wieder nach draußen und rief nach Brummer. Nach einer Weile humpelte der Hund zur Vordertür.

»Laß dich mal ansehen, mein Kleiner.«

Er untersuchte den Hund, stand auf und schloß die Tür. »Er ist in Ordnung. Brummer hat Mut, aber er weiß auch, wann es Zeit ist, den Rückzug anzutreten. Er hat eine Art Schnittwunde an seiner rechten Vorderpfote, aber sonst geht's ihm gut.«

Jack ging ins Badezimmer und blieb eine ganze Weile drin. Linda hörte, daß er sich übergab. Anschließend putzte er sich die Zähne und schlüpfte zu ihr ins Bett; er griff nach ihrer Hand.

»Ich hasse das Töten, davon wird mir schlecht.«

Mehr sagte er nicht, aber sie merkte, daß er noch eine ganze Weile dalag, bevor er sich beruhigt hatte und anfing, leise zu schnarchen. Am nächsten Morgen band Earl Seile um die *javelinas* – einer davon war, wie er später sagte, der »zweitgrößte Eber, den ich je gesehen habe« – und schleifte sie mit Poly Carmines Land Cruiser in den Busch.

Linda Lobo war nach Westtexas gekommen, und Westtexas war über die Terrasse zu ihr gekommen, und das mit zehn Zentimeter langen Hauern, die nun in der Wüstensonne ausbleichen würden. In der Nacht, als Earl die *javelinas* getötet hatte, hatte sie neben ihm gelegen und auf die Glass Mountains geschaut, hinauf zum weiten texanischen Sternenhimmel. Eine Woche zuvor war sie achtunddreißig geworden, und sie hatte sich erneut gefragt, ob das alles gewesen sei und ob da nicht noch mehr wäre. Im letzten Brief ihrer Mutter hatte gestanden, daß Gary zur Einsicht gekommen sei und wieder zu Linda zurückkehren wolle. Ihre Mutter hätte das wegen Sara Margaret gut gefunden, aber Linda hatte angewidert den Kopf geschüttelt, als sie den Brief las.

Linda lauschte den Schlafgeräuschen von Texas Jack Carmine, streckte ihren Arm aus und strich ihm über das Haar. Sie fühlte sich irgendwie schuldig. Nach einer Weile rollte er sich auf die Seite und war still. Im Hof hörte sie Earls Schritte auf dem Kies, und etwas später heulte in der Entfernung ein Kojote. Danach herrschte Totenstille, und Linda Lobo lag noch lange Zeit wach.

Zehntes Kapitel

New Orleans, 27. Oktober 1993

Die Hündin, die vorm Café Beignet stand und zu Vaughn Rhomer hineinsah, war dünn und von überwiegend brauner Farbe, nur im Gesicht hatte sie ein paar weiße Flecken. Sie war das Zufallsprodukt einer Reihe von unterschiedlichen Elternpaaren und flüchtigen Begegnungen der letzten zweihundert Jahre in den engen Gassen von New Orleans. Sie wog nicht ganz fünfzehn Kilo und hatte seit ihrer Geburt vor vier Jahren ihr Leben unter dem verrotteten Pier östlich vom French Market zugebracht. Dabei waren ihr die Überlebensstrategien, die ihr ihre Mutter beigebracht hatte, sehr von Nutzen gewesen, und sie hatte sie an ihre eigenen Welpen – insgesamt fünf Würfe – weitergegeben; ein offener Mülleimer, milde Gaben von Touristen, gelegentlich ein toter Fisch, der von einem Schiffspropeller getötet worden war. Während der letzten drei Tage hatte sie Vaughn Rhomer näher kennengelernt und beobachtete ihn jetzt, wie er sein Brandyglas hob und die schwarze Frau zurückgrüßte.

Am ersten Tag hatte Vaughn Rhomer die Hündin nur beobachtet, als sie am Flußufer herumschnüffelte, und gedacht, daß sie als große Raupe hätte durchgehen können, wenn ihre Beine noch kürzer gewesen wären. Am zweiten Tag hatte er leise gepfiffen und gesagt: »Hallo, meine Kleine.« Am dritten Tag, also heute morgen, hatte er ein Beignet mitgenommen und nach der Hündin Ausschau gehalten. Nach einer Weile war sie zu ihm gekommen und hatte ihm aus der Hand gefressen, während er auf der Mauer saß, die Beine baumeln ließ und über das Wasser Richtung Algier sah. Er erinnerte sich an eine Lieblingsstelle aus seinen Notizbüchern.

Eine ganze Zeit lang habe ich über nichts anderes als das Weggehen nachgedacht, und am Anfang hat es keine Rolle gespielt, wohin ich ging. Von Anfang an – das ist mir heute klar – war die Photographie nicht nur eine Leidenschaft, sondern auch der Grund für meine Reisen. Ich habe bereits tausend Orte besucht, wahrscheinlich noch mehr, an denen ich mir gewünscht habe, daß ich für jeden ein weiteres Leben besäße, um mich niederzulassen und dort zu leben, damit ich einige Menschen näher kennenlernen könnte, wie andere Menschen auch – eigentlich wie die meisten. Ich hätte einen Gemischtwarenladen in einem kleinen Bergdorf in Nevada führen, einem Ashram in Pondicherry in Indien beitreten können; ich hätte eine Autowerkstatt in den Bergen von Süd-

westtexas eröffnen, Schafe in den Pyrenäen züchten oder Fischer in einem mexikanischen Stranddorf werden können.
Doch wie man sich auch entscheidet, es tut immer weh; es ist eine Frage von Kompromissen. Reisen oder sich niederlassen. Darüber habe ich nie viel nachgedacht, bis ich die Fünfzig überschritten hatte. Da habe ich eine Frau getroffen, für die ich alles aufgegeben hätte, auch das Reisen. Aber es gab einiges, was unserer gemeinsamen Zukunft im Weg stand. Sie war meine einzige Chance, und danach war ich wieder mit meinen Kameras unterwegs. Später, als ich älter wurde, habe ich das Reisen aufgegeben, doch ich bin immer noch allein. All die Jahre, die ich unterwegs war (und meine zurückgezogene und etwas ungesellige Art, nehme ich an), haben mich den Menschen nicht näher gebracht. Die Frau, diese eine Frau, war meine einzige Chance, das zu bekommen, wovon ich rede. Und doch, wenn ich daran zurückdenke, gab es keine Möglichkeit, mit ihr zusammen zu sein.
Also, all die Jahre, die Sie im gelben Licht einer Lampe gelesen und von weit entfernten Orten geträumt haben, sich vielleicht danach gesehnt haben, sie zu besuchen – die Orte, an denen ich Dutzende Male gewesen bin –, bin ich an Ihrem Fenster vorbeigekommen und habe mir genau das Gegenteil gewünscht. Ich habe mich nach Ihrem Sessel und Ihrer Leselampe, Ihrer Familie und

Ihren Freunden gesehnt. Es war höchstwahrscheinlich an einem regnerischen Abend, als ich an Ihrem Haus vorbeigekommen bin, meine Ausrüstung auf dem Beifahrersitz, auf der Suche nach einem Motel, das mein Spesenkonto nicht allzusehr belasten würde. Ich habe wahrscheinlich eins gefunden und geschlafen, bin am nächsten Morgen weitergefahren und habe dabei an Ihre Leselampe mit dem gelben Licht gedacht.

Auszug aus Robert L. Kincaid, »Der Preis des Weggehens« in Michael Tillman (Hg.), Gesammelte Essays über das Leben unterwegs *(Denver, Rocky Mountains Classics, 1992), S. 314–315. Der vollständige Artikel wurde ursprünglich veröffentlicht in* Der amerikanische Reisende, *Juli 1980, S. 43–49. Abschnitt abgeschrieben in V. H. Rhomers Notizbuch Nr. 11, 12. 3. 92*

Vaughn Rhomer hatte einen Stups an seinem linken Ellbogen gespürt und hinuntergesehen. Die Hündin hatte ihre Schnauze und anschließend ihren Oberkörper zwischen seinem Arm und seinem Bein hindurchgeschoben und war dann auf seinem Schoß liegengeblieben. Er hatte die entzündeten Stellen auf ihrem Kopf und an ihren Ohren bemerkt, sie aber trotzdem gestreichelt. Dabei hatte er die wunden Stellen gemieden und überlegt, welche Salbe ihr helfen würde. Sie hatte ganz stillgehalten und die Berührung seiner Hand genossen. Dabei hatte sie sich wahrscheinlich nicht erinnern können, daß sie schon einmal so gestreichelt worden war.

Morgen würde er die Heimreise antreten müssen. Aber heute nachmittag war er in einem Geschäft an der Royal Street gewesen und hatte eine Dose Hundefutter gekauft. In einem seiner Rucksäcke hatte er einen P-38er Dosenöffner, wie ihn das Militär benutzte, und bevor er abfuhr, wollte er noch mal zum Wasser gehen und der Hündin ein nahrhaftes Abschiedsgeschenk machen.

Ariendo Vincent begann, einen langsamen Walzer in E-Dur zu spielen, den Vaughn Rhomer noch nie gehört hatte. Aber das Lied war so sanft und warm und vollkommen wie dieser Abend in New Orleans. Die Hündin beobachtete wie Cohana Eliason ihr Brandyglas auf der Tischplatte aus Marmor abstellte und für den freundlichen Mann, der ihr ein Beignet gebracht hatte, ihre Arme ausbreitete. Vaughn Rhomer stand auf und ging langsam auf die Frau zu, als die braun-weiße Hündin den Kopf senkte und nach Süden zum Fluß trottete.

Elftes Kapitel

New Orleans, 27. Oktober 1993

Wenn du nur einmal in deinem Leben hättest tanzen können, dann mit einer Frau namens Gumbo in New Orleans, Ende Oktober, wenn es warm war und Ariendo Vincent auf seinem Altsaxophon ein Lied in E-Dur spielte. Der Mann über sechzig tanzte gut, er hatte an vielen Freitagabenden im Veteranenklub mit Marjorie zur Musik von Art Whalen's Rhythm Kings getanzt. Die schwarze Frau drapierte den Schal über ihren linken Arm und legte ihre Hand auf die Schulter des Mannes. Sie war überrascht, wie leichtfüßig er sich bewegte und wie gut er den Takt hielt.

Wenn Ariendo gleichzeitig hätte Altsaxophon spielen und lächeln können, hätte er es getan. Er begriff, wie eben ein Straßenmusiker begreift, der in seinem Leben schon alles gesehen hat, daß sich vor seinen Augen etwas Wunderbares und Besonderes abspielte. Er spielte das Lied und wiederholte es, variierte es, zog es in die Länge; dabei beobachtete er den kleinen Mann in Braun, der Cohana Eliason anlächelte.

Es gibt Menschen, die träumen, und es gibt Menschen, die sich da draußen umsehen; es gibt die, die nur zusehen, wie eine Frau im Schein des Feuers tanzt, während die Flüsse fließen und die Schildkröten schlafen; und es gibt einige wenige, die aufstehen, um mit der Frau zu tanzen, bevor sie dorthin verschwindet, wohin die Flüsse fließen, bevor der ewige Kreislauf sie wieder zurückbringt. Vaughn Rhomer war aufgestanden, hatte das Schnappschloß geöffnet und sich da draußen umgesehen. Irgendwie wußte Cohana Eliason das, und irgendwie wußte es auch Vincent Ariendo. Und Vaughn Henry Rhomer, der die weit entfernten Länder bis zu diesem Augenblick nur im Geiste bereist hatte, wußte es am besten von allen. Er tanzte mit der Frau hinaus auf den Bürgersteig, vorbei an Ariendo Vincent, zum breiten Fluß und wieder zurück. Er wirbelte sie schwungvoll durch den Abend, und ihr Schal flatterte hinter ihr her. Er betete inbrünstig, daß es nie enden möge, daß die Musik wie alle Flüsse weiterfließen und in einen ewigen Kreislauf münden möge, der niemals enden würde.

Zwölftes Kapitel

West-Texas, 1987

Als der Geiger die ersten drei Noten von »Faded Love« gespielt hatte, stand Jack Carmine auf und suchte Linda Lobo. Sie unterhielt sich mit Leuten, die etwas weiter unten am Tisch saßen, und der Weg zu ihrem Gesicht war mit Bierflaschen gepflastert, einige davon leer, andere auf dem verheißungsvollen Weg dorthin.

Jack mußte schreien, um die Musik zu übertönen. »Bob Wills!« rief er.

Linda hielt eine Hand ans Ohr und warf ihm einen fragenden Blick zu. Er rief noch lauter und machte seine undeutliche Aussprache durch mehr Dezibel wett. *»Bob Wills... das ist ein alter Song von Bob Wills!«*

Er deutete auf die Tanzfläche des Alpine Civic Center, und sie folgte ihm. Jack nahm sie in seine Arme. »Mir gefällt dein Parfum, Miss Linda. Ist es das, was du neulich in der Stadt gekauft hast?«

Sie nickte und sah zu Jack Carmine unter seinem schwarzen Stetson hoch. »Jack Carmine, du kennst wirklich jeden Country-Song, der je geschrieben wurde.«

»Nein, es gibt vier oder fünf, an die ich mich nicht erinnern kann. Aber den hier kenn ich. Die ersten drei Töne sind wie ein Erkennungszeichen. Jeder hier in der Gegend kennt die ersten drei Töne von ›Faded Love‹. Jedenfalls die Älteren.«

Während der Geiger das Ende des Liedes noch ein wenig hinauszögerte, wechselte die Band den Takt und ging zu einem schnelleren Song über, einem Lied von Waylon Jennings. Jack schwang Linda über die Tanzfläche und sang zur Musik: »Hier in West-Texas ist Bob Wills immer noch der King...«

Es gab zwei Dinge, die Linda mit der Zeit an West-Texas gefielen. Erstens kam es ihr wirklich so vor, als würde sie in einem fremden Land leben, wo alles auf besondere Art und Weise geregelt wurde. Es war eine Kultur, die tief mit dem Farmleben und der Trockenheit, mit Prügeleien in der Kneipe und leeren Bohrlöchern und Ehen, die entweder funktionierten oder nicht, verbunden war. Und zweitens tanzten hier die Männer, sie tanzten hier *wirklich*.

Sie freute sich über die gelegentlichen Tanzabende in der Stadt. Sie trank und redete mehr als sonst, als Ausgleich zu den langen einsamen Zeiten auf der Ranch. Jack kannte hier jeden. Sie beobachteten ihn, wenn er sich an einen Pfeiler lehnte oder an die Bar, Hände schüttelte und grinste. Die Leute mochten Jack Carmine; er sprach ihre Sprache, er war einer von ihnen. Hin und wieder nahm eine Frau seinen

Arm, sah ihn an und lächelte und sagte Dinge, die Linda Lobo nicht hören konnte. Sie war ein bißchen eifersüchtig, wenn das passierte, und sie sah, daß Jack sich ungezwungen mit einer Frau seines Alters unterhielt. Sie stellte sich vor, was die beiden vor Jahren in irgendeinem Pick-up-Truck getan hatten.

Aber Jack war nicht eifersüchtig. Die Männer tanzten gern mit Linda und fragten Jack immer um Erlaubnis, bevor sie sie zum Tanzen aufforderten. Er tippte sich dann an seinen Stetson und sagte: »Es hängt ganz von dir ab, Miss Linda. Aber ich warne dich, du wirst dich mit ihm auf der Tanzfläche ganz schön anstrengen müssen.«

Das stimmte nicht immer. Manche Männer tanzten sehr viel besser als sie, sie waren beim Tanzen konzentriert und gefühlvoll und machten ausladende, komplizierte Drehungen mit viel Fußarbeit, aber immer im Takt der Musik. Um Mitternacht war die Stimmung dann überschäumend. Die Band spielte in voller Lautstärke, und die Leute bewegten sich im Licht des Civic Center mit ziemlicher Geschwindigkeit. Entweder man hielt mit oder man ging unter. Der Schweiß lief Jack Carmine übers Gesicht, als er mit Linda um die Tanzfläche wirbelte, eine Bierflasche in ihrer Gesäßtasche, seine rechte Hand in ihrer Gesäßtasche; er war zwar nicht ganz im Takt, hatte aber viel Spaß.

Um Mitternacht war die Band voll in Fahrt, die Stahlsaiten der Gitarren kreischten, zweihundert Paar Stiefel und hundert Stetsonhüte bewegten sich mehr oder weniger taktvoll bis zum frühen Morgen. Wenn sie dann wieder auf der Farm waren, machten sie sich Eiersandwiches. Jack Carmine lehnte sich in der Küche an den Türrahmen, ein Eiersandwich in der einen Hand, eine Flasche Lone Star in der anderen. Er sah hinüber zum Little Horse Mountain und sagte: »Es ist so schön hier, wie man es sich schöner nicht wünschen könnte, Tänzerin.«

Ein paar Monate, nachdem Linda Lobo nach West-Texas gekommen war, und Anfang März die Tage wärmer wurden, fing Jack an, von großen, orangefarbenen Erntemaschinen zu reden, davon, daß er mit ihnen Richtung Norden ziehen wollte. Er sprach von gelben Weizenfeldern, die im Herbst, wenn sich der kanadische Himmel kobaltblau färbte, geerntet werden mußten. Die Farm sei nicht groß genug, um sie alle zu ernähren, sagte er, er müsse weggehen und bei der Ernte helfen, um genug für den nächsten Winter zu verdienen.

Linda schlug vor, daß er sich in der Nähe von Alpine Arbeit suche, und sagte, daß sie als Kellnerin arbeiten könne, damit er nicht in den Norden müsse. Aber sie wußte, daß es ihm nicht nur ums Geld ging. Es hatte etwas mit ihm zu tun und dem, was ihn zwang, wegzugehen.

Aber er lehnte sich gegen das Weggehen auf; er sagte, daß jemand sich um Sara Margaret kümmern und Earl nach dem Vieh sehen müsse, also gäbe es niemanden, der auf Sara Margaret aufpassen könne, wenn sie zur Arbeit ginge. Er heuerte in diesem ersten Sommer bei einer Baufirma am örtlichen College an und verdiente sehr viel weniger, als wenn er Erntemaschinen gefahren wäre.

Er kam abends müde nach Hause. »Ich trage Bauholz in Klassenzimmer, in denen ich vor fünfundzwanzig Jahren gesessen habe, hinein und wieder heraus. Ich habe das Gefühl, der Kreis hat sich geschlossen, und ich bin nicht sehr viel weiter gekommen, wenn ich so darüber nachdenke.«

»Du hast nie erzählt, daß du auf dem College warst. Was wolltest du denn werden?«

»Lehrer. Ich war kurze Zeit idealistisch veranlagt, bis es irgendwann endgültig ins Gegenteil umgeschlagen ist. Irgendwann hatte ich den Eindruck, ich stünde in einem großen Baumarkt und bekäme Anweisungen in der Art: Halten Sie sich bei den Tapeten links, dann bei den Haushaltswaren rechts, auf dem dritten Regal von oben.«

Linda war gerade mit dem Abtrocknen fertig und stieg auf dem Weg vom Becken zum Schrank über Brummer. Jack saß am Küchentisch, einer alten Tür, die auf zwei Sägeböcken lag. Draußen stand Rainy Carmines letzter Pecanobaum kurz vor der Blüte, und in der Ferne hörte man einen Vogel singen. Auf der Küchentür hatte die abgeblätterte weiße Farbe ein abstraktes Muster hinterlassen. Jack hatte zwar versprochen, die alte Farbe abzukratzen und die Tür neu zu streichen, aber er war nie dazu gekommen. Ebensowenig war er dazu gekommen, das kaputte Scharnier zu reparieren, weshalb sich die Tür nicht richtig schließen ließ. Er sagte, die Tür würde er streichen, aber das Scharnier gefiele ihm so, wie es sei.

»Manchmal überlege ich, ob ich nicht aufs College gehen sollte«, sagte sie über die Schulter zu ihm. »Als ich noch in Dillon war, hab ich überlegt, wieder nach Altoona zu ziehen und in Des Moines aufs College zu gehen.«

Jack Carmine nahm einen Salzstreuer in die Hand und untersuchte ihn genau, balancierte ihn auf dem rechten Handrücken und fuhr mit der Hand langsam auf dem Tisch hin und her. »Warum und wofür?« Er nahm den Pfefferstreuer und tat das gleiche.

»Ich denke, daß ich noch viel lernen kann, daß ich dann bestimmte Dinge allein schaffe.«

Sie sah die Schnittwunden auf seinen Händen, während er mit den Salz- und Pfefferstreuern spielte. Ihr war schon aufgefallen, wie groß seine Hände im Vergleich zu seinem Körper waren.

»Nun, wenn du es schaffst, ohne dich allzusehr zu verändern, ist das in Ordnung«, sagte er. »Ich glaube, die Welt wird heute mit Papier regiert. Zum Abschluß erhältst du ein Blatt Papier als Zeugnis, dann bekommst du eine sichere, relativ gut bezahlte Stellung, in der du auf deinem Hintern sitzt und noch mehr Papiere ansiehst, bevor du sie an jemand anders weitergibst, der ebenfalls auf seinem Hintern sitzt und Papiere studiert.«

Es ähnelte immer mehr dem Bild, das sie sich manchmal selbst ausmalte. Sie sah sich zum Unterricht gehen und dann an einem warmen Nachmittag im Mai ein Barett und einen Talar tragen, und sie sah einen älteren Mann, der ihr eine Urkunde überreichte und ihr sagte, daß sie klug sei und eine gute Stellung finden würde. Sie stellte sich Büros mit Klimaanlage vor, und wenn sie sich konzentrierte, konnte sie sich selbst sehen, wie sie durch diese Büros lief, mit einer Aktentasche in der Hand und schick angezogen, jemand, der klug war und respektiert wurde.

Die High-School war ihr nicht sonderlich schwer gefallen, sie wußte, daß sie nicht dumm war. Aber das College? Aufs College gingen nur die anderen, die, die abends ihre Bücher mit nach Hause nahmen, die besten Klassenarbeiten schrieben und am Jahrbuch mitarbeiteten. Sie hatte zu einer anderen Gruppe gehört, zu denen, die sich nie Gedanken über die Zukunft gemacht hatten und die glaubten, daß sie einfach heiraten und Kinder bekommen würden. Sie hatte nach der Schule und in den Sommerferien in einem Café in der Stadt gearbeitet und Hackbraten und Hamburger serviert. Sie hatte gewußt, daß die Männer aus der Zementfabrik sie beobachteten und sich über ihre Brüste, ihre langen Beine und ihren knackigen Hintern unterhielten. Ihre ganze Aufmerksamkeit galt damals nicht der Schule, sondern Lucas Mathen. Die Zukunft war weit weg gewesen in dem 55er Ford, den er sich nach eigenen Vorstellungen hergerichtet hatte – mit schwacher Armaturenbeleuchtung, leiser Radiomusik und ihrer Bluse auf dem Lenkrad, während er sie überall berührte.

Sie machte den Schrank zu und faltete das Geschirrhandtuch auf der Ablagefläche. »Du bist aufs College gegangen, Jack.«

»Eine ganze Weile, bis ich beschloß, damit aufzuhören. Irgendwas ist verkehrt mit unserem Schulsystem. Wir entwickeln nur einen Teil des menschlichen Wesens, einen ganz kleinen Teil hier oben«, er zeigte auf die linke Seite seines Kopfes, »während der Rest ruft: ›Hey, und was ist mit uns?‹«

»Und was heißt das?«

»Ich glaube, nur Leute, die mit einer Säge umgehen können, oder einen Sommer lang mit einer Erntemaschine nach Norden gefahren sind, oder einen Lkw-Motor überholen können, sollten einen College-Abschluß kriegen. Auf den Abschlußzeugnissen sollte eine Einschränkung stehen, wie beispielsweise ›Auf das Denken bestimmter Dinge beschränkt – Schöne Sonnenaufgänge und andere Nützliche Sachen ausgeschlossen.‹ Hast du dich je gefragt, warum Schulen mutwillig zerstört werden, Zahnarztpraxen aber nicht? Da kann man mit ein bißchen Nachdenken auch draufkommen. Du machst deine Sache prima, Miss Linda, aber wenn du aufs College gehen möchtest: Es gibt eins gleich die Straße runter in Alpine, wo ich Holz rein und raus trage. Du kannst auf einem von diesen Stühlen sitzen, und ich blinzle dir zu, wenn ich die Holzdielen hinter dir rein und raus trage. Vielleicht beuge ich mich beim Vorbeigehen hin und wieder zu dir runter und bin zärtlich zu deinem Nacken, damit du nicht die wichtigen Dinge des Lebens vergißt, während du lernst, wie man mit Papieren jongliert.«

Linda stand am Spülbecken und sah durch die Fliegentür hinaus. »Tja, ich denke darüber nach, das ist alles. Hört sich ziemlich schrecklich an, aber vielleicht versuche ich es eines Tages. Ich hab vor einiger Zeit im Fernsehen einen Bericht über ältere Frauen gesehen, die das College besuchen. Und ich glaube, es ging ihnen gut dabei.«

Jack tanzte zu ihr hinüber. »Das einzig Schreckliche ist, daß du all das Gute, das in dir steckt, verlierst. Laß uns in die Stadt fahren, ein Bier trinken und ein paar Billardstöcke im Crystal kaputtschlagen. Dieser gottverdammte Billy Leaton hat mich vor zwei Wochen geschlagen, ich muß meine nützlichen Fähigkeiten aufpolieren, bevor ich sie ganz verliere.«

In einer Freitagnacht im Juli sah Linda Lobo das erste Mal, wie Jack einen seiner Anfälle hatte. Er taumelte im Sternenlicht vor dem Haus herum, schrie unverständliche Worte über Leon, daß er die Roten wegbringen solle, und zuckte am ganzen Körper, als ob er ein nicht vorhandenes Maschinengewehr abfeuerte. Sie wußte nicht, was sie tun sollte. Sie konnte nur seinen Namen brüllen und ihn fragen, was um Himmels willen los sei. Earl kam von der Scheune rübergerannt und bekam Jack zu fassen; er versuchte, ihn hinzulegen und zu beruhigen, aber Jack wehrte ihn ab und riß sich los. Earl stand abseits bei Linda und sie sahen zu, wie der Pick-up die Schotterstraße Richtung Highway hinunterholperte.

Am folgenden Tag legten ihre Stiefel fünfzigmal den Weg über den dunklen Kiefernboden zu den Fenstern an der Vorderseite des Hauses zurück, erst zur Küche, dann zur Hintertreppe und wieder zur Küche zurück. Um die Mittagszeit brauchte sie zehn Minuten, um ein Sandwich für Sara Margaret zu machen. Sie strich mit dem Messer die Erdnußbutter und die Mayonnaise sorgfältig auf die beiden Brotscheiben, als ob sie einem schönen Möbelstück den letzten Schliff geben wollte. Sara Margaret aß ihr Mittagessen, und während sie Linda von dem »großen langen Wurm mit der komischen Zunge« erzählte, den sie morgens in der Nähe des Gartens gesehen hatte, breitete sie ihre Arme aus, soweit sie nur konnte. Linda trank Kaffee und bekam gar nicht mit, was Sara Margaret erzählte, selbst dann nicht, als Sara Margaret ihre Zunge vor- und zurückschnellen ließ, um ihr zu zeigen, was sie gesehen hatte. Als Sara Margaret fragte, wo Jack sei, sagte Linda nur, daß er kurz weggefahren sei und bald wiederkommen würde.

Am frühen Nachmittag hielt Sara Margaret ihren Mittagsschlaf, und außer dem lauten Ticken der Wanduhr in der Küche war nichts zu hören. Linda saß im Wohnzimmer und starrte in den leeren Kamin. Sie ging ins Schlafzimmer, lag auf dem Bett und wartete auf einen Pick-up, der nicht kam.

Gegen sieben Uhr fing Brummer an zu bellen. Linda war in der Küche und ging durch das Wohnzimmer auf die vordere Veranda; sie sah die Staubwolke hinter Jack Carmine, als er die Schotterstraße entlang zum Haus fuhr. An diesem Abend tanzten sie im Wohnzimmer und dann durch die Haustür nach draußen. Sie tanzten die Stufen hinunter und immer weiter die Straße hinunter, während Waylon Jennings immer leiser wurde. Jack sprach davon, die Luftmatratze zu holen und auf den Little Horse Mountain zu gehen, um den Sonnenaufgang zu beobachten, und davon, vielleicht in ein oder zwei Monaten nach Mexiko zu fahren.

In jenem Herbst lächelte ihr Jack im Holland Hotel abends über den Tisch hinweg zu. Sie trug das schwarze Kleid, das er ihr ein Jahr zuvor gekauft hatte.

»Wir machen eine Art Jahrestagsfeier daraus«, hatte er einen Tag zuvor gesagt. »Ich mach den Truck sauber, du ziehst dein schwarzes Kleid an, und wir gehen schick aus, wenn es dir recht ist. Ich zieh auch ein weißes Hemd und eine Krawatte an – wenn schon, denn schon.«

Es stellte sich aber heraus, daß das weiße Hemd nicht mehr zu retten und der Schlips nicht zu finden war. »Dieser verdammte Schlips muß hier irgendwo sein, ich weiß, daß ich einen hatte, weil ich ihn für Beerdigungen aufgehoben hab. Zu den Beerdigungen bin ich immer gegangen, aber nie zum anschließenden Mittagessen. Dann muß ich eben ohne

Schlips gehn. Macht nichts, ich putz meine Handgearbeiteten und setz den Stetson auf. Dann bin ich für texanische Verhältnisse gut angezogen.«

Sie blieben die ganze Nacht im Hotel, und als er grinste und sie fragte, ob sie ein eigenes Zimmer wollte, lächelte sie – genau wie ein Jahr zuvor. »Unter gar keinen Umständen, Jack Carmine... unter gar keinen Umständen. Nicht heute nacht.« Das waren die guten Zeiten, dann war er das Beste, was ihr je im Leben widerfahren würde.

Aber mit Jack Carmine ging es langsam und unerbittlich bergab. Es gab nichts, was sie oder Earl oder jemand anders tun konnte. Jacks Talfahrt folgte eigenen Gesetzen, dirigiert von jemandem, der oben auf der Hobelbank saß und zusah, wie sie unten im Kreis rannten, wer immer das auch war. Seine Anfälle kamen immer öfter, alle paar Wochen – ohne erkennbaren Grund oder irgendeine Vorwarnung. Seine Erinnerungen, das Röhren der Hubschrauber, lösten Weinkrämpfe und Raserei bei ihm aus. Er schrie etwas von Babys auf Stacheldraht und wie man ein Dach mit Maschinengewehrsalven leerfegen konnte, als würde man einen riesigen Besen benutzen. Er taumelte dabei im Hof umher, eine Flasche Lone Star in der Hand, die Arme gebeugt, als hielte er eine Waffe, und sein Körper wurde dabei von einem nicht vorhandenen Rückschlag durchgeschüttelt. Dann brüllte er etwas von Skalpjägern und Leuten, die einem in den Rücken schießen, und rief nach Leon, der sie wegbringen sollte, der die verdammten Roten wegschaffen sollte, und sie ergriff dann seinen Arm und schrie ihn an, daß ihn Leon verdammt noch mal nicht mehr hören könne.

Und er schrie zurück: »Es ist das Töten, verstehst du das nicht? Ich hab verdammt noch mal alles umgebracht, was in meine Nähe kam, Babys und Frauen und alles, was mir verflucht noch mal vor die Augen kam.«

Später lag sie dann im Bett und hörte ihn auf der Veranda auf und ab gehen. Seine Stimme war leise und klang, als würde er Mantras aufsagen, seine Worte mischten sich mit denen eines Dichters: »Siehst du, es war so: Aus meiner Mutter Schlaf fiel ich in den Staat und krümmte mich in seinem Bauch, bis mein nasses Fell gefror... Siehst du – es war so: Aus meiner Mutter Schlaf...«

Stunden später hörte sie im Dunkeln das leise Tappen nackter Füße, und Earl, nur mit einem Nachthemd bekleidet, legte Jack Carmine sanft neben sie auf das Bett; Brummer folgte ihm dicht auf den Fersen. Wann immer das, was in seinem Innern häßlich und verdorben war, sich nicht durch Worte und Berührungen besänftigen ließ, hörte sie den Truck wegfahren. Manchmal kam er tagelang nicht wieder, und niemand wußte, wo er war oder warum er weggefahren war, außer Earl Chavez, der eines Tages zur Verandatreppe kam und ihr alles erzählte, was er über Jack Carmine wußte. Und selbst Earl Chavez kannte nicht die ganze Geschichte.

Nach dem fünften Anfall in weniger als drei Monaten saß Linda einen ganzen Spätnachmittag auf der vorderen Veranda in einem Schaukelstuhl aus Bambus, der älter war als sie. Sie schaukelte vor und zurück, langsam und exakt und innerlich leer. Sie sah Richtung Norden die Straße entlang. Es kam ihr immer mehr so vor, als würde sie ihr Leben damit verbringen, Richtung Norden nach Jack Carmine Ausschau zu halten, nach der Staubwolke, die er hinter sich herzog. Wenn er die Dämonen abgeschüttelt hatte, würde er die Straße heraufkommen, wie befreit und zum Tanzen aufgelegt.

Ein kleiner Stein unter einer der Kufen störte sie, aber sie war zu müde, den Stuhl zu verrücken oder den Stein wegzunehmen. Ein plötzlich auftretender Luftzug interessierte sich für eine lose Haarsträhne und blies sie ihr ins Gesicht und dann wieder in die andere Richtung, bis sie dieses Spielchen satt hatte und die Strähne feststeckte. Brummer schlummerte auf der einen Seite, und Sara Margaret baute auf dem Kies unter ihr etwas aus alten Knochen. Linda Lobo war in der vergangenen Woche neununddreißig geworden.

Vierhundert Meter zu ihrer Linken sah sie, wie Earl Chavez die Scheune verließ und auf das Haus zukam, das Haus, das Jack Carmine gehörte. Dies war Jacks Land, und dies war seine kleine Farm, und sie alle lebten von dem, was Jack nach Hause brachte. Manchmal war er Jack der Starke, der mit allem fertig wurde. Und manchmal war er Jack, der Weidenzweig, der sich bog und krümmte, sich auf dem

Boden rollte und nach Leon rief, der die gottverdammten Roten wegschaffen sollte.

Earl war noch ungefähr hundert Meter entfernt, als er seinen Hut abnahm und sich mit einem Taschentuch über die Stirn fuhr.

Linda Lobo hatte eine Limonade getrunken, aber ihr Magen hatte keinen Appetit auf Limonade, und sie beugte sich nach vorn, um das Glas auf dem Verandageländer abzustellen. Sie machte sich Sorgen um Jack Carmine, um sich und um Sara Margaret. Sie beide, Sara Margaret und sie selbst, waren wie ... wie was? ... sie waren allein und am falschen Ort ... wie Seevögel, die mitten in der Wüste kreisten, wo das Wasser und die Zeit knapp wurden, die in den Tag hineinlebten und sonst nichts.

Ihre Hände lagen in ihrem Schoß; sie strich ihr Haar glatt und legte die Hände auf die Armlehnen des Schaukelstuhls, als Earl Chavez sagte: »Guten Tag, Miss.«

»Hallo Earl.« Sie war nicht zu einer Unterhaltung aufgelegt, und sie bekam nur mühsam die Worte heraus.

Sie saßen da, sie in ihrem Schaukelstuhl, Earl auf den Treppenstufen. Beide starrten auf die Straße, die zum Highway führte, und sprachen kein Wort. Das Haus war ein niedriges, rotbraunes Adobehaus mit einem Blechdach, das sich in einem Winkel von dreißig Grad neigte. Früher hatte es zwischen der Eingangstür und dem kiesbestreuten Parkplatz eine Terrasse aus Eisenbahnschwellen und Steinen gegeben.

Aber mittlerweile war die Terrasse bröckelig, und die Blumenbeete waren leer. Aber der Zugang mit den drei Terrassenstufen, die vom Kies zum Haus hinaufführten, war trotzdem ein erfreulicher Anblick. Linda Lobo hatte sich am Anfang gefragt, welche Blumen auf den Terrassen wohl gedeihen könnten, ob in dem schmutzigen Dreck, übersät von kaputtem Glas, überhaupt etwas wachsen würde.

Von der Veranda an der Vorderseite des Hauses hatte man einen Blick auf den drei Kilometer entfernten Highway und die Schienen der Southern Pacific Railway. Wenn der Wind günstig stand, hörte man das Rumpeln der Güterzüge bis zum Haus. Hinter den Schienen und dem Highway erstreckte sich das ausgedehnte Perianbecken bis nach Mittel-Texas. Earl Chavez saß auf der obersten Treppenstufe der Veranda und schaute wie Linda Lobo nach Norden zum Highway.

Earl nahm einen Zug von seiner Camel und räusperte sich, warf die Zigarette weg und spuckte einmal in den Staub. Er sah ganz und gar nicht so aus, wie sie ihn sich vorgestellt hatte, bevor sie auf der Farm ankam. Sie hatte einen übergewichtigen, freundlichen Mexikaner mit einem, runden, glänzenden Gesicht erwartet, so wie sie sich Mexikaner immer vorgestellt hatte. Aber Earl Chavez war so schlank wie Jack und nur sechs Zentimeter kleiner. Seine Arme und Schultern waren muskulös und seine Augen geradlinig und ehrlich. Sie hatte ihm beim Reiten zugesehen, und ihr war aufgefallen, wie elegant er auf dem neun Jahre alten Wallach namens Cactus saß, wie leicht er sich zwischen dem Vieh bewegte und es dazu brachte, das zu tun, was er wollte.

Ohne sie anzusehen, sagte er: »Miss, Sie haben ein Recht darauf, es zu erfahren, deshalb will ich versuchen, Ihnen wenigstens teilweise zu erklären, warum Jack so ist, wie er ist.«

Er drehte sich um und lehnte sich gegen einen Pfosten, warf ihr einen flüchtigen Blick zu, und konzentrierte sich dann darauf, einen Mesquitedorn aus seiner Stiefelsohle zu entfernen. Danach legte er einen Arm um ein angewinkeltes Knie und begann zu erzählen.

»Verstehen Sie, Miss, Jack hat immer ein einsames und etwas gefährliches Spiel gespielt, zum einen, weil er nicht anders konnte, zum andern, weil er es so wollte, und das seit dem Tag, an dem er geboren wurde. Ich war damals achtzehn Jahre alt und hatte gerade angefangen, für Mr. Carmine zu arbeiten. Ich kann mich erinnern, daß Jack einmal zu mir gesagt hat: ›Earl, bei meiner Geburt hätte ich ein warnendes Schild um den Hals tragen sollen: ›Nur zum vorübergehenden Gebrauch bestimmt, kleine Reparaturarbeiten erforderlich.‹«

Ungefähr achthundert Meter im Nordwesten kreisten drei Bussarde über den Viehweiden, fünfzehn Kilometer dahinter konnte man einen grauen Regenvorhang erkennen.

»Sieht so aus, als ob es in Marathon ein bißchen

regnet. Wär hier auch nicht schlecht«, sagte Earl, bevor er seine Geschichte weitererzählte.

»Lassen Sie sich von Jack nichts vormachen. Manchmal spielt er den müden alten Cowboy, spricht seinen westtexanischen Dialekt und tut so, als hätte er von nichts eine Ahnung. Aber Jack hat Poly Carmines Verstand geerbt. Eddie junior hat was anderes geerbt, das Ohr für Musik und das musikalische Talent, wahrscheinlich von Mrs. Carmine – sie spielte sehr gut Klavier, müssen Sie wissen.

Jack hat es immer zu schaffen gemacht, daß Poly Carmine die Farm vernachlässigt hat. Jack liebt diese Farm, er wollte nie was anderes tun, als Vieh züchten, Zäune errichten und was sonst noch so zum Leben auf einer Farm gehört. Ungefähr seit er achtzehn war, hat er mit Mr. Carmine kaum noch ein Wort geredet. Das Komische ist, daß Mr. Carmine das nie aufgefallen ist. Denk ich jedenfalls.

Nachdem Jack mit der High-School fertig war, hat er im Norden ein paar Jahre als Ölbohrarbeiter verbracht. Danach war er hier ein paar Jahre am College. Er hat Geschichte studiert. Ihm machte das Lernen Spaß, aber die Schule selbst hat ihm nie gefallen. Er war einfach zu unruhig, glaub ich. Als er das College verlassen hatte, hat sich die Musterungskommission für ihn interessiert, wegen all der jungen Burschen, die wir damals nach Vietnam geschickt haben. Er hätte sich wahrscheinlich keine Sorgen machen müssen, weil er verheiratet war und einen Sohn hatte.

Aber, sehen Sie, er hatte in einem Sommer, als er im Norden mit einer Gruppe Erntehelfer unterwegs war, in Wichita einen Mann kennengelernt. Dieser Mann war ein Vietnamveteran, der durch eine Landmine beide Beine verloren hatte und sehr verbittert war. Er und Jack hatten sich lange darüber unterhalten, was da drüben passierte. Jack war davon sehr fasziniert gewesen, obwohl der Mann im Rollstuhl saß.«

Das sieht ihm ähnlich, dachte Linda Lobo. Jack Carmine liebte Gratwanderungen, Randgebiete, er wollte bis an seine Grenzen gehen und herausfinden, was auf der anderen Seite war.

Sara Margaret war um die Veranda herumgegangen und aus ihrem Blickwinkel verschwunden. Linda rief: »Sara Margaret, bleib hier vorne, wo ich dich sehen kann.«

Earl spuckte in den Staub und fuhr sich mit dem Handrücken über den Mund. »Nachdem Jack das College verlassen hatte, arbeitete er auf der Farm und fuhr ab und zu Erntemaschinen oder verlegte Leitungen. Das machte er ungefähr drei Jahre lang. Er ging auf die dreißig zu und redete immer von Vietnam. Eines Tages sind Jack und ich auf den Little Horse Mountain gefahren und haben uns lange unterhalten. Die ganze Stadt war natürlich dafür, den Kommunismus im vietnamesischen Dschungel im Keim zu ersticken, aber das war es nicht, worüber er nachdachte. Er sagte: ›Jack, es passiert eine Menge da drüben in Südostasien, das sich ein Mann ansehen sollte. Er sollte sozusagen an der Geschichte teilhaben, anstatt nur darüber zu lesen. Soweit ich das beurteilen kann, hat es nichts damit zu tun, die Welt und die Demokratie zu schützen, aber es lohnt sich bestimmt, sich die Dinge näher anzusehen.

Ein paar Monate vor seinem dreißigsten Geburtstag ist er nach El Paso gefahren und hat sich freiwillig gemeldet. Das war im Sommer neunundsechzig. Verdammt, ich weiß nicht mal, wie er durch die Grundausbildung gekommen ist. Jack hat sich nie gern befehlen lassen. Er hat immer gesagt, seine Neigung zur Anarchie wäre ihm angeboren. Ich hab ihn mal gefragt, was er damit meint. ›Ich mag Situationen, in denen die Grenzen nicht erkennbar sind und in denen man sich an die Grenzen herantasten oder selber welche ziehen muß‹, hat er mir erklärt. Er hat während der Grundausbildung einigen Ärger gehabt, er hat wohl einen Ausbildungsoffizier geschlagen oder so was in der Art. Ich weiß, daß er einige Zeit dafür im Militärgefängnis gesessen hat. Aber Jack ist schon immer ein treffsicherer Schütze gewesen, wenn er nicht gerade getrunken hatte, und er konnte immer gut Autos und Lkws reparieren. So sind sie in der Armee wohl zu dem Schluß gekommen, daß er diese Fähigkeiten gut für sie einsetzen könnte, und sie haben ihn aus dem Gefängnis entlassen, ihn durch die restliche Grundausbildung geboxt und sofort nach Vietnam verfrachtet.

Er ist sechs Jahre lang nicht nach Hause gekommen, seinen Urlaub hat er irgendwo da drüben verbracht. Er hat sich immer wieder freiwillig gemeldet, vorausgesetzt, er konnte in Vietnam bleiben, aber das war denen natürlich nur recht. Die meisten Jungs wollten schließlich nach Hause, sobald ihre Dienstzeit zu Ende war. Nicht so Jack. Er schrieb immer ziemlich allgemein gehaltene Briefe und ließ durchblicken, daß er keine gefährlichen Sachen machte, aber das hat er natürlich doch getan. Jack und ich waren alte Amigos, und kurz nachdem er zurückgekommen war, haben wir uns oft über das unterhalten, was da drüben passiert ist. Ich glaube, er hat nie mit jemand anders darüber gesprochen.

Er hat immer gesagt: ›Earl, du wirst es nicht glauben …‹ und dann hat er mir irgendeine Geschichte aus Vietnam erzählt. Mir ist es manchmal schwergefallen zu glauben, was er erzählt hat, aber er hat geschworen, daß alles wahr wäre und er es genauso erlebt hätte. Er erzählte, daß beispielsweise Maschinenschlossern befohlen wurde, glänzende Offiziersstöckchen aus Metall zu machen, Haubitzen zu reparieren. Oder daß man in Saigon von Straßenhändlern amerikanische M-16-Gewehre und andere militärische Ausrüstungsgegenstände kaufen konnte. Oder daß viele der Jungs Hasch rauchten, und wieder andere ihren Vorgesetzten bei Feuergefechten in den Rücken schossen.

Aber es gab etwas, was Jack dort hielt, selbst nachdem er verwundet worden war. Sie kennen doch die Narbe auf seiner rechten Schulter? Er erzählt den Leuten immer, daß es ein Jagdunfall gewesen ist. Aber das stimmt nicht. Es waren Granatsplitter – ein

Hubschrauber, der mit Munition beladen war, wurde getroffen und ist explodiert, als er gerade landen wollte. Jack wurde aus der Tür geschleudert. Er sagte, andernfalls wäre er tot gewesen. Aber er hat auch gesagt, in Vietnam hätte eine solch heillose Verwirrung geherrscht, wie sonst nirgendwo auf der Welt, und deswegen sei er da geblieben. Er hat einmal zu Weihnachten angerufen, und Mrs. Carmine hat ihn gefragt, wann er wieder nach Hause käme. Jack fragte: ›Warum soll ich nach Hause kommen? Meine Frau ist mit einem Zahnarzt aus Odessa durchgebrannt, und die Farm gibt es nicht mehr. Soll ich wieder Leitungen verlegen und verdammte Folksängerinnen flachlegen?‹

Es stellte sich heraus, daß hinter der ganzen Geschichte eine Art Zeitbombe tickte. Als er noch drüben war, hatte er offenbar keine Probleme damit, aber später hat ihn hier alles eingeholt. Dann hat er diese Anfälle, wo er nach Leon um Hilfe schreit«.

Linda fragte: »Was hat denn der Gitarrist von Bob Wills alter Band damit zu tun?«

»Wenn er ausrastet, schreit er nicht nach dem Leon von Bob Wills. Jack war lange MG-Schütze an Bord eines Hubschraubers. Gegen Ende ist er mit einem Piloten namens Leon Carmichael geflogen. *Diesen* Leon meint Jack. Aus irgendeinem Grund denkt er, Leon könnte mit ihm wegfliegen und ihn vor dem beschützen, was ihn auffrißt, genau wie Leon ihn und die anderen Jungs aus gefährlichen Situationen in Vietnam rausgeflogen hat.

Aber gegen Ende ist etwas passiert, das ihm mehr zu schaffen macht als alles andere, was ihn innerlich auffrißt. Er hat es nur einmal erwähnt. Ich hab ihn drüben bei der Scheune in meinen Armen gehalten, in einer Nacht, in der es besonders schlimm war und er auf dem Boden lag und etwas vor sich hin murmelte. Hörte sich so an, als wäre es um die letzte Evakuierung in Saigon gegangen. Er war in dem Hubschrauber gewesen, der noch ein paar Marines vom Dach der amerikanischen Botschaft mitgenommen hat. Wenn er nüchtern ist, erwähnt Jack das nicht einmal mit einem Wort, deswegen hab ich nie die ganze Geschichte erfahren. Bobby McGregor, der Freund von Jack, war ebenfalls dabei und hat es miterlebt, aber er spricht auch nicht darüber. Was immer es auch gewesen sein mag, es hat Jack Carmine jedenfalls den Rest gegeben.

Wenn Sie wissen wollen, wo er jetzt ist, würd ich sagen, es gibt nur zwei Orte, wo er sein kann. Manchmal fährt er über die Grenze nach Ojinaga und betrinkt sich ungefähr einen Tag lang fürchterlich. Wenn er länger als zwei Tage wegbleibt, ist er wahrscheinlich nach Wichita gefahren, um sich dort mit dem Burschen, der in Vietnam beide Beine verloren hat, zu unterhalten. Das macht er eigentlich jedes Jahr einmal. Manchmal nehmen die beiden ein Flugzeug nach Washington D. C. und setzen sich tagelang vor das Vietnam War Memorial. Dann fahren sie mit den Händen über die Namen all der Kameraden, die sie kannten und die es nicht nach Hause geschafft haben. Doch wo immer er auch hingegangen ist, er wird wiederkommen, und es wird so aussehen, als sei alles in Ordnung, bis es wieder von vorne losgeht, in ein oder zwei Monaten, manchmal in ein oder zwei Tagen.

Ich sag Ihnen eins, Miss. In Jack steckt allerhand Unergründliches, er kann härter arbeiten als drei Männer zusammen, er kann Sie zum Lachen bringen und er wird Sie in Zeiten der Not nie im Stich lassen. Und ich kann sehen, daß Sie ihm sehr viel bedeuten, nicht einmal annähernd hat ihm je zuvor ein Mensch soviel bedeutet wie Sie. Aber wenn Sie bei ihm bleiben, haben Sie und die *muchacha* noch viel Kummer vor sich. Er ist immer ruhelos gewesen, und jetzt ist noch diese Sache hinzugekommen. Das hat etwas zur Folge, was sogar mir Angst macht. Und dabei sind Jack und ich schon sehr, sehr lange gute *Amigos*. Früher hatte er diese Anfälle alle paar Monate, aber in den letzten Jahren kamen sie immer öfter. Nur nachdem er Sie kennengelernt hatte, konnte er sie eine ganze Weile von sich fernhalten. Manchmal denk ich, irgendwann wird er vollkommen wahnsinnig, und keiner von uns wird ihm helfen können.«

Sara Margaret kam angerannt. Sie hatte den Schädel einer jungen *javelina* in der Hand. »Guck mal, Mama, man kann die Zähne und alles sehen.«

Linda Lobo hielt den Schädel in der Hand, schaukelte langsam vor und zurück und betrachtete den Schädel.

Nach einer Weile stand Earl auf, zog sich seine

Jeans zurecht und scharrte einmal mit dem Stiefel im Staub. »Er kommt wieder, Miss. Irgendwann kommt er wieder. Das tut er immer. Er kann nirgendwo anders hin.«

Earl ging die Schotterstraße hinunter. Die tiefstehende Sonne ließ seinen Schatten beim Gehen über die Kakteen und den Staub wandern, bis er hinter den Bretterzäunen und Metallrutschen verschwunden war.

Dreizehntes Kapitel

New Orleans, 27. Oktober 1993

Ariendo Vincent ließ den Walzer ganz langsam ausklingen, indem er eine Phrase ein paarmal wiederholte; er ließ sein Instrument so allmählich verstummen, daß man es eigentlich kaum wahrnahm. Vaughn Rhomer und Cohana Eliason aber spürten dies und beendeten ihren Tanz. Als Ariendo Vincent die letzte Note des Liedes in die Länge zog, machte Vaughn Rhomer mit der Frau noch eine letzte, langsame Drehung. Dabei nahm sie in einer graziösen Bewegung ihren Schirm und ihre Handtasche vom Tisch.

»Ich muß jetzt gehen«, sagte sie – ganz in gelb und weiß – und lächelte, als die Musik verstummte. »Sie tanzen wundervoll, und vielleicht bitten wir Ariendo ein anderes Mal, für uns zu spielen.«

Einen Augenblick lang wollte Vaughn Rhomer sie bitten noch zu bleiben, ihr einen Brandy anbieten. Aber erfahrene Reisende wissen, wenn der Tanz beendet ist, wenn die Zeit des Abschieds gekommen ist, und Vaughn Rhomer war jetzt ein erfahrener Reisender. Er verbeugte sich leicht und sagte: »Ich danke Ihnen« und stand einfach da, seine braune Kappe in beiden Händen. Sie nickte Ariendo Vincent zu, der zuerst Vaughn, Rhomer ansah und dann Cohana Eliason zunickte, als sie sich den Schal umlegte und in den Abend hinaus verschwand.

Vaughn Rhomer legte fünf Dollar in Ariendo Vincents Geldschachtel.

»Passen Sie auf sich auf«, sagte Ariendo Vincent leise. »Und vergessen Sie niemals diesen Augenblick.«

Zurück in seinem Zimmer konnte Vaughn Rhomer sich nicht daran erinnern, daß er zum Hotel gegangen war, er konnte sich nicht erinnern, daß er die Toulouse Street entlanggegangen war. Er bestellte beim Zimmerservice eine gute Zigarre und Brandy, den gleichen Brandy, den er im Café Beignet getrunken hatte, und stellte sich auf den kleinen Balkon seines Zimmers, zu dem man durch große Glastüren gelangte. Vaughn Rhomer lächelte, er konnte nicht aufhören, zu lächeln.

Er lehnte sich auf das Balkongeländer und blickte hinaus in die Nacht von New Orleans, Zigarre in der einen, Brandy in der anderen Hand. Und er nickte sich selbst zu.

Vierzehntes Kapitel

Charlotte, North Carolina, Ende Oktober 1993

Die Garderobe des Konzertsaals war gerade pfefferminzgrün gestrichen, und es gab jede Menge Spiegel. Wenn Bobby McGregor an der richtigen Stelle stand, konnte er sich von allen Seiten sehen. Er fand das gar nicht so schlecht, so lange man nicht zu genau hinsah. Es war jedenfalls besser als all die Jahre in Country-Bars und billigen Hotels, wo man in schmutzigen Toiletten oder Küchen voller Kakerlaken die Gitarre stimmen mußte, wo Kellner dem Gitarrenhals ausweichen mußten und wünschten, daß man verdammt noch mal endlich verschwand.

Lester Virdeen steckte seinen Kopf durch die Tür. »Wir gehn auf die Bühne, Bobby. Bis in ein paar Minuten.«

Der Rest der Band stand im Flur hinter Lester, alle trugen Jeans und Stiefel, hellblaue Hemden, schwarze Halstücher und graue Stetsonhüte.

Bobby McGregor nahm seine Martin D-28 aus dem Gitarrenkoffer. »Gib mir ein A, Lester.«

Lester Virdeen zupfte an seiner Geige.

»Streich es bitte, ja?«

Lester klemmte sich die Geige unters Kinn und strich mit dem Bogen über die A-Saite, während Bobby seine Martin etwas höher stimmte.

»Jetzt stimmt's, ein astreines A, klingt gut«, sagte Lester. »Wie fühlst du dich, alles in Ordnung?« Lester Virdeen lächelte. Er war fast siebzig Jahre alt und spielte noch immer Geige wie der Teufel. Derzeit gab es kaum einen, der besser war als er. Außerdem war er so etwas wie ein Ersatzvater für die jüngeren Bandmitglieder.

»Mir geht's gut«, sagte Bobby. »Wie geht's Glen, ist sein Magen wieder in Ordnung?«

»Na ja, er muß wenigstens nicht mehr ständig kotzen. Diese jungen Kerle bleiben viel zu lange auf, trinken zuviel und essen nur Junk food. Ich sag ihnen immer, daß dies – verdammt noch mal – keine Urlaubsreise ist und daß sie so leben sollten wie zu Hause.«

Bobby grinste. »Vielleicht tun sie das ja.«

Lester schüttelte den Kopf. »Ich hab dir schon mal gesagt, die beste und einfachste Band wär die, in der keiner unter sechzig mitspielt. Wie dem auch sei, wenn Glen hinter seinen Trommeln sitzt, denkt er eh nur noch an die Musik.«

Bobby nickte. »Geht jetzt raus und fangt an, bringt sie in Stimmung.«

»Sind schon unterwegs.« Lester machte die Tür zu und verschwand.

Zwanzig Sekunden später war durch die dicken Vorhänge das Gejohle und der Applaus zu hören, als die Band die Bühne betrat.

Bobby McGregor spielte ein bißchen auf seiner Martin, um sich einzustimmen.

»Ja«, sagte er als Antwort auf ein Klopfen an der Tür. Ein junger Mann mit Pickeln im Gesicht steckte den Kopf zur Tür herein. »Ein Photograph vom *Observer* ist hier und möchte wissen, ob er ein paar Photos machen kann.«

Durch die offene Tür hörte Bobby McGregor, wie die Band sich auf das erste Lied einstimmte. Lester Virdeen spielte seine elektrische Geige leidenschaftlich schnell zu »West Texas Roads«.

»Okay, sag ihm, ich hab aber nur zwei Minuten Zeit.« Verdammt noch mal, dachte er, immer warten sie bis zur allerletzten Sekunde. Er stellte die Flasche Miller auf den Fußboden hinter sein Bein.

Der Photograph schob sich seitwärts polternd durch die Tür. Er trug eine Phototasche, eine Canon mit 35-Millimeter-Objektiv und ein Blitzlicht um den Hals. Draußen auf der Bühne begann Maclean Stockton gerade sein Solo, das Lester ablöste, er spielte die Eingangsnoten perfekt, trat auf sein Volumepedal, und seine Fender Stratocaster durchschnitt in den oberen Tonlagen die Luft wie ein Messer. Bobby McGregor lächelte. Die Band wurde immer besser.

»Nur ein paar Aufnahmen, Mr. McGregor.« Der Photograph legte bereits einen neuen Film ein. »Wir wußten bis vor einer halben Stunde nicht, daß wir über Ihr Konzert berichten.«

Die Band spielte sauber und konzentriert. Maclean ging über zu seinem synkopischen Crosspicking, das er hin und wieder einbrachte; es waren Achtelnoten-Licks, die er von Jessie McReynolds Mandolinenspiel übernommen hatte. Bobby hatte versucht, sich das auch beizubringen, aber er war dafür nicht schnell genug.

Bobby zeigte auf seine Flasche Miller. »Wär nett, wenn das Bier auf dem Photo nicht zu sehn wär.«

»Kein Problem. Ich brauche nur ein paar Aufnahmen von Ihrem Gesicht. Alle anderen Photos mache ich während des Konzerts.«

Der eingebaute Motor der Kamera surrte, das Blitzlicht lud sich auf und wurde erneut abgefeuert.

Auf der Bühne setzte Jimmy Gonzales mit seiner elektrischen Gitarre ein.

»Ich hab noch ungefähr dreißig Sekunden«, sagte Bobby zu dem Photographen.

»Nur noch zwei, drei Aufnahmen, bitte.«

Bobby schüttelte den Kopf. Er fand, daß alle Photographen Pessimisten waren. Immer noch ein paar Bilder und dann noch ein paar. Er stand auf, schlang sich seine Martin über die Schulter und fischte in der Hosentasche seiner Jeans nach einem flachen Plektron. »Das war's, ich muß raus, ein paar Lieder singen.«

»Vielen Dank Mr. McGregor. Hals- und Beinbruch.«

Als die Band mit der jazzigen Variation eines kurzen, melodischen Laufs das Lied beendete und Lester und Maclean Terzen zusammen spielten, prüfte Bobby McGregor, ob der Reißverschluß seiner Hose zu war und begab sich hinaus ins Scheinwerferlicht. Er tippte vor der Menge an seinen Stetson, strich mit seinem flachen Plektron über die Saiten und nickte Lester Virdeen zu. Lester gab mit dem Bogen vier Takte vor, der Schlagzeuger fiel ein, und es ging los; die Steelguitar mit Pedal breitete einen Klangteppich aus, auf dem man an diesem Herbstabend in Charlotte, North Carolina, gehen konnte.

Wenn ich noch mal von vorn anfangen könnte,
Würd ich es ganz genauso machen,
Nur würd ich sie nie wieder
so schlecht behandeln...

Zwei Stunden später beendeten sie das Konzert mit einem neuen Lied. Es war eine Woche zuvor in die Charts gekommen und hatte bereits Platz fünfzehn erreicht.

»Bandit«, Charlotte Concert.

Nur Bobby und Mundharmonika. Schön ruhig, 4/4

Sie hat ihn immer »Bandit« genannt,
nur sie wußte, warum.
Und sie hat fast immer gelächelt,
wenn sie ihn so nannte.

Sie sagte manchmal »Bandit«,
laß uns den Pick-up waschen,
du kannst mich zum Essen ausführn,
ich zieh ein hübsches Kleid an...
...das dir gefällt.

Ein Lauf der Fender Strat, die ganze Band stimmt ein, vorweg die Steelguitar. Harte zwei Takte

Also komm schon, Leon,
spiel's noch einmal,
laß es klingen wie ein Messer,
über das der Wind streicht,
der von Texas heraufweht,
auf den Schultern des Regens,
mit staubbedeckten Kleidern
von einsamen Zugfahrten.
Spiel so, daß es klingt wie ein
langer Sündenfall,
der kleine Fältchen um die Augen
und Risse in dein Gesicht zeichnet,
das früher über alles gegrinst hat,
bis alles unklar wurde,
durch die Lücken in deinem Leben,
als die alten Zeiten dich in den Wahnsinn
trieben.

Langsames Ausklingen, wieder Bobby & Mundharmonika.

Sie tanzte den Texas Twostep
zur Musik von Bob Wills,
Und sie mochte die drehenden

Lichter der altmodischen Tanzsäle,
aber sie wurde der sterbenden Tage überdrüssig
und sehnte sich nach einem andern Leben,
sie wurde der sterbenden Träume
und alten Gitarrenstücke überdrüssig.
Also komm schon, Leon...

Bobby McGregor spielte einen Lauf, den Maclean ihm gezeigt hatte und sagte: »Übernimm du, Lester«, und trat vom Mikrophon zurück, als die Band zu einer Instrumentaleinlage überging.

Saigon, kurz nach Sonnenuntergang am 30. April 1975

Elf Marineinfanteristen waren auf dem Dach der amerikanischen Botschaft zurückgeblieben, es waren die letzten menschlichen Wesen der großen und heiligen und aussichtslosen Mission Amerikas in Südostasien. Sie ließen eine Flasche Johnny Walker Black Label rumgehen, die Wirkung der Weckamine ließ langsam nach, und der Major sagte, daß die Hubschrauberpiloten vielleicht vergessen hätten, daß sie immer noch auf dem Dach seien und daß der Vietcong von allen Seiten auf Saigon zumarschierte. Der Major sagte, daß die Marineinfanteristen vielleicht am Raketenabwehrschutz der Botschaft hinunterklettern und sich den Weg zum Meer freikämpfen müßten. Keine Chance, dachte Bobby McGregor damals.

Die Leute versuchten, Babys über die Mauer der

Botschaft zu werfen, und baten inständig darum, die Amerikaner mögen sie mitnehmen. Babys, die dort oben in den Stacheldrahtrollen hingen und schrien. Ein junger Marineinfanterist sagte: »Scheiße, der Major hat recht, sie haben uns vergessen, sie sind verflucht noch mal nach Hause geflogen und haben uns hier sitzenlassen.«

Ballen und Feuerlöscher waren gegen die Tür, die zum Dach führte, gestapelt, und Hunderte von Vietnamesen hämmerten gegen die Tür, schrien und brüllten, und versuchten, auf das Dach zu gelangen. Sie waren kurz davor, die Tür aus den Angeln zu heben. Bobby McGregor erinnerte sich daran, daß er seine M-16 entsichert und auf die Tür gerichtet hat, als der Major sagte: »Wir müssen Zeit gewinnen, halt drauf, wenn sie durch die verdammte Tür kommen.«

Bobby war zwei Jahre in Vietnam gewesen, ohne daß er tatsächlich jemanden hatte töten müssen. Aber in diesem Augenblick hätte er es getan.

Dann erschien über dem brennenden und rauchgeschwängerten Saigon im Schein der rotglühenden Sonne eine einsame CH-46, die von sechs Cobra-Kampfhubschraubern begleitet wurde. Die Cobras zuckten im Dunst wie Libellen auf und ab. »Tränengas«, brüllte der Major und sie sprühten es den Treppenschacht hinunter und versprühten es auf dem Dach. Das war allerdings ziemlich unklug, denn durch die Rotorblätter wurde es wieder zu ihnen nach oben und in den Hubschrauber gesogen. Bobby McGregor rannte zum Hubschrauber und ging in Deckung, als ein Maschinengewehrschütze aus dem Hubschrauber das Feuer auf einen Heckenschützen eröffnete, der sich in einem Gebäude auf der gegenüberliegenden Straßenseite verschanzt hatte. Vor allem dieses Bild war ihm im Gedächtnis geblieben, dieser Schütze, ein älterer Kerl mit hartem Gesichtsausdruck, Sonnenbrille und einem tief ins Gesicht gezogenen Helm – eine perfekte Tötungsmaschine. Nichts konnte ihn ablenken, nicht einmal die Tränen, die ihm wegen des Tränengases übers Gesicht liefen. Der Hubschrauber hob ab, Bobby war noch nicht richtig drinnen, seine Beine baumelten noch draußen; der Schütze zerrte Bobby McGregor ganz in den Hubschrauber. Der Name auf der Uniform des Schützen: Carmine.

Jimmy Gonzales beendete die Instrumentaleinlage, gab Bobby McGregor einen schönen Dominant-Septakkord als Einsatz und Bobby McGregor sang:

Sie mochte den Klang der Steelguitars
Und der Regentropfen auf alten Wellblech-
dächern,
Sie weinte bei traurigen Filmen,
wenn sie zu Ende waren.
Und mir gefiel, wie sie schmeckte,
in der drückenden Hitze des Sommers,

eine Mischung aus ihrem Parfum
Und dem Duft von frischgemähtem Klee.
Also kommt, Jungs ...

Als Zugabe spielten sie noch eines von Bobbys Liedern, nämlich »Das Rot von Saigon«. Sein Agent haßte dieses Lied und sagte, er solle es aus seinem Repertoire streichen, es sei zu lang und zu traurig, es erinnere die Leute an etwas, das sie lieber vergessen wollten. Aber Bobby spielte es trotzdem und stolperte wie immer etwas über die Worte. Er hatte den Augenblick vor Augen, als Jack Carmine ihn in den Hubschrauber gezogen hatte. Er hatte sich umgedreht und gesehen, wie der Schütze das Feuer eröffnet hatte: Sein Körper wurde vom Rückschlag des Maschinengewehrs durchgeschüttelt, der Patronengurt verschwand in dem Gewehr wie die schnellste Schlange, die er je gesehen hatte, und zerriß eine Frau mit einem Baby, als die Tür aus den Angeln gehoben wurde und die Menschen auf das Dach stürzten. Er und Jack waren später gute Freunde geworden, aber keiner von ihnen hat je darüber gesprochen, was damals auf dem Dach in Saigon passiert war.

Anschließend das obligatorische Interview, und Bobby packte seine Martin wieder in den Gitarrenkoffer.

»Ja, es war ein wirklich tolles Publikum.«

»Ich weiß auch nicht, warum ihnen die Songs gefallen, aber sie gefallen ihnen eben. Ich versuche nicht, darüber nachzudenken, sonst hören sie vielleicht auf, ihnen zu gefallen.«

Die Reporterin war verwirrt und kritzelte. »Die Leute mögen die Lieder, weil es gute Lieder sind.« Das hörte sich gut an, es hörte sich so an, als ob er prahlte. Sie mußte ungefähr sieben Jahre alt gewesen sein, als Jack Carmine ihn in den Hubschrauber gezogen hatte. Davon abgesehen, fand sie weder großen Gefallen an Bobby McGregor noch an seiner Musik.

Bobby McGregor stand schon, den Gitarrenkoffer aus Leder über seiner linken Schulter, als er die letzte Frage beantwortete. »Von hier aus geht's weiter nach Dallas.« Er ging den Flur entlang und dachte an Jack Carmine, fragte sich, was er wohl jetzt machte.

Fünfzehntes Kapitel

New Orleans, 28. Oktober 1993

Vaughn Rhomer packte seine Sachen und rief dann nach einem Hotelpagen, damit der ihm beim Tragen half.

»Sie haben ziemlich viel Gepäck«, sagte der Page höflich. »Sie müssen schon eine ganze Weile unterwegs sein.«

»Ja, das bin ich, das bin ich«, sagte Vaughn Rhomer, der eine khakifarbene Hose, ein blaues Baumwollhemd mit echten Hornknöpfen und Schulterstücken sowie seine Schnürstiefel mit rutschfesten Sohlen trug.

Er bezahlte seine Rechnung, fuhr aus der Hotelgarage und bog an der Toulouse Street links ab Richtung Hafenviertel. Auf dem Sitz neben ihm lagen eine Dose Hundefutter und sein Dosenöffner P-38.

Er setzte sich auf eine Bank am Wasser und hielt nach der Hündin Ausschau, aber sie war nirgendwo zu sehen. Er beobachtete den Verkehr auf dem Wasser, die großen Schiffe mit Namen wie *Alexander's Unity (Valletta)*, die den Fluß abwärts fuhren, hinaus aufs offene Meer. Er ging am Ufer entlang und suchte nach einer kleinen Muschel oder einem kleinen Stein, den er Mary Harding, der Bibliothekarin aus Otter Falls, die ihm so freundlich geholfen hatte, mitbringen konnte. Sie war ungefähr in seinem Alter und alleinstehend. Er hatte überlegt, daß er sie irgendwann einmal zum Abendessen einladen wollte, vor allem nachdem sie ihm gesagt hatte, daß sie ihn bewunderte, weil er solch eine Reise allein unternahm.

»Ich finde es gut, daß Sie das machen, Mr. Rhomer. Mein Mann und ich sind auch sehr viel gereist, bevor er starb. Ich vermisse das Reisen, aber ich mag nicht allein oder mit anderen Frauen verreisen.« Das hatte sie ihm erzählt, als er sich über New Orleans informierte.

Vaughn Rhomer konzentrierte sich auf die Wasserkante und bemerkte die Hündin nicht, bis er ein kleines Geräusch hörte und sie drei Meter weiter links sitzen sah. Sie schaute zu ihm herüber.

»Hallo, meine Kleine«, sagte er und öffnete die Dose und kratzte das Futter mit seinem Profitaschenmesser, das er am Gürtel trug, heraus. Jack Carmine hatte ihm das Messer vor Jahren geschickt, nachdem Vaughn Jacks Messer bewundert hatte. Er säuberte sein Messer auf dem Rasen und schob das Futter in Richtung der Hündin .

Sie sah ihn an, bewegte sich aber nicht. Er warf ihr ein bißchen von dem Futter zu, und sie zuckte vor seiner schnellen Handbewegung zurück. Schließlich kam sie näher und schnupperte am Futter, bevor sie es mit einem Bissen verschlang.

Über sechzehnhundert Kilometer flußaufwärts waren Obst und Gemüse im Best Value wahrscheinlich in keinem besonders guten Zustand. Es war an der Zeit, nach Hause zu fahren. Er atmete einmal tief durch, sah auf den Fluß und dann auf die Hündin und stand auf. »Auf Wiedersehen, mein Mädchen, paß auf dich auf.«

Die Hündin folgte ihm, erst ein paar Schritte hinter ihm und dann neben seinem Hosenbein. Vor seinem Auto ging er in die Knie, um die Hündin zu streicheln. Dann schloß er ohne zu zögern die Beifahrertür auf und klopfte auf den Sitz. »Komm, mein Mädchen, laß uns von hier verschwinden.«

Die Hündin sah ihn an und wedelte mit dem Schwanz. Er klopfte wieder auf den Sitz. »Wenn du mitfahren willst, steigst du jetzt besser ein.«

Mit ihren kurzen Beinen konnte sie nicht besonders hoch springen, aber sie schaffte es. Vaughn Rhomer ging um den Wagen herum und setzte sich ans Steuer. Er sah die Hündin an, und die Hündin sah ihn an. Er lächelte, ließ den Motor an und fuhr los. Leuchtend rosa blühten die Azaleen in einem Park, und Vaughn Rhomer zeigte sie der Hündin, die still auf ihrem Sitz saß, manchmal aus dem Seitenfenster schaute und manchmal Vaughn Rhomer ansah.

Die Rush-hour war vorbei, und es war nicht viel Verkehr auf der Interstate, als Vaughn Rhomer auf das Gaspedal trat, und sie Richtung Westen auf die

I-10 fuhren. Die Straße bestand fast nur aus Brücken, die über Sümpfe und sumpfige Flußarme führten. Der Himmel war nahezu wolkenlos, nur ein paar leichte Federwolken waren weit entfernt zu sehen. Auf dem Wasser und am Ufer waren kleine weiße Vögel. Watende, weiße Kraniche, ein grünweißes Bild mit der Aufschrift *Lake Pontchartrain.* Noch ein Schild: *Bonnet Carre Abflußkanal.*

»Solche Namen gibt es in Iowa nicht«, sagte Vaughn Rhomer und deutete auf die Schilder. Die Hündin wedelte mit dem Schwanz und hechelte.

Nach Hause, auf dem Weg nach Hause. Ein leeres Haus, ohne Marjorie, eine Firma, die Leute entließ und ältere durch jüngere ersetzte.

Kleine Wellen auf dem Pontchartrain, Strommasten spazierten über den See, unheimlich aussehende Treibholzstücke trieben vorbei, und tote Bäume ragten aus dem Wasser. Schilder:

Ausfahrt 210, 55 Nord, 2 Meilen – Hammond – St. John Parish

Zwei Minuten bevor Vaughn Rhomer sein Zuhause, den Trolley Car Boulevard und Rhomers Raum erreichte, hörte er in den Morgennachrichten im National Public Radio den Namen Thomas Martin. Vaughn Rhomer beugte sich vor und stellte das Radio lauter.

Gestern starb einer von Englands literarischen Scharlatanen. Thomas Martin, der seit seiner Kindheit an den Rollstuhl gefesselt war, schrieb eine Reihe von Büchern über Abenteuerreisen, in denen er behauptet, exotische und unbekannte Orte erforscht zu haben. Die Forschergesellschaft verurteilte seine, wie sie es nannte, »unerhörten Behauptungen und offenkundigen Lügen«, aber viele Leser schätzten seine Bücher und hielten sie für wahr, auch wenn sie wußten, daß alles frei erfunden war. Thomas Martin, der nur in seiner Phantasie gereist ist, starb im Alter von achtundsiebzig Jahren.

Nicht alle Leser hatten gewußt, daß die Geschichten von Thomas Martin frei erfunden waren. Vaughn Rhomer sah die Hündin an, verlangsamte die Fahrt und brachte den Buick auf dem Seitenstreifen zum Stehen. Auf dem Schild stand: Halten nur im Notfall. Vaughn Rhomer murmelte: »Dies ist wahrscheinlich ein Notfall.«

Er zog seinen Rand-McNally-Straßenatlas unter dem Vordersitz hervor und studierte die letzten Seiten, bevor er ihn wieder unter den Sitz schob und zwei Minuten dasaß, beide Hände auf dem Lenkrad, den Blick auf der I-10 geradeaus nach Westen. Als er einmal seinen Neffen Jack gefragt hatte, welche Straßenkarten am besten seien, hatte Jack erwidert: »Du brauchst keine Straßenkarten, Onkel Vaughn, du fährst einfach los.«

Im Norden waren Mrs. Butro und die jungen Frauen in den allerknappsten Shorts, die an seiner Obst- und Gemüseabteilung vorbeikamen. Im Norden waren Entlassungen und das Grab von Razberry Rhomer und die Kinder, die ihn besuchten und immer sagten: »Jennifer, bleib mit deinen klebrigen Finger von Opas Radio weg.« Vaughn Rhomer wollte kein Opa sein, und er mochte es auch nicht, wenn Jennifer mit ihren klebrigen Fingern seinen Weltempfänger anfaßte.

Er wartete auf eine Lücke im Verkehr und fuhr wieder auf die I-10. Er gab langsam Gas.

Ausfahrt 210, 55 Nord, 2 Meilen – Hammond

Sechzig Sekunden bis zur Ausfahrt, dann hoch zur 55 nach St. Louis und nach St. Louis zur Route 61 Richtung Norden. Vaughn Rhomer zählte in Gedanken sein Geld und seine Reiseschecks. Heute war Donnerstag, am Montag mußte er wieder arbeiten. Wofür? Captain Turnip kommt nach Hause, und was findet er da? Gelbe Leselampen, Sicherheit. Der Selleriemann kehrt zurück. Enkelkinder, die BBC um Mitternacht, ein langsamer Abstieg bis zur Altersschwäche oder bis zum ebenso schwachsinnigen Altersheim. Ein langsamer Walzer in E-Dur ging ihm durch den Kopf, und er sah das Gesicht einer Frau namens Gumbo vor sich; er hörte Ariendo Vincent sagen: »Und vergessen Sie niemals diesen Augenblick.«

Vaughn Rhomer sah die Hündin an, sie sah ihn an. Er grinste sie an: »Mexiko ... wie gefällt dir das?«

Er gab Gas und zündete sich eine Zigarre an, er öffnete das Fenster einen Spaltbreit, damit der Rauch die Hündin nicht belästigte. Er sah zu ihr hinüber.

»Wie gefällt dir der Name ›Bandida‹? Gefällt er dir?« Die Hündin grinste. »Okay, dann heißt du ab jetzt Bandida. Wir besorgen dir ein großes Taschentuch, das du um den Hals tragen kannst – ein hübsches, vielleicht ein gelbes.«

Er fuhr an der Ausfahrt 55 nach Norden vorbei, er gab sogar noch ein bißchen mehr Gas und raste unter dem Schild *Baton Rouge geradeaus* hindurch.

»Wir besorgen in Baton Rouge Medizin für deinen Kopf und deine Ohren, Bandida, und dann halte dich bereit für all die Orte und Plätze, die wir sehen werden. Ich hoffe, es macht dir nichts aus, wenn ich mit ein paar Señoritas tanze... vielleicht sind es eher Señoras. Vielleicht lade ich sogar die nette Bibliothekarin ein, uns in Mexiko zu besuchen. Gut, ich dachte mir schon, daß es dir nichts ausmacht. Wir machen einen Abstecher nach Alpine und sehen mal nach, ob Jack zu Hause ist, trinken guten Schnaps und erzählen Geschichten, und dann fahren wir weiter nach Taos und schauen einen Tag bei Lorraine vorbei. Anschließend fahren wir nach Süden und besuchen all die kleinen mexikanischen Badeorte, fahren einfach der Nase nach, hören Mariachi-Musik und schwimmen nachts in der hohen Brandung.«

Er fand in Baton Rouge einen Tierarzt und bekam eine Salbe für Bandidas Wunden. »Sie hatte ein hartes Leben«, sagte der Tierarzt. »Lassen Sie ihr möglichst bald die Eierstöcke entfernen.«

Am Stadtrand von Baton Rouge kaufte er eine Kühltasche, zwei Sechserpacks Corona, zehn Dosen

Hundefutter und eine Baseballkappe, auf der *LSU Tigers* stand.

Auf der Fahrt Richtung Westen konnte er immer noch Cohana Eliasons Parfum riechen, und er summte den Walzer in E-Dur vor sich hin. »Mein Tanz mit Gumbo« hatte er das Lied für sich genannt. Auf der rechten Straßenseite stand ein Schild, auf dem *Houston 321 Meilen* stand.

Drei Stunden später war Vaughn Rhomer in Texas und fuhr gemütlich Richtung Beaumont. Eine Gruppe Bauarbeiter arbeitete auf einem Feld zu seiner Rechten. Die Sonne stand sehr hoch am Himmel, und Vaughn Rhomer deutete auf die Arbeiter. »Das ist harte Arbeit, Bandida. Schwere, harte Arbeit. Wenn ich älter wäre, würde ich solche Arbeit nicht mehr gern machen. Sieht so aus, als verlegen sie Rohre oder so was.«

Ungefähr dreihundert Meter draußen auf dem Feld sagte der Chef der Truppe etwas, und ein Mann stützte sich auf seine Schaufel und schaute zum Highway hinüber. Er trug nur eine Hose und schwitzte; ihm fiel der Hund, der sich aus dem Beifahrerfenster eines blauen Buicks lehnte, kaum auf. Seine Kappe war verblichen und ziemlich schäbig, aber er hatte sie im Frühjahr in einem Schrank gefunden. Auf der Kappe stand *North Stars*. Der Mann beugte sich vornüber und hustete schwer, fast mußte er sich übergeben. Er richtete sich auf und wischte sich mit dem Arm über die Stirn, zog die Kappe ins Gesicht und arbeitete weiter.

Sechzehntes Kapitel

Flug 402 von La Paz, Mexiko, nach Dallas
28. Oktober 1993

»Nun sitz ich hier in San Antone und wart auf den Achtuhrzug...« Die Marshall Tucker Band war ziemlich laut in den Kopfhörern der Frau, bevor sie von einer Durchsage aus dem Cockpit unterbrochen wurden. Der Pilot teilte mit, sie wären pünktlich und würden gerade in nordöstlicher Richtung die Davis Mountains überqueren. Sie sah durch die klare Wüstenluft nach unten, als die Musik wieder einsetzte. »Ich arbeit 'ne Woche, mach hundert Dollar und bin wieder unterwegs...«

Aus über elftausend Metern Höhe konnte sie einen langen Güterzug erkennen, der durch West-Texas fuhr, während Marshall Tucker und seine Jungs weiter unterwegs waren. Da unten, fast genau unter ihr, hatte sie fast zwei Jahre ihres Lebens verbracht. »Ich möcht nicht, daß du denkst, du wärst die erste, die mich hier draußen allein läßt.«

Earl und Brummer und Cactus. Sie dachte an sie und hoffte, daß es ihnen gut ging, sie waren ja schon ziemlich alt gewesen, als sie bei ihnen gewohnt hatte.

Der Mann auf dem Gangplatz lehnte sich über sie und sah nach unten. Die wilde Geige, die elektrische Gitarre und die Flöte machten eine lange Pause, dann wieder der Sänger: »Oh, wenn du alle Frauennamen hinschreiben und mich einen aussuchen lassen würdest...«

Er sagte etwas zu ihr, und sie nahm die Kopfhörer ab. »Entschuldige, was hast du gesagt?«

»Ich sagte, ich wußte gar nicht, daß es in Texas Berge gibt. Können aber nicht sehr hoch sein, ich hab jedenfalls noch nie von ihnen gehört. Sonst gibt's wahrscheinlich auch nichts da unten – eine der weiten, menschenleeren Ebenen von Amerika.« Sie nickte. Er rückte seine Krawatte zurecht und las weiter.

Sie sah wieder hinunter, sah wie West-Texas unter den Tragflächen vorbeizog. Sie drehte die Marshall Tucker Band lauter, die gerade auf das Ende zupreschte. »Nein, es ist nicht das erste Mal, daß dieser Cowboy die Nacht allein verbringt...« Diese Musik – diese Art von Musik, die dir das Gefühl gibt, daß du weggehst und alles hinter dir läßt, ein anderes Leben ausprobierst, ohne es tatsächlich zu tun. Musik, die dir tief drinnen das Gefühl von drehenden Rädern und langen Zügen vermittelt, die durch die Wüstennacht nach Westen fahren, das Sternenlicht auf den Schienen... Räder, Gummireifen, die geschmeidig durch einen längst vergangenen Oktober fahren, eine Silbermünze in der Luft – »Kopf oder Zahl« – nicht mehr weit bis Gitchee Gumee und dann links abbiegen nach Little Marais, Brummer und ein richtiger Geburtstagskuchen und Jack Carmine, der mit dem Propeller auf dem Kopf so albern aussieht ... mit ihm zusammen im Schneidersitz auf dem Bett des Holiday Inn, Eier und Toast essend, während er mit der Gabel wedelt und wieder eine Geschichte aus seinem unerschöpflichen Vorrat zum besten gibt, und wie sie ihn ansieht und sich erinnert an eine Nacht – sie und Jack Carmine –, wie sie ihren Bauch und ihre Brüste gegen seinen schlanken Körper preßt, der im Gesicht und an den Armen gebräunt, aber sonst weiß ist, und wie sie mit ihm alles tut, was ein Mann und eine Frau nur tun können, alles zwischen Zärtlichkeit und wildem, hemmungslosem Aufeinanderhämmern, das übergeht in wortloses Streicheln, und sie denkt, daß sie, wenn alles sich so weiterentwickelt, wahrscheinlich irgendwann wieder das Wort »Liebe« in ihren Wortschatz aufnehmen muß.

Die Stewardeß verteilte heiße Handtücher in der ersten Klasse. Auf ihrem Namensschild war zu lesen, daß sie »Elena« hieß, und sie sagte gerade dem Paar hinter ihnen, daß sie in ein paar Minuten die Speisekarten vorbeibringen würde.

Mark Elwin wischte sich die Hände an einem Handtuch ab und fragte die Frau neben sich: »Alles in Ordnung?«

»Ja, mir geht's gut.« Einigermaßen jedenfalls.

Sieben Jahre waren seit Northern Food Processors und der Rainbow Bar und ihrer ersten Reise auf den entlegenen Straßen von West-Texas vergangen. Sie hatte etwas zugenommen. Vor vier Jahren hatte sie angefangen, im Community College von Des Moines Kurse zu belegen. Es war ein Versuch, jeden Tag etwas zu lernen, das auf den nächsten Tag neugierig machte. Mark Elwin hatte einen Gastvortrag zum Thema Versicherungen gehalten, und anschließend hatten sie sich darüber unterhalten, welche Lebensversicherung für eine alleinstehende Frau mit Kind sinnvoll war. In der nächsten Woche hatte er angerufen und gefragt, ob sie mit ihm ausgehen würde. Und dann entwickelten sich die Dinge. Ein Jahr später hatten sie geheiratet. Er war ein anständiger Mann, anständig zu ihr und Sara Margaret, er war gut im Bett und auch in anderen Dingen. Er hatte sie ermutigt, mit dem College weiterzumachen. Er meinte, es wäre genau das Richtige für sie, und außerdem sollte die Frau des Vizepräsidenten einer großen Versicherungsgesellschaft einen Collegeabschluß haben. Es war schwierig, Kurse zu besuchen und ihn gleichzeitig auf seinen Reisen zu begleiten. Aber irgendwie schaffte sie es, und in achtzehn Monaten würde sie an der Drake University ihren Abschluß in Amerikanistik machen. Den Titel für ihre Arbeit wußte sie schon: »Leon McAuliffe: Die Steelguitar und der Western-Swing.« Mark Elwin hatte sie gefragt, warum sie über ein so seltsames und unbedeutendes Thema schreiben wollte. Aber sie hatte nur geantwortet, daß die Musik von Bob Wills und seinen Texas Playboys ein zukunftsweisender Schritt in der Entwicklung der amerikanischen Musik gewesen sei.

Doch da war auch noch etwas anderes im Spiel, eine Art zerbrechliche Aufrichtigkeit, die ihr Leben durchzog, die Untertöne einer unehrlichen Abmachung. Ständig hatte sie dieses Gefühl, zu einem anderen Leben zu gehören, sie fühlte sich in der Welt, in der sich Mark Elwin mit solcher Leichtigkeit bewegte, immer etwas unsicher. In die Welt von Jack Carmine hatte sie sich problemlos eingeklinkt. Country-music und Lone-Star-Bier, alte Pick-ups und die westtexanischen Highways, »Faded Love« und hundert Stetsonhüte, die sich unter den Lichtern des Alpine Civic Center bewegten. Sie wußte, daß Jack Carmine die logische Fortsetzung ihres Erwachsenwerdens gewesen war: von Lucas Mathen und individuell hergerichteten Fords, dem Servieren von Hackbraten und Cheeseburgern, dem sich nicht groß darum kümmern, was morgen war.

Jetzt wurde monatelang im voraus geplant. Die Abendessen in den besten Restaurants und ein Konzertbesuch, weil Mark sagte, sie müßten das Orchester unterstützen; auch in Des Moines müsse es ein Symphonieorchester geben. Sie erinnerte sich an eine Besprechung, wo die finanziellen Probleme des Orchesters erörtert worden waren, und wo sie aus einem unerfindlichen Grund plötzlich an Jack Carmine denken mußte. Jack in einem Flanellhemd, zerrissenen Jeans und alten Stiefeln, mit Lederarmband und einer einfachen Mundharmonika in seiner rechten Hemdtasche. Sie hatte leise gelacht, als sie sich vorgestellt hatte, was Jack wahrscheinlich zur Lösung vorgeschlagen hätte: »Ist doch ganz einfach. Wir gehen die Sache wie ein Kapitalist an und machen den ganzen Laden effizienter – wir straffen die Stücke und spielen Bach einfach schneller.« Danach hätte er wahrscheinlich seine Mundharmonika rausgeholt und »Buffalo Gals« gespielt und wäre mit einem Shuffle aus dem Besprechungszimmer getanzt.

In den folgenden Jahren sind es meistens die letzten Oktobertage, in denen sie in sich hineinhorcht, während sie nach Südwesten sieht: im Auto, wenn es regnet und die Scheibenwischer eingeschaltet sind; im Hof, wenn der Rauch von verbranntem Laub zu ihr herüberweht; in ihrem Bett, wenn der andere neben ihr atmet. Und manchmal – meistens in den letzten Oktobertagen – will sie alles wiederholen, dann vermißt sie Jack Carmine und will alles wieder so haben, wie es einmal war. Tief drinnen will sie es unbedingt, und in Wirklichkeit will sie es und dann auch wieder nicht.

Texas Jack Carmine, eine Art Spiegel, der klar und deutlich all das widerspiegelt, vor dem dich deine Mutter gewarnt hat, und der dir damit gleichzeitig andere Möglichkeiten aufzeigt. Texas Jack Carmine, der sie auf seine Art mehr liebte als irgend jemand sonst sie je lieben würde. Sie erinnert sich daran, wie er sich gegen seinen Truck lehnte, den Stetson bis auf den oberen Rand seiner Sonnenbrille ins Gesicht gezogen; er trug ein sauberes Hemd und saubere Jeans und seine handgearbeiteten Stiefel glänzten, er wartete darauf, daß sie in ihrem schwarzen Kleid die

Treppe herunterkam, damals, als sie das erste Mal zum Essen in die Stadt gefahren waren.

Sie war auf der Veranda stehengeblieben und hatte sich vor ihm gedreht und gefragt: »Nun?« Jack hatte in den Truck gelangt und auf die Hupe gedrückt, war dann auf sie zu gekommen, hatte sie von der Veranda gehoben und zum Wagen getragen. Dabei hatte er ihren Hals geküßt und ihr ins Ohr geflüstert: »Tänzerin, du bist besser als alles, was ich mir je erträumt habe. Wir werden einen wunderbaren Abend und eine unvergleichliche Nacht verbringen. Ich hab sogar den Sitz für dich abgestaubt.«

Er hatte sie in den Truck gehoben und die Tür zugemacht. Und dann hatte er sie angesehen. Sein Gesicht hatte den Ausdruck eines kleinen Jungen angenommen, dem etwas geschenkt worden war, was er sich immer gewünscht hatte. Er hatte seine Mundharmonika hervorgeholt und gesagt: »Ich hab ein Lied für dich geschrieben, das erste und einzige Lied, das ich je geschrieben hab. Seit drei Wochen hab ich in der Scheune geübt, extra für diese Gelegenheit. Es heißt ›Tanzen auf dem Little Horse Mountain‹.«

Er hatte dagestanden, mit Staub auf seinen handgearbeiteten Stiefeln, den Stetson tief ins Gesicht gezogen, und hatte eine einfache Melodie gespielt, die in ihren Ohren perfekt klang.

Als das Lied zu Ende war, hatte er gegrinst und gesagt: »Du hast Jack Carmine in musikalischer Bestform erlebt. Wahrscheinlich werde ich es nie wieder so gut spielen können.«

»Bandit«, hatte sie leise gesagt und ihre Hand zum Wagenfenster hinausgestreckt, um sein Gesicht zu berühren. »Manchmal bist du für mich ein echtes Wunder.«

Ihre erste Zeit in West-Texas war ruhig und angenehm gewesen. Die Tage waren ihr länger vorgekommen als anderswo, und das hatte auch ihr Leben verlangsamt und in die Länge gezogen. Tage und Wochen und Monate, der braune Staub, der Wind, die Stille. Linda hatte einen Garten angelegt, und Earl hatte Sara Margaret zum Reiten mitgenommen, er hatte sie vor sich auf den Sattel gesetzt und sie die Zügel von Cactus halten lassen. Jack hatte Zäune ausgebessert und Pumpen repariert, und sie hatten lange Nächte im Bett verbracht, Lone Star getrunken, sich geliebt und den Mond angelacht.

Wenn es so weitergegangen wäre, hätte sie es vielleicht geschafft, Jacks schlimme Zeiten durchzustehen. Dann wäre sie möglicherweise geblieben und hätte ihm vielleicht helfen können, das alles zu überstehen. Aber im Laufe der Zeit waren die Ausflüge zum Little Horse Mountain mit den Luftmatratzen seltener geworden, das schwarze Kleid hing in Plastik gehüllt im Schrank, und manchmal sprach er lange Zeit mit niemandem ein Wort. Manchmal hatte er eine Tasche gepackt, sich auf den Esel geschwungen und ein paar Tage mit dem Gewehr in den Cañons verbracht.

Earl sagte: »Jack ist der Meinung, daß du wegen der *javelinas* hier nicht glücklich bist. Er sagt, er will deshalb ein für alle Mal mit ihnen aufräumen. Schwer zu sagen, wie viele er bereits getötet hat, aber es sind schon eine ganze Menge. Sieht so aus, als würde er im Moment lieber *javelinas* töten und sich anschließend übergeben, als sich im Dreck zu wälzen und nach Leon zu schreien. Aber so wie ich den Blick in seinen Augen einschätze, ist es genau dasselbe.«

Jack Carmine – sie hatte ihn sich in den Cañons vorgestellt, mit seinem Gewehr und in seiner alten Schafwollweste, wie er sich durch das Buffalogras bewegte, genau wie die großen, diamantförmig gezeichneten Texasklapperschlangen, die nur bei Nacht jagten. Sie hatte sich die schwarzen Schatten im Schein seiner Taschenlampe vorgestellt und wie Jack sie durch das Zielfernrohr seines Gewehrs verfolgte, wie er die Metallpatronen einlegte und feuerte und noch einmal feuerte und noch einmal.

Während ihres zweiten Sommers auf der Farm hatte ihr Jack erzählt, daß er alle *javelinas* getötet hätte, und daß sie keine Angst mehr vor ihnen haben müßte. Er hatte ihr auch erzählt, daß er sich einer Gruppe von Erntehelfern anschließen würde, die auf dem Weg nach Norden waren. Sie hatten sich deswegen gestritten.

Sie war das erste Mal seit langer Zeit wütend gewesen und hatte eine Pfanne auf den Herd geknallt. »Es geht überhaupt nicht ums Geld. Jack, es geht vor allem darum, daß Jack Carmine weggehen muß. Ich glaube, Rainy hatte recht, ihr Carmines seid alle verrückt. Sie hat sich vielleicht damit abgefunden, aber ich mache das nicht mehr länger mit.«

»Also«, Jack Carmine hatte sich gegen den Kühlschrank gelehnt, die Daumen in seinen Gürtel gehakt, und sie mit einem eigenartigen, harten Gesichtsausdruck angesehen, »erst mal mußt du verstehen, daß Rainy all die Jahre keine unschuldige Zuschauerin in der ganzen Geschichte war. Wenn's hier rund ging und die Fetzen flogen, hat sie ganz schön kräftig mitgemischt.«

Er hatte ihren Streit damit beendet, indem er sagte: »Tänzerin, ich hab für dich die *javelinas* erledigt. Jetzt will ich da draußen ein bißchen Geld verdienen, damit ich dich elegant ins Hotel ausführen kann. Also bügle dein schwarzes Kleid und mach dich hübsch, ich bin schneller wieder da als du denkst. Vielleicht fahren wir runter nach Mexiko und liegen ein paar Tage am Strand.«

Sie hatte dem Pick-up hinterhergesehen, als er auf die Route 90 nach rechts abgebogen war. Und Texas Jack Carmine war ausgezogen, um große orangefarbene Erntemaschinen zu fahren und mit ihnen bis Oktober nach Norden zu ziehen. Die ersten zwei Monate hatte er Postkarten geschrieben:

Halt die Ohren steif, Tänzerin, ich bin Ende Oktober wieder da.

Und:

Der Weizen ist gelb, der Himmel ist blau. Ich kämpfe mit Pannen und träume von Sonnenuntergängen.

Er hatte aus Wichita und weiter nördlich, auf dem

Weg Richtung Kanada, angerufen und sich nach ihr und Sara Margaret erkundigt. »Ich hab tausend Dollar an die First National Bank in Alpine geschickt, kauf dir und der *muchacha* was Hübsches. Mir liegt sehr viel an dir, Miss Linda.«

Neununddreißig, bald vierzig. Sie hatte einen Termin im College von Alpine vereinbart und mit einer Frau gesprochen, die sich um »ältere Studenten« kümmerte. Ja, es wäre möglich, und vielleicht bekäme sie auch ein Stipendium. Aber Linda war aufgefallen, wie jung die Studenten waren, und hatte Bedenken bekommen, war auf die Farm zurückgekehrt und hatte weiter in ihrem Garten gearbeitet, Unkraut gejätet und über einen langen, geradlinigen Weg nachgedacht und überlegt, daß Sara Margaret im kommenden Herbst alt genug für den Kindergarten sein würde.

Und Jack hatte nicht alle *javelinas* erledigt. Im August, kurz vor Sonnenuntergang, hatte sie das Haus geputzt und gerade daran gedacht, daß sie seit fast drei Wochen nichts von ihm gehört hatte. Sara Margaret war irgendwo draußen beim Spielen gewesen, als Linda auf der vorderen Veranda ein Geräusch gehört hatte. Ein Eber hatte auf der Veranda gestanden, herumgeschnüffelt und mit der Schnauze gegen die Fliegentür gedrückt. Sie hatte Jacks Gewehr aus der Halterung genommen, den Hahn gespannt, wie er es ihr gezeigt hatte, und durch die Tür geschossen. Es war ein Bauchschuß gewesen, und es hatte eine ganze Weile gedauert, bis der Eber tot war. Er hatte entsetzliche Geräusche von sich gegeben und nach Luft gerungen, während er verblutet war; er hatte mit den Hufen auf den Brettern gescharrt und versucht aufzustehen.

Danach hatte sie drei Stunden am Küchentisch gesessen und sich eine eiskalte Kompresse an die Wange gedrückt, dort, wo sie der Kolben getroffen hatte, weil sie sich das Gewehr nicht richtig untergeklemmt hatte, so, wie Jack es ihr gesagt hatte. Dabei hatte sie nachgedacht, so gründlich nachgedacht, wie noch nie in ihrem Leben. Sie hatte sich verschiedene Möglichkeiten überlegt und über Sara Margaret nachgedacht, die alt genug für den Kindergarten war und allein in der Wüste aufwuchs. Zweimal war sie hinausgegangen und hatte den Eber in seinem geronnenen Blut betrachtet. Dann hatte sie den Koffer gepackt, den Jack ihr vor fast zwei Jahren gekauft hatte, und Sara Margarets Sachen zusammengesucht. Am nächsten Nachmittag hatte Earl sie in Poly Carmines altem Land Cruiser in die Stadt gefahren und mit ihnen in dem großen Wohnwagen gewartet, der als Busbahnhof der Firma Trailways fungierte. In Südwest-Texas war gerade Regenzeit gewesen, und ein Sommergewitter war durchgezogen, während sie warteten.

Nach dem Gewitter waren die Straßen eine Weile glänzend naß gewesen, und die Räder des Busses machten ein zischendes Geräusch auf dem Asphalt, als sie und Sara Margaret auf der Route 90 Richtung Osten fuhren,

vorbei an der Abzweigung auf die Route 67,
vorbei an dem verbeulten *Circle-C*-Torbogen,
vorbei am Little Horse Mountain,
vorbei am schwarzen Kleid, das sie, in Plastikfolie gehüllt, im Schrank auf der Farm hatte hängenlassen,
vorbei an dem Ort, an dem sie in einem anderen Leben gelebt hatte.

Sara Margaret hatte auf dem Sitz neben Linda gekniet und gefragt: »Warum gehen wir hier weg, Mama?«

Linda hatte leise gesprochen, ihre Stimme hatte sich so müde angehört, wie ihr zumute gewesen war. »Sara Margaret, es ist Zeit, daß wir unser Leben selbst in die Hand nehmen, bevor wir beide zu alt sind, um irgend etwas in die Hand zu nehmen.«

Sara Margarets Gesicht hatte einen ernsten Ausdruck angenommen. »Und was ist mit Earl und Brummer und Cactus? Was ist mit ihnen? Kommen sie mit? Kommen sie mit uns nach Iowa? Wann kann ich wieder mit Earl auf Cactus reiten?«

»Ich weiß es nicht, mein Schatz. Ich weiß auch nicht, wie es weitergeht. Ich wünschte, ich wüßte es. Warum siehst du dir nicht die Comic-Hefte an, die wir im Drugstore gekauft haben?«

Sara Margaret hatte sich gesetzt, vor sich hingestarrt, die Hände im Schoß, und nichts mehr gesagt.

Linda hatte sich umgedreht und zurückgeschaut, bis der Little Horse Mountain nicht mehr zu sehen war. Dann hatte sie Sara Margarets Hand genommen. »Ich weiß nicht, wie viele letzte Maschinen nach draußen es gibt, Sara Margaret, aber es sieht so aus, als würden wir immer gerade noch die letzte erwischen. Sieht so aus, als müsse man immer weggehen, um etwas besser zu machen. Vielleicht ist das irgendwann vorbei, und wir lassen uns irgendwo nieder... Wir müssen uns irgendwann einfach niederlassen.«

Später am Abend, im Dunkeln, war Sara Margaret eingeschlafen, mit dem Kopf auf Lindas Schoß, während der Trailways-Bus durch West-Texas Richtung Dallas fuhr, wo sie Anschluß nach Des Moines hatten.

Sie erfuhr nie, daß Jack sie gesucht hatte. Als er eine Woche später angerufen hatte, hatte Earl Chavez versucht, ihn über Lindas Verbleib im unklaren zu lassen. Aber schließlich hatte er gesagt: »Sie ist nach Hause gefahren, Jack. Ich glaube, du solltest sie in Ruhe lassen.«

Jack war die ganze Nacht durch nach Süden und fast den ganzen nächsten Tag weiter nach Altoona gefahren. Aber Lindas Mutter hatte gelogen und ihm gesagt, sie wüßte nicht, wo ihre Tochter wäre, und daß er sich in seinen verdammten alten Pick-up setzen und von ihrem Grundstück verschwinden solle.

Er war eine Weile in Altoona herumgelaufen, weil er dachte, er würde ihr vielleicht zufällig begegnen und könnte ihr die Sache erklären. Und dann würden sie alle drei zusammen zurück nach Texas fahren. Gegen Abend hatte er ein Sechserpack Budweiser gekauft und war zu einem Park, dem Hayes Park, gefahren. Dort hatte er auf der Stoßstange seines Trucks gesessen und den Grillen zugehört, was ein sicheres Zeichen dafür war, daß bald der Herbst kam. Gegen zehn Uhr war er zurück nach Alpine gefahren.

Linda wurde sich nie richtig über ihre Gefühle für Jack Carmine klar. Am Anfang war es darum gegangen, frei und ungebunden zu sein, es war ihr letzter Versuch gewesen, das Leben so zu nehmen, wie es war, und bei Sonnenaufgang auf einem Berggipfel einen Mann zu lieben. Er hatte ihr etwas über das Leben unterwegs beigebracht, über den Spaß, den man dabei hatte, und den Preis, den man dafür zahlte. Aber er hatte ihr auch noch etwas anderes gegeben, schwer zu sagen, was es genau war, aber es hatte angefangen mit dem schwarzen Kleid. Texas Jack Carmine hatte die Gabe, einem zu vermitteln, daß man etwas Besonderes war, und dafür zu sorgen, daß man es nicht vergaß.

Es gab Zeiten, in denen sie ein schlechtes Gewissen plagte, daß sie ihn im Stich gelassen hatte. Als es wieder einmal soweit war, hatte sie ihm einen langen Brief geschrieben, adressiert an: »Mr. Jack Carmine, Postlagernd, Alpine, Texas« und versucht, ihm alles zu erklären. Aber sie hatte ihn ohne Absender vom Plaza Hotel in New York abgeschickt, als sie Mark Elwin auf einer Geschäftsreise dorthin begleitet hatte.

Jack Carmine las den Brief nie. Er wußte, was drin stand, ohne daß er ihn lesen mußte. Drei Tage lang trug er den Brief hinten in seiner Jeanstasche, dachte daran, ihn zu verbrennen und vergrub ihn schließlich tief in einem Cañon oberhalb des Hauses.

Als Bobby McGregor in Des Moines ein Konzert gab, hatte Linda in mehreren Hotels angerufen, bis sie ihn gefunden hatte. Sie hatten sich das erste Mal bei einem Konzert, das Bobby in El Paso gegeben hatte, getroffen. Auf dieser Tournee war seine Frau Sharon dabei gewesen, und sie hatten zu viert die halbe Nacht getrunken und erzählt. Bobby und Jack hatten die meiste Zeit geredet, von großen orangefarbenen Maschinen und Bars in Shreveport und wie Jack damals in Cheyenne ausgestiegen und nach Mexiko gegangen war.

»Und die blöden Polaroidphotos, die er mir versprochen hat, hat er nie geschickt«, hatte Bobby gesagt und Linda Lobo angesehen und sich gefragt, ob all das, was unter ihrer Kleidung verborgen zu sein schien, auch wirklich echt war. Er hatte Jack beneidet, weil der es genau wußte.

»Ich hatte keine Zeit, Photos zu machen.« Jack hatte gegrinst. »War zu beschäftigt, das zu tun, wovon andere Leute nur Photos machen.«

Fünf Jahre später hatten sich Linda und Bobby in einem Café in Des Moines über das Wetter und die allgemeine Lage unterhalten, bevor sie auf Jack Carmine zu sprechen kamen und bei diesem Thema blieben. Bobby hatte gesagt, daß er verstand, warum sie nicht bei Jack hatte bleiben können. Er sagte, daß er mit Jack auch viel durchgemacht hätte und daß er sich schließlich genau wie Linda von ihm hätte trennen müssen.

Beide hatten ihre Geschichten über Jack erzählt, die lustigen Geschichten, und sie hatten beide zugeben müssen, daß Texas Jack Carmine beinahe heldenhafte Züge annahm, je länger sie von ihm erzählten.

Bobby hatte ihr Karten für das Konzert angeboten, aber Linda Elwin hatte höflich abgelehnt und gesagt, daß ihr Mann nur zu Symphoniekonzerten gehen würde. Bobby hatte gegrinst und gesagt, daß er das verstehen könne, hatte auf seine Uhr gesehen und gesagt, daß er los müsse.

Draußen auf dem Bürgersteig hatten sie sich die Hand gegeben und sich dann umarmt, was beide nicht erklären mußten.

Linda Elwin hatte Bobby McGregor angeschaut und gesagt: »Ich vermisse ihn manchmal, Bobby, ... vermisse ihn wirklich, ... vermisse dieses Leben ... oder wenigstens einen Teil davon, das Ungebundene, das Unvorhersehbare.«

Als sie an diesem Tag nach Hause gefahren war, hatte Linda über Sara Margaret nachgedacht und darüber, daß sie nicht mehr nach Jack fragte und wissen wollte, wann er vorbeikäme und für sie auf der Mundharmonika spielen würde. Aber vor ein paar Monaten war ihr ein Halstuch aufgefallen, das sorgfältig gefaltet auf Sara Margarets Kommode lag. Jack Carmine hatte es ihr vor Jahren gegeben, als es sehr staubig gewesen war und die Sonne wie ein Schweißbrenner gebrannt hatte. Jack hatte sein Halstuch abgenommen und gesagt: »Wickel das um deinen Kopf, *muchacha*, das schützt dich ein bißchen vor der Sonne und dem Staub.« Sie waren an jenem Nachmittag ziemlich lange in den Cañons unterwegs gewesen, und Jack hatte Sara Margaret auf dem Nachhauseweg auf den Schultern getragen.

Auf ihrem Heimweg nach West Des Moines hatte Linda Elwin in die Sonne sehen müssen und Tränen in den Augen gehabt, zunächst nur ein paar. Dann war sie mit dem BMW auf den Parkplatz eines Supermarkts gefahren und hatte ein paar Minuten furchtbar weinen müssen, obwohl sie nicht einmal wußte, warum. Aber es hatte mit Mundharmonikas, die in E gestimmt waren, und Highways durch die Wüste zu tun, mit dem Little Horse Mountain und beheizten Swimmingpools mitten im verdammten Nirgendwo von Texas. Und es hatte etwas zu tun mit der Illusion von Freiheit, mit dieser Vorstellung, die sie in den vergangenen Jahren immer wieder gehabt hatte – sich einfach aufzumachen, um dann in irgendeinem billigen Hotel in einem staubigen kleinen Dorf in Mexiko zu landen, sich mit scharfem Kaktusschnaps zu betrinken und dann völlig verrückt zu spielen und tagelang bis zur Besinnungslosigkeit mit jemandem zu vögeln, dessen Namen sie nicht kannte. Es hatte damit zu tun, daß sie Jack Carmine im Stich gelassen hatte, und mit den Kompromissen, mit denen sie leben mußte, weil es für sie selbst und Sara Margaret das beste war.

Aber mit der Zeit erscheint die Vergangenheit in einem sanfteren Licht. An die schönen Dinge erinnert man sich, und die schlechten vergißt man. Die schönen Dinge bleiben, als ob man sie in einem Einmachglas konserviert hätte. Sie bewahrt sie in diesem Glas auf, und manchmal, Ende Oktober, vor allem Ende Oktober, nimmt sie sie heraus und schaut sie sich an. Und ein paar Jahre später, in einem Flugzeug auf dem Weg nach Dallas, erinnerte sie sich an ihre erste Fahrt nach Texas zusammen mit Jack Carmine. Die Musik spielte – Waylon und Merle und Emmylou, Musik für unterwegs – und sie schwebte mitten im Nirgendwo.

Mark Elwin sah von seinem gedünsteten Lachs auf. »Du bist schön braun geworden in Cabo San Lucas. Steht dir gut und paßt gut zu dem neuen Kleid.«

»Danke.« Sie lächelte und war glücklich, bei ihm zu sein.

Im Flughafen Dallas-Fort Worth warteten sie und Mark Elwin auf ihren Anschlußflug nach Des Moines, Mark las einen Artikel in einer Fachzeitschrift. Linda saß neben ihm und beobachtete die anderen Passagiere. Ein großer Mann in Cowboystiefeln und einem Gitarrenkoffer über der Schulter kam den Gang entlang und sah sie an. Sie lächelte Bobby McGregor zu und hätte fast etwas gesagt. Er verlangsamte seinen Schritt, sah den Mann neben ihr sitzen und nickte ihr zu, tippte kurz an den Rand seines Stetsons und ging weiter.

Siebzehntes Kapitel

West-Texas, 28. Oktober 1993

Vaughn Rhomer übernachtete in Katy, kurz hinter Houston. Er schmuggelte die Hündin ins Zimmer und bestellte beim Restaurant nebenan eine Pizza. Am nächsten Morgen waren Bandida und er vor Sonnenaufgang unterwegs und picknickten mittags auf einem Rastplatz außerhalb von Junction. Bevor sie weiterfuhren, ging er in eine Telefonzelle.

»Sie tun *was?*« fragte Bert Freeder, der Geschäftsführer von Best Value, als er das *Wusch* des texanischen Windes am anderen Ende der Leitung hörte.

»Genau, was ich gesagt habe. Ich kündige. Machen Sie mir meine Rentenpapiere fertig, und ich sage Ihnen, wohin Sie mir die Schecks schicken können.«

»Meine Güte, Vaughn, wie sollen wir ohne Sie auskommen? Das kann doch nicht Ihr Ernst sein, daß Sie sich in Ihrem Alter nach Mexiko absetzen. Ich werd die Papiere noch ein oder zwei Wochen zurückhalten, dann sind Sie über das hinweg, was Sie belastet.«

»Bert, schicken Sie die Papiere los. Ich komm nicht wieder. Auf Wiederhören, ich schicke Ihnen eine Karte aus Mexiko.« Und Vaughn Rhomer hing ein.

Eine Stunde vor Sonnenuntergang hielt er an der Stelle, wo sich die Routen 67 und 90 kreuzen. Jahre zuvor hatte Jack Carmine ihm aufgezeichnet, wie er die Farm finden würde, für den Fall, daß er je in die Gegend käme. Vaughn Rhomer hatte die Zeichnung studiert und sich alles eingeprägt. Er bog auf der Route 90 links ab, fuhr ein Stück und fand den verbeulten Torbogen: *Circle-C Ranch.* Er fuhr langsam die Schotterpiste hinauf zu einem alten Farmhaus, das im Abendlicht rosarot schimmerte.

An der Vordertür antwortete niemand und auch an der Fliegentür auf der Rückseite des Hauses nicht.

»Jack?« rief er. Bandida sah zu ihm hoch. »Nun, die Tür ist nicht abgeschlossen. Ich bin sicher, daß Jack nichts dagegen hätte, wenn wir es uns drinnen ein bißchen gemütlich machen.« Bandida folgte ihm in die Küche.

Es kam Vaughn Rhomer alles vertraut vor. Jack hatte ihm Geschichten vom Leben auf der Farm erzählt, und Lorraine hatte ihm ab und zu vom Leben in West-Texas geschrieben. Er sah den Küchentisch, der aus einer alten Tür auf zwei Sägeböcken bestand. Jack hatte ihm erzählt, wie sie zu diesem Behelfstisch gekommen waren.

»Poly hatte immer seine ganzen Unterlagen über

den Tisch verstreut. Rainy hatte sich oft darüber beschwert, aber er hat nur gesagt, daß Leben wäre zu kurz, um ständig alles wegzuräumen.

Eines Abends war Poly wieder mal unterwegs, um eine von seinen Schlachten zu kämpfen, und ihr platzte der Kragen, als sie die Berge von Papier auf dem Tisch ansah. Sie brachte den Koch dazu, den Tisch mit ihr nach draußen zu tragen. Es war ein schweres Ungetüm aus Eiche; er war uns von Großvater Smyler vererbt worden, wie alles andere auch. Wir haben alle herumgestanden und zugesehen – wir trauten uns nicht, etwas zu sagen oder zu tun –, während Rainy einen Kanister mit Petroleum aus der Scheune holte. Du ahnst es wahrscheinlich – sie hat den gottverdammten Tisch verbrannt, mit dem ganzen Mist von Poly obendrauf. Als es brannte, ist Rainy ins Haus gegangen und hat eine Packung Marshmallows geholt, hat uns alle Stöckchen suchen lassen, und dann haben wir Marshmallows in dem Feuer geröstet. Sie sagte, das sei alles, was es zum Abendessen gäbe.«

Vaughn Rhomer fuhr mit der Hand über die Tür, die jetzt ein Tisch war und schaute sich um. Gewehre: Ein Gewehr hing in einer Halterung über der Tür, ein Revolver mit Perlmuttgriff hing in seinem Halfter an einem Nagel. Eine alte Pistole. Er berührte mit dem Finger den zerkratzten Elfenbeingriff.

Alles war staubig, der Herd war seit Monaten, wahrscheinlich seit Jahren, nicht mehr saubergemacht worden, und es war ganz still draußen, nur der Wind war zu hören.

Er ging ins Wohnzimmer und betrachtete die abgewetzten Ledermöbel mit den ausladenden Armlehnen aus Holz. Der Raum war düster und roch nach kaltem Rauch, der vom Holzfeuer im Kamin stammte. Vaughn Rhomer stellte sich Jack und die hübsche Frau vor, mit der er vor sieben Jahren in Otter Falls gewesen war – Linda Irgendwas –, wie sie hier saßen und sich im Schein des Feuers unterhielten. Das Wohnzimmer ging über ins Schlafzimmer. Vaughn Rhomer konnte nicht anders, er mußte hineingehen. Jack hatte erzählt, daß man den Sonnenaufgang über den Glass Mountains vom Bett aus sehen könnte, und Vaughn Rhomer wollte wenigstens einmal sehen, wie Berge durch ein Schlafzimmerfenster aussahen.

Ein langer Einbauschrank nahm die Hälfte einer Wand ein, die Türen waren offen. Auf dem Schrankboden standen ein Paar ramponierte Cowboystiefel mit schiefen Absätzen, die wahrscheinlich einer Frau gehört hatten. Ein paar zerknitterte Hemden hingen auf Bügeln neben etwas Schwarzem in einer Plastikhülle. An der Rückenlehne des hohen, spanisch aussehenden Stuhls hing eine Kappe mit einem Propeller dran. Der Wind kam von Norden durch ein offenes Fenster, bewegte die steifen, gelben Vorhänge und drehte den Propeller fast eine ganze Umdrehung, bevor er wieder zum Stillstand kam.

Vaughn Rhomer hörte das Knirschen von Gummireifen draußen auf dem Kies, ging zur Tür auf der Rückseite und trat auf die Veranda hinaus. Um die

Ecke kam ein Mexikaner in Jeans und Stiefeln und einem zerknitterten Hut, an dem eine Bussardfeder steckte.

Der Mann sagte: »Tag auch, kann ich was für Sie tun?«

»Ich bin Vaughn Rhomer, Jack Carmines Onkel aus Iowa. Ich bin gerade in der Gegend und dachte, ich schau mal vorbei und sage guten Tag.«

Der Mann streckte ihm seine Hand entgegen. »Jack hat ein paarmal sehr nett von Ihnen gesprochen. Ich heiße Earl Chavez, ich arbeite schon seit fast fünfundfünfzig Jahren für die Carmines. Jetzt gibt's hier nicht mehr viel zu tun, ich passe nur noch auf ein bißchen Vieh auf, aber Jack behält mich netterweise.«

»Ist Jack da?«

»Nein, tut mir leid. Er ist unterwegs und verlegt Gasrohre oder so was. Aber kommen Sie doch rein. Ich mach uns Bohnen und ein paar Eier, wenn Sie Hunger haben.«

Bandida lag auf dem Boden, während Earl Chavez und Vaughn Rhomer sich bis tief in die Nacht unterhielten. Gegen zwei Uhr nachts, nach Bohnen und Eiern und mehreren Whiskys fragte Vaughn, was mit Brummer passiert wäre, von dem Jack immer erzählt hatte.

»Der alte Hund ist vor vier Jahren gestorben«, sagte Earl. »Wir haben ihn bei dem Ölförderturm da hinten begraben. Er hat so oft da hingepinkelt, daß ich dachte, er hätt ihn quasi für sich beansprucht. Ich hab unter meinen Sachen eine Notiz für Jack, daß er mich auch da begraben soll, aus genau dem gleichen Grund.«

Vaughn Rhomer nickte, als Earl Chavez ihn anblinzelte. Earls Augen waren von all den Jahren, die er in dieser staubigen Gegend gelebt und in der unbarmherzigen Sonne nach verstreuten Bullen Ausschau gehalten hatte, blutunterlaufen. »Ist das Leben gut zu Ihnen gewesen, Mr. Rhomer? Ich hoffe, es stört Sie nicht, daß ich frage.«

»Ich denke, mehr hab ich nicht erwarten können«, sagte Vaughn Rhomer und dachte, daß er neben Earl Chavez furchtbar verweichlicht und rosa aussehen mußte. Earl Chavez, in seinem verblichenen rotgrün-gestreiften Hemd mit Druckknöpfen und einem fadenscheinigen Kragen, war sicher zehn Jahre älter als er, wirkte aber immer noch fit. Vaughn Rhomer fiel auf, wie kräftig und muskulös seine Unterarme waren. »Und wie war's zu Ihnen, Mr. Chavez?«

»Ungefähr genauso... ungefähr genauso.« Earl massierte die eine Hand mit der anderen, während er sprach: »Alle Cowboys hoffen, daß sie irgendwann mal eine eigene Farm haben, aber bei der Arbeit als Cowboy verdient man nicht genug, um sich eine leisten zu können. Am Ende hat man kaputte Knie und Arthritis in den Händen, weil man Kühe eingefangen und sie zu den Leuten in der Stadt geschickt hat, die glauben, das Fleisch wird in Plastikpaketen in den Lagerräumen der Supermärkte gezüchtet.«

Er hielt seine Hände hoch und zeigte Vaughn Rhomer seine geschwollenen Knöchel, dann senkte er seinen Blick auf den Tisch und sagte leise: »Die Tage gehen vorbei, einer nach dem andern, und dann ist dein Leben vorbei und du bist wieder da, wo du vor all den Jahren angefangen hast. Du stellst fest, daß du aufgibst, das zu tun, was du dir vor fünfzig Jahren vorgenommen hast. Als vor Jahren eine kleine Farm auf der anderen Seite von Alpine zum Verkauf angeboten wurde, hat Jack mir angeboten, für mich zu bürgen. Aber ich hatte Angst, daß ich es nicht schaffen würde, und ich wollte nicht, daß Jack die Circle-C-Ranch verliert, wenn's bei mir schiefgehen würde, also hab ich's gelassen.«

Vaughn Rhomer starrte auf den Tisch und dachte über seine Rente von Best Value nach. Es war nicht viel, was er bekam, aber es war auch nicht wenig. Genug, um damit sorgenfrei in einem mexikanischen Badeort zu leben.

Irgendwann vor Sonnenaufgang fragte Vaughn Rhomer nach der Frau. Linda Irgendwas. Earl Chavez schenkte noch zwei Whisky ein und sagte: »Ich will nicht zu viel erzählen, das ist Jacks Privatangelegenheit, und ich denke, er sollte es selbst erzählen. Sie war das Beste, was ihm passieren konnte, soviel kann ich allerdings sagen. Und sie war so ziemlich das einzige, an dem Jack wirklich etwas gelegen hat. Ich mochte sie auch sehr gern ... wirklich ... sehr gern. Als sie hier waren, ging es uns richtig gut. Ich mochte auch ihr kleines Mädchen. Ich hab die *muchacha* zum Reiten mitgenommen, hab sie vor mich aufs Pferd gesetzt und ihr die Zügel gegeben ... hab nie selbst Kinder gehabt. Ab und zu frag ich mich, was aus ihnen geworden ist ... hoffe, es geht ihnen gut ... Miss Linda und dem kleinen Mädchen.« Er sah aus dem Küchenfenster – es wurde langsam hell über den Glass Mountains – und dachte an die Zeiten, als draußen Damenblusen auf der Wäscheleine flatterten, als es einen Garten mit Tomaten gab, und als ein kleines Mädchen mit ihm zusammen nach dem Vieh sah.

Bandida fing an zu knurren, stand auf und ging steifbeinig zur Fliegentür. Als ihr Knurren lauter wurde, stand Earl Chavez auf und nahm die Winchester aus der Halterung. Er stieß mit dem Stiefel die Tür auf und trat auf die hintere Veranda hinaus. Vaughn Rhomer kam nach und stellte sich neben ihn.

»Verfluchte *javelinas*«, sagte Earl Chavez. »Jack hat behauptet, er hätte sie alle umgebracht, das war vor ungefähr sechs Jahren. Aber das stimmte nicht, das kann ich Ihnen flüstern, Mr. Rhomer. Jack hat in seinem Leben schon viel getan, aber er hat nicht alle *javelinas* umgebracht. Die werden uns noch alle überleben. Schätze, sie bleiben heute morgen im Gebüsch und kommen nicht zum Haus.« Er lächelte Vaughn Rhomer an und nickte Bandida zu. »Sie würde gut auf eine Farm passen. Die Beine sind ein bißchen kurz, aber sie hat offensichtlich Mut.«

Vaughn Rhomer hockte sich hin und streichelte Bandida. Nach einer Weile stand er auf und streckte seine Hand aus. »Mr. Chavez, es hat mich gefreut, Sie kennenzulernen. Aber ich muß weiter. Danke für den Whisky und das gute Gespräch. Und bitte sagen Sie Jack, daß ich hier war, und grüßen Sie ihn von mir. Sagen Sie ihm, daß ich auf dem Weg nach Mexiko war.«

Vaughn Rhomer ging zu seinem Wagen. Er drehte sich noch einmal um. »Mr. Chavez, bitte sagen Sie Jack auf jeden Fall, daß ich nach Mexiko fahre. Sagen Sie ihm, daß ich nur mit einem Hund unterwegs bin, und nicht genau weiß, wann ich wiederkomme. Und sagen Sie ihm auch, daß ich ihm danke, weil er mir den richtigen Weg gezeigt hat. Er wird das verstehen.«

Earl Chavez nickte. »Jack hat ein Talent dafür, anderen Leuten den richtigen Weg zu zeigen. Ich sag es ihm ganz bestimmt, Mr. Rhomer. Er wird sich freuen, daß Sie vorbeigekommen sind, auch wenn er nicht hier war. Es sind nicht allzu viele Leute, die heutzutage versuchen, ihn ausfindig zu machen.«

Westlich von Alpine fuhr die Southern Pacific neben dem Highway entlang und beschleunigte die Fahrt, um Anlauf für den Paisanopaß zu nehmen. Der Mond stand groß und rund über der Route 90, und irgend jemand sang ein Lied im Radio, Jimmy Irgendwas. Der Takt des Lieds paßte zu dem Geräusch der Eisenbahnräder. Vaughn Rhomer kannte weder das Lied noch den Sänger, aber er summte mit und versuchte, ein paar Worte zu verstehen. Es ging irgendwie darum, dem Tanz des Lebens zu folgen.

Epilog

In den Worten von Bobby McGregor: Alles geht irgendwie ineinander über, wenn du die vierzig überschritten hast, Ereignisse und Leute überlappen sich, und einiges verschwimmt in deiner Erinnerung. Aber letztes Jahr Weihnachten, also Weihnachten dreiundneunzig, das hat sich mir eingeprägt, scharf und eindringlich, und zwar dort, wo wir die Dinge speichern, die es wert sind. Ich erinnere mich an Elena. Elena und das Klappern meiner Stiefelabsätze.

Zuerst die Stiefelabsätze. Sie sind aus Leder, und sie sind schon über mehr geflieste Fußböden von mehr Flughäfen marschiert, als ich denken kann, das schnell verhallende Echo eines Lebens unterwegs. Vor einem Jahr, Flughafen O'Hare in Chicago. Gleichmäßig marschieren, um am Weihnachtsabend die letzte Maschine nach Sioux Falls noch zu erwischen.

O'Hare war zwei Tage zuvor wegen eines heftigen Sturms geschlossen worden. Ich hatte den Sturm in

Atlanta ausgesessen und darauf gewartet, daß es in O'Hare wieder weiterging. Das Wetter im Südwesten war okay, und die Band war wieder gut in Nashville angekommen. Wir hatten Hände geschüttelt und uns verabschiedet, während sie ihren Kram und die Weihnachtsgeschenke in die Flughafenbusse geladen hatten. Waren lange unterwegs gewesen, zwei Monate lang Flugzeuge und Applaus und bunte Lichter. Und die Lieder – die bittersüßen Klagen, die alle Sänger auf ihre Art singen. Charlotte, Dallas, Denver, Houston, Orlando, Memphis und so weiter bis nach Atlanta.

Ich hatte, als ich in O'Hare ankam, bereits sechsunddreißig Stunden Verspätung und beeilte mich. Von Halle C die Rolltreppe hinunter ins Tiefparterre und zu den Gates, die mit F anfingen. Die sechssaitige Martin hing in einer schwarzen Ledertasche über meiner linken Schulter. Hinter mir klickerte der Samsonite-Koffer, den ich auf den Fliesen hinter mir herzog. Kleine Räder und Stiefelabsätze bildeten den Rhythmus meines derzeitigen Lebens.

Ich war zwei Minuten von F6 entfernt, da erklang plötzlich Perry Comos »Stille Nacht« aus dem Lautsprecher. Perry, der alte Schnulzensänger. Stiefelabsätze, kleine Räder und brüllende Kinder, obwohl ihre Mütter sie in den Armen wiegten, ganz in der Nähe der Würstchenstände.

Wie sich herausstellte, hätte ich mir Zeit lassen und langsamer gehen können. United hatte Verspätung und startete nicht vor halb zwölf.

Der große Bogen also, dort, wo der Westen beginnt. Wir landeten um eins holpernd in Sioux Falls. Nach acht Wochen auf dem Parkplatz war der Pick-up mit Eis und Schnee bedeckt, kalt und steif, und es dauerte eine Weile, bis er ansprang. Ich fuhr mit ihm über Land, die Schotterpiste entlang und bog in den Weg ein. Das Haus war beleuchtet, der Housesitter hatte eine vierzehn Seiten lange Telefonliste und eine Nachricht hinterlassen: »Alles in Ordnung. Der Elektriker war hier, um das Gebläse vom Ofen zu reparieren (schickt Rechnung). Dem schwarzen Kater geht's gut, vermißt Sie, glaube ich. Frohe Weihnachten.«

Ich nahm mir ein Miller's, setzte mich an den Küchentisch und trank in zwei großen Schlucken die halbe Flasche leer. Der schwarze Kater kam die Treppe herunter und sprach in der Katzensprache mit mir und sprang auf meinen Schoß. Der letzte Eintrag in der Telefonliste war: »24. 12., 19 Uhr 15. Sharon aus San Miguel Allende ›Frohe Weihnachten, ruf an, wenn Du magst.‹« Sie hatte eine Nummer in Mexiko hinterlassen. Wir waren seit zwei Jahren geschieden, waren aber weiterhin in Kontakt, finanziell und auch sonst. Die Konzerte von Denver und Houston würden ihr den Winter über in San Miguel ein angenehmes, zurückgezogenes Leben ermöglichen.

Zu spät, um meine Mutter in Belle Fourche anzurufen, die rund fünfhundert Kilometer weiter westlich wohnt. Ich sah die Post durch und gab auf, als ich auf einen braunen Papierumschlag stieß, auf dem stand: »Enthält Ihr persönliches, speziell angefertigtes Produkt.« Ich konnte mich nicht daran erinnern, daß ich etwas bestellt hatte.

Ich war noch nie ein großer Freund von Feiertagen gewesen und feierte sie auch nicht gern. Aber trotzdem ist Weihnachten etwas Besonderes, und das dumpfe Pochen der unfreiwilligen Einsamkeit wurde mir allmählich schmerzhaft bewußt. Das Alleinsein, das ich gerne mag, wurde langsam zur Einsamkeit, die ich nicht mag. An Heiligabend hängt so vieles, vielleicht ein Überbleibsel aus meiner Kindheit, als das Haus meiner Mutter warm war und nach Weihnachtsbäckerei roch.

Das Telefon klingelte. Sharon, dachte ich, die noch mal versuchte, mir frohe Weihnacht zu wünschen. Im Hintergrund war laute Musik zu hören. Zunächst nur die Musik und lautes Rufen, aber keine Stimme.

Dann: »BOBBYBOBBYBOBBY; BIST *DU* DAS?« Jack Carmine. Texas Jack. Ich hatte seit Jahren nichts von ihm gehört.

»Jack, schön, deine Stimme zu hören«, sagte ich und meinte es auch so. »Wo zum Teufel steckst du?«

»Im Crystal – in Alpine – auf 'ner tollen Party, wir lassen hier die Sau raus.«

Jack brüllte in den Hörer, mit seinem schleppenden texanischen Dialekt und einer Stimme, die dank des Tequilakonsums schon etwas undeutlich klang. »Fröhliche Weihnachten, Bobby, alter Knabe.« Der Tequila verschluckte das *t* und das *n* in »Weihnachten«.

Jack lachte. »Hab gestern deinen neuen Song auf

KALP gehört – hörst dich besser an, als ich dachte, muß deine Band sein. Kenn schon fast den ganzen Text. Ich erinner mich, daß du schon vor fünfzehn Jahren davon geredet hast, als wir nach Bakersfield unterwegs waren und ich irgendwo in Wyoming ausgestiegen bin. Hast Teile davon damals schon gesungen... stimmt doch, oder? Das ist doch der Song, oder? He, hast du schon den Song ›Bandit‹ gehört? Das ist die Geschichte meines Lebens, Bobby. Weißt du, von welchem Song ich rede?«

Ich kannte den Song, ich hatte ihn schließlich geschrieben – es war ein Lied über eine Frau, die einen Mann verläßt, und einen Mann, der sich an sie erinnert: »Sie hat ihn immer ›Bandit‹ genannt, nur sie wußte warum...« Ich mußte daran denken, daß die guten alten Knaben auch älter wurden, aber daß ihnen Heiligabend nicht mehr so gut bekam, sie wurden nur älter. Und waren allein. Älter und allein, Teil einer anderen Welt, die im Begriff war, unterzugehen und nicht wieder auferstehen würde. Die guten alten Knaben, die dem leiser werdenden Geräusch von Zügen in der Ferne lauschten, wie Passagiere, die am Bahnhof zurückgeblieben waren.

»Meine Güte, Bobby, erinnerst du dich noch an die guten alten Zeiten, verdammt, waren sie nicht gut, Bobby? Als wir diese verdammten orangefarbenen Maschinen von Texas bis nach Saskatchewan gebracht haben? Erinnerst du dich noch, wie uns der Schnee in Weyburh überrascht hat und wir die ganze Nacht ernten mußten?«

Ich wartete, bis er mal eine Pause machte, und sagte dann, daß ich mich erinnern würde und daß die wilden Zeiten gute Zeiten gewesen wären und nahm noch einen Schluck Bier und streichelte den Kater, während er redete. Irgendwann fing er an, fürchterlich zu husten, er erstickte fast dabei, und ich fragte, wie es ihm ginge.

Er hatte einen Frosch im Hals, und seine Stimme klang krächzend. »Bin seit ein paar Monaten nicht so gut in Form, ich hab diesen verdammten Husten, der einfach nicht weggehen will. Ich glaub aber, es geht mir schon besser, wenigstens heute nacht. Es geht dem Ende zu, Bobby, morgens kalter Kaffee und nachmittags warmes Bier, aber es gibt nichts, was nicht mit ein paar Reparaturen zu beheben wäre.«

Auf einmal war eine Frauenstimme zu hören, und im Hintergrund rief Jack, sie solle ihm den Hörer wiedergeben. Sie schrie: »*Was er braucht, ist noch ein Tequila!*« und legte auf.

Ich saß eine ganze Weile da und dachte über Jack nach. Ich vermißte ihn, bin früher mit ihm unterwegs gewesen, mochte ihn, liebte ihn sogar, wenn Männer auf diese Art lieben können.

Ich dachte über Jack Carmine nach und darüber, wie wir uns alle auf irgendeine Art durch ihn entfaltet hatten. Er liebte uns auf ganz besondere Art und Weise, und das wußten wir. Er brachte uns dazu, besser von uns zu denken. Er zeigte uns, daß wir mehr wert waren, als wir selbst bis dahin geglaubt hatten. Er brachte uns dazu, uns selbst zu verwirklichen und uns von allem zu befreien. Er versuchte es auch, aber schaffte es nie.

Am Ende ist es schwer zu sagen, ob er uns im Stich gelassen hat oder wir ihn. Früher hab ich gedacht, ersteres wäre der Fall, aber inzwischen bin ich mir da nicht mehr so sicher. Verflucht noch mal, er war manchmal wirklich schwer zu ertragen gewesen, und die meisten von uns wurden weggestoßen... oder vielleicht... sind wir auch einfach nur weit weggelaufen, um uns wenigstens etwas von dem zu entfernen, was in Jack war und das uns Angst machte. Und manchmal – ich versuche hier so ehrlich wie möglich zu sein – frage ich mich, ob wir nicht einfach nur Angst davor hatten, daß die Hilfe, die er brauchte, zuviel Zeit und Energie kosten könne, Zeit und Energie, die wir auch anders nutzen konnten. Wenn es um Liebe und Fürsorge geht, gibt es keine einfachen Antworten, und man bräuchte einen großen Spachtel, wenn man die Schuld verteilen wollte.

Aber ich erinnere mich noch gut an ihn mit seinem Stetson auf dem Kopf, wie wir eine von diesen dünnen Zigarren rauchten und an ein Gebäude in Ojinaga lehnten. Das war Ende der Siebziger. Er grinste und sagte: »Bobby, ich glaub, das geht schon alles klar mit uns, das wird schon laufen.« Ich fragte ihn, was er damit meinte, aber er schüttelte nur den Kopf und begann die Straße hinunter zu tanzen, mit diesem kleinen Shuffle, den er immer tanzte, und er winkte mir zu, ich sollte mitkommen. Ich holte ihn ein, und er grinste immer noch und sagte: »Laß uns etwas tun, wovon wir später erzählen können, bevor wir senil werden.« Wir trugen beide alte Anzugjakken, die wir in einem mexikanischen Second-hand-Laden gekauft hatten, und er packte mich am Ärmel und zog mich in einen von diesen heruntergekommenen Läden am Ende der Welt, für die er etwas übrig hatte.

So versuche ich mich an Jack zu erinnern, wie er ganz lässig in einer Grenzstadt an einer Adobewand lehnte. Ich erinnere mich lieber an diesen Jack als an das, was offenbar aus ihm geworden ist. Ich hab gehört, daß er zehn Jahre älter aussieht als die vierundfünfzig, die er ist. Daß er seine eigenen Regeln vergißt, Streit sucht, viel zuviel trinkt, seine Hände kaputtmacht, weil er sich durch alle Bars von West-Texas bis Saskatchewan prügelt und manchmal mittendrin anfängt zu weinen, wenn er einen Laden auseinandernimmt. Angeblich heuern ihn die Erntetrupps nicht mehr an, weil er zuviel Ärger macht.

Außer Vietnam war sicher Linda der Grund dafür, daß er sich rumtrieb und alles niedermachte. Nachdem sie ihre Sachen gepackt und Jack verlassen hat, verlor Jack vollkommen die Kontrolle. Die Frauen, die einen im Stich ließen ... Linda, Sharon ... auf der Suche nach jemandem, der besser war als Jack und ich. Ich schätze, das kann man ihnen nicht mal zum Vorwurf machen. Ich hätte Sharon in San Miguel anrufen und ihr schöne Ferien wünschen sollen oder so was in der Art, aber ich hab's nicht getan. Sie wäre nicht allein gewesen, hätte aber so getan, als wäre sie es.

Ich ging die Weihnachtskarten durch: von meiner Mutter, meinem Agenten, meinem Anwalt, dem Fanclub, einigen Musikerfreunden. Es waren Hallmark-Karten mit netten Versen, netten und harmlosen Versen, »gekaufte Karten« wie mein Vater sie immer nannte.

Mein Agent hatte seiner Karte eine Rezession beigefügt.

Bobby McGregors letztes Konzert hier war mir ein Rätsel. Er kommt auf die Bühne, dünn wie eine Bohnenstange; er wirkt unterernährt, und das Scheinwerferlicht streift über sein langes, braunes Haar. Ich wollte, daß es mir gefiel, daß er mir gefiel, aber es liegt etwas Merkwürdiges in seiner Stimme und seinen Augen. Etwas Todesähnliches, das sich auf ihn zubewegt, der Vorbote einer Tragödie. Es hatte etwas mit Regen und einsamen Highways und grauen Flecken auf der Seele zu tun, die den Rezensenten deprimierten und ihn sich einen guten alten Rock'n-'Roll-Weihnachts-Song wünschen ließen ...

Ich warf den Ausschnitt zur Seite. Sie verstehen es einfach nicht. Sie begreifen nicht, daß es das Gefühl für Tragik ist, das die Musik hervorbringt. Sänger kommen von einem anderen Stern und sitzen auf einem Pfeil, der aus der Vergangenheit kommt und sowohl uns als auch die Traurigkeit trägt. Wir wissen nicht, wohin der Pfeil fliegt, wir wissen nur, daß er irgendwann runterfallen wird, und darum singen wir das, was wir singen, und wir singen so, wie wir singen.

Der Rezensent hätte sich den *Nußknacker* ansehen sollen. Fröhliches Zeug mit Kindern und tanzende Füße in Spitzenschuhen. Manche tragen Spitzenschuhe und glauben, daß sich mit ein wenig Pfuscherei schon alles zum Guten wenden wird. Andere tragen Cowboystiefel, die klappern, und glauben etwas anderes; sie glauben, daß man sich einfach da draußen umsieht und schaut, was passiert, solange es noch Zeit ist. Wie es in einem meiner Lieder heißt: »Einige greifen nach dem Schlüssel, andere nach dem Regen / Einige flüchten sich an den Kamin, andere flüchten auf Zügen.«

Es war zwei Uhr durch, und ich trank immer noch Bier und streichelte den Kater; die Einsamkeit umgab mich wie ein rauher, schwerer Mantel. Es sollte noch mehr Schnee fallen, hatte die Stewardeß gesagt. Elena Martinez. Sie hatte langes schwarzes Haar mit ein paar grauen Strähnen, das sie hochgesteckt trug – es ist schon erstaunlich, was manche Frauen mit ihren Haaren anstellen können. Ich hab nie verstanden, wie sie das hinkriegen, wie sie all die Haare mit einem Kamm auf dem Hinterkopf befestigen und wie sich nur ein, zwei Strähnen lösen, die das ganze noch vorteilhaft unterstreichen. Jack Carmine hat mal gesagt, daß ihm vor allem der Nacken einer Frau gefällt, wenn ihr langes Haar zur Seite oder nach oben gebürstet ist und nur noch ein oder zwei Strähnen darauf liegen.

Elena hatte auf der Armlehne gegenüber gesessen und mir erzählt, daß sie aus Los Angeles wäre, aber den Weihnachtsabend im Holiday Inn in Sioux Falls verbringen müßte. Sie war irgendwo in den Vierzigern und sah etwas abgespannt aus. Wahrscheinlich hatte sie zu viele schlechte Mahlzeiten serviert und zu vielen Leuten gezeigt, wie die Sauerstoffmasken funktionieren. Sie war nicht gerade glücklich darüber, in Dakota einen Zwischenstopp einlegen zu müssen. Ich sagte, daß ich ihr das nicht verübeln könne oder etwas ähnlich Geistloses, als der Pilot über Lautsprecher bekanntgab, daß wir gleich landen würden. Elena war den Gang hinuntergegangen und hatte kontrolliert, ob alle Rückenlehnen in aufrechter Position und die Tische festgeklemmt waren. Sie hatte am Ausgang gestanden und mir frohe Weihnachten gewünscht.

Halb drei, die Nacht verging. Ich setzte den schwarzen Kater auf den Fußboden, öffnete den Reißverschluß der Gitarrentasche und nahm die Martin heraus. Ich habe sie gebraucht gekauft. Ich habe sie schon fünfundzwanzig Jahre, und sie ist inzwischen ziemlich verschrammt, aber der Baß klingt wie entferntes Donnergrollen. Ich spielte einen Lauf bis zum G und begann leise zu singen. »Ihre schlanken, braunen Hände machen das Zeichen des Kreuzes / Und zünden anmutig die Kerzen an, die nach Pinien duften«, und wünschte, ich hätte dieses verdammte Lied endlich fertig geschrieben. Ich hatte bereits einen Monat lang in Hotelzimmern daran gearbeitet.

Die alten Zeiten – ich mußte wieder an die alten Zeiten denken. An Jack, an die gelben Weizenhalme, die sich südlich von Weyburn unter den Schneemassen gebogen hatten, und an Jacks Stimme über CB-Funk in jener Nacht: »Halt durch, Bobby. Bleib auf deiner Schnittfläche, ich bin gleich links von dir und ziemlich schnell, ich seh manchmal deine Scheinwerfer, wenn der Schnee nicht so dicht fällt.«

Mein Gott, die Jahre vergehen wie im Flug. Zu schnell. Einen Abend Charlotte, am nächsten Abend wieder woanders. Zu schnell. Oder, wenn man es von einer anderen Warte aus betrachtete, nicht schnell genug. Nicht schnell genug, um mich durchzubringen, bevor ich alt und im Weg war. Garth Brooks und Bobby McGregor dieses Jahr, jemand anders gleich danach. Zum Teufel auch. Bob Wills hat es um 1935 ein für alle Mal gesagt, als er Leon McAuliffe gesagt hat, wie er mit Instrumentaleinlagen umzugehen habe: »Du lächelst mich an, wenn du übernimmst, und lächelst mich an, wenn du wieder an mich übergibst, und dazwischen spielst du wie der Teufel.« So ähnlich ist es, nehmen und wieder zurückgeben, wie der Teufel spielen und lächeln, egal, ob dir nach Lächeln zumute ist oder nicht. Leon und Lester und all die anderen, die übernehmen und spielen und weitermachen, wenn du fertig bist. Wie Jack schon gesagt hat: »Bobby, irgendwann werden wir alle als vermißt gemeldet.«

Viertel vor drei. Bierflaschen auf dem Tisch, vier an der Zahl, die Überreste eines einsamen Heiligabends.

Jack ... Jack Carmine und Linda A-Irgendwas. Weiter als bis Linda bin ich nie gekommen. Sie ist der Septakkord, den ich nicht auflösen kann. Ich hab überlegt, sie anzurufen. In so einer Nacht wie dieser bist du ganz unten und allein und wünschst, du könntest mit der Vergangenheit reden. Du willst wissen, ob die, die du mal gekannt hast, noch irgendwo da draußen sind und ob es ihnen gut geht.

Ich stellte mir vor, was ihr Mann sagen würde, nachdem sie aufgelegt hätte. »Wer zum Teufel war das, es ist mitten in der Nacht?«

»Oh, das war so ein Gitarrist, den ich mal gekannt hab. Er wollte mir frohe Weihnachten wünschen.«

Keine gute Idee, Linda anzurufen. Diese nicht so guten Ideen scheinen sich in Bierflaschen zu verstekken.

Ach, Linda-Linda, zieh deine Stiefel und deine Jeans an. Wir fahren nach Texas, holen Jack Carmine ab und fahren runter nach Mexiko ... Wenn ich allerdings darüber nachdenke ... nein, diesmal ohne Jack. Nur du und ich. Nur dieses eine Mal, du und ich ganz allein. Zieh deine Stadtklamotten aus. Noch besser, zieh all deine Klamotten aus, betrink dich, spiel verrückt und schüttel sie für mich, direkt vor meinem Gesicht, auf dem Bett oder auf dem Boden, oder setz dich auf ein schmutziges Waschbecken, wie es die Huren in Ojinaga immer getan haben. Es wär egal, und ich würd danach lächelnd wieder übergeben.

Ich ließ mir die Nummer der Crystal Bar in Alpine geben und wählte. Keiner nahm ab, offenbar war die Party zu Ende. Ich sah einen Augenblick auf das Telefon, dann sah ich im Telefonbuch nach und wählte noch einmal. Die Stimme von Elena Martinez klang schon etwas müde, aber sie konnte in zwanzig Minuten fertig sein, wenn ich sie abholen wollte.

Manche greifen nach dem Schlüssel, manche nach dem Regen. Vielleicht ist am Weihnachtsabend beides möglich. Elena wartete in der Halle, als ich vor dem Holiday Inn hielt. Sie kam heraus und stieg ein. Sie trug eine schwarze Hose und einen weißen Rollkragenpullover unter ihrer Jacke.

»Wie geht's dir, Cowboy? Nett von dir, mich anzurufen. Ich hab auf meinem Zimmer gegessen, Scotch getrunken und mir im Fernsehen den *Nußknacker* angesehen. Meine Mutter ist früher immer mit mir in der Vorstellung gewesen. Hast du's schon mal gesehen?«

»Einmal«, sagte ich. »Im Fernsehen.«

»Ich hab gesehen, daß du eine Gitarre dabei hattest, als du ausgestiegen bist. Bist du Musiker?«

»Manchmal, wenn ich renne, um den Zug zu erwischen oder auf dem großen Pfeil unbekannte Ziele ansteuere.«

Sie sah mich neugierig an. »Und wohin rennst du heute nacht?« Ihre Stimme war leise und hatte einen ganz kleinen spanischen Akzent. Im Schein der Armaturenbrettbeleuchtung sah sie hübsch und sanft aus.

Ich schaltete die Scheibenwischer ein und sagte: »Heute nacht flüchte ich mich an den Kamin, passe auf, daß ich den Schlüssel nicht verliere, steige von dem großen, traurigen Pfeil herunter und habe vor zu grinsen, wenn es irgendmöglich ist.«

»Nun, Bobby McGregor. Ich weiß zwar nicht, was das bedeutet, aber vielleicht ist es möglich.« Ich merkte, daß sie lächelte.

Es herrschte dichtes Schneetreiben, als wir zehn Kilometer außerhalb der Stadt den Weg hinauffuhren. Wir saßen eine Weile in der Küche. Es ist eine Männerküche, schlicht und viel zu funktionell, dachte ich. Irgendwie verändert die Gegenwart einer Frau deine Sicht der Dinge, sie lenkt dich ab von der rein sachlichen Funktion in Richtung auf etwas, das nicht so klar definiert ist, etwas, das mit seiner sanfteren Gestaltung das nur Praktische ausgleicht. Was da genau ist, habe ich nie rausgefunden. Aber du wünschst dir eine kleine Vase mit Blumen auf dem Tisch oder ein paar schöne blaue Vorhänge vor den Fenstern anstelle der ausgebleichten Rollos. Natürlich ist das nur meine persönliche Meinung, und wahrscheinlich ist sie heutzutage nicht sehr weit verbreitet, wo wir doch keine so großen Unterschiede mehr zwischen Männern und Frauen machen sollen. Jack Carmine und ich, wir wurden für ein anderes Zeitalter geboren, und vielleicht leben wir ja auch da.

Elena und ich standen auf der Veranda an der

Rückseite des Hauses und sahen Schnee fallen, beobachteten unseren Atem in der kalten Luft. Sie legte ihren Arm um meine Hüfte und sah zu mir hoch. Ich berührte ihr Haar, ließ meine Hand ihren Hals hinuntergleiten und berührte ihre Haut.

Sie lehnte sich an mich und legte ihren Kopf an meine Brust. Als sie zu sprechen begann, mußte ich den Kopf senken, um sie zu verstehen, so leise redete sie. »Ich hab seit ein paar Jahren ein winterliches Herz, Cowboy... Immer... immer fühle ich mich weit weg von zu Hause, vor allem heute nacht.«

Ich erzählte ihr, daß ich auch weit weg von zu Hause sei, wenn auch auf andere Art und Weise. Und es würde immer schlimmer, je älter ich würde. Wir standen lange so umschlungen, die Schneeflocken tanzten herunter und wehten leicht dahin, bevor es gegen Morgen aufhörte zu schneien.

Insgesamt wurde es ziemlich still und verhältnismäßig strahlend. Wenn dein Herz all die tristen Farben des Winters angenommen hat, greifst du manchmal nach dem Augenblick. Manchmal tust du das, auf der Suche nach Wärme. Du versuchst, wieder nach Hause zu kommen, ohne daß du dich im tiefen Schnee in einem fremden Land verirrst, wo dich keiner versteht und dir keiner den richtigen Weg zeigen kann.

Am sechsundzwanzigsten lehnte ich gegen den Türrahmen des Badezimmers und sah zu, wie Elena ihr Haar hochsteckte. Sie lächelte mich im Spiegel an. »Woran denkst du?«

Ich grinste. »Ich hab mich immer gefragt, wie Frauen es machen, ihr Haar so hochzustecken. Jetzt weiß ich es.«

Elena Martinez flog am frühen Nachmittag weiter an die Küste. Ich und der schwarze Kater brachen eine Stunde später Richtung Texas auf – ich wollte ihn Jack Carmine vorstellen, bevor alle zu alt zum Laufen waren, bevor der Donner zu laut wurde und bevor der Pfeil zur Landung auf die letzten Dinge ansetzte.

Im Radio spielten sie den »Jingle Bell Rock«, als wir die Grenze von Kansas erreichten, der Kater saß auf der Rückenlehne hinter meinem Kopf und schnurrte. Ich dachte an Elena und hoffte, daß sie gut nach Hause gekommen war, um dort die restlichen Ferientage zu verbringen. Wir hatten Telefonnummern ausgetauscht und verabredet, uns im April in Bakersfield zu treffen, wenn ich dort ein Konzert gab. Wenn Bakersfield nicht klappen sollte, würden sich unsere Wege eine Woche später in Phoenix oder im Mai in San Diego kreuzen. Oder vielleicht wurde es auch ein Besuch im Sommer, wenn der Kater auf dem Verandageländer liegen würde, bevor es zu heiß dazu wäre. Ich habe gesagt, daß der Sommer eine gute Zeit wäre, mich zu besuchen, denn nachts würde eine Brise die blauen Gardinen kräuseln, die ich bis dahin in der Küche aufgehängt hätte.

Im Radio sang Guy Clark: ». . . hab diese Falten im Gesicht, die versuchen, die Furchen in meinem Leben zu glätten«. Ich glaube, Guy Clark hat ziemlich genau den Punkt getroffen. Ich drückte aufs Gaspedal, streichelte den Kater und fuhr Richtung Texas, auf der Suche nach Jack Carmine, der sein ganzes Leben lang den Donner lauter gehört hat als wir anderen, und der den großen Pfeil mit zunehmender Geschwindigkeit nach unten drückt, während alle anderen nur versuchen, die Fahrt für ein oder zwei Stunden zu verlangsamen.

Ich mache Texas Jack Carmine ausfindig, und wir fahren wieder runter nach Mexiko und hören ein bißchen *border music.* Wir liegen am Strand, kaufen ein paar Krokodillederstiefel und ein paar gebrauchte Jacketts, tragen schwarze Stetsons und lehnen uns gegen Adobewände, wir rauchen kleine Zigarillos und necken die Señoritas. Wir machen ein paar Polaroids, um zu beweisen, daß wir es tatsächlich noch einmal geschafft haben, bevor wir zu alt und verschrumpelt waren. Dann können wir die Photos unseren Enkeln zeigen, wenn wir je welche haben sollten, und wenn wir sie zu Gesicht kriegen, falls wir welche haben. Dann können wir ein bißchen angeben ... ihnen erzählen, daß wir, ich und Texas Jack Carmine, noch mal nach Mexiko gefahren sind und uns darüber unterhalten haben, wo der Mond hingeht, bevor er wieder am Himmel auftaucht.

Vielleicht schreib ich auch ein Lied darüber.

Danksagungen

Alle Lieder von Bobby McGregor sind frei erfunden, ebenso wie die Zitate in Vaughn Rhomers Notizbüchern.

Die Evakuierungsszene in Saigon ist zwar in diesem Buch fiktiv, basiert aber auf den folgenden Quellen: John Pilger, *The Last Day* (New York: Vintage Books, 1975); David Butler, *The Fall of Saigon* (New York: Simon & Schuster, 1985); Clark Dougan, David Fulghum et al., *The Fall of the South* (Boston: Boston Publishing Company, 1985); »55 Days of Shame«, *Newsweek*, 15. April 1985, S. 47–53. John Ketwigs ausgezeichnetes Buch ... *and a hard rain fell* (New York: Macmillan Publishing Company, 1985) war besonders hilfreich, um Vietnam aus der Sicht eines GIs zu verstehen.

Das Zitat auf Seite 238 wurde einem Gedicht von Randall Jarrell entnommen: »The Death of the Ball Turrett Gunner« (»Der Tod eines Bordkanoniers«): »Aus meiner Mutter Schlaf fiel ich in den Staat / Und krümmte mich in seinem Bauch, bis mein nasses Fell gefror.«* Randall Jarrell, *The Complete Poems*, New York: Farrar, Straus & Giroux, 1969.

Das Zitat, das Bob Wills Ratschläge an Leon McAuliffe zu Instrumentaleinlagen betrifft, ist dem Werk von Charles R. Townsend. *San Antonio Rose* (Urbana, Illinois: University of Illinois Press, 1976), S. 125, entnommen.

Die Beschreibung der Kleidung von Ben Carmine beruht auf Informationen aus dem Buch von Elton Miles, *Tales of the Big Bend* (College Station: Texas A&M Press, 1970).

Mein Dank gilt Wayne LaCox, Schlagzeuger, Gitarrist und Freund. Vor mehr als zwanzig Jahren sagte er mir einen besonderen Satz für dieses Buch. Ich schrieb ein Lied über diese Idee und habe es viele Male gesungen und dabei auf einer roten elektrischen Gibson gespielt und vor Waynes Schlagzeug gestanden. Ich habe das Lied mittlerweile vergessen, aber an den Satz habe ich mich erinnert.

Mein Dank gilt auch Sam Cavness, einem der letzten Cowboys, der mir eine Menge über das Cowboyleben beigebracht hat. Und Carl Lewis, der eigentlich »Jacks Jacuzzi« gebaut hat.

---

* Deutsche Fassung zitiert nach: Kindlers Neues Literaturlexikon (Walter Jens. Hg.), Band 8, S. 629, München: Kindler, 1990